Alexander Merow

Das aureanische Zeitalter

Alexander Merow

Das aureanische Zeitalter

Der Marskrieg

Roman

Teil V

3

Bibliografische Information der Deutschen Nationalbibliothek:
Die Deutsche Nationalbibliothek verzeichnet diese Publikation in der Deutschen Nationalbibliografie; detaillierte bibliografische Daten sind im Internet über http://dnb.dnb.de abrufbar.

Illustration: Tyrion Schneider

Herstellung und Verlag: BoD – Books on Demand, Norderstedt

ISBN: 978-3732253654

Inhalt

Die verlorene Armee

„Es ist noch schlimmer, als ich gedacht habe. Wir sind am Ende", murmelte Aswin Leukos, während er seinen leeren Blick auf Throvald von Mockba richtete. Der Stellvertreter des Oberstrategos starrte mit versteinerter Miene zurück.

„Wie viele Soldaten sind uns wohl noch geblieben?", fragte von Mockba dann.

Leukos Gesichtszüge spiegelten eine düstere Resignation wider. Er ließ ein Kopfschütteln folgen.

„Das kann ich nicht genau sagen. Niemand kann das. Die Überlebenden versuchen derzeit, sich zu sammeln. Anschließend werden sie sich nach Norden zurückziehen. Vielleicht sind es noch 80000 Mann. Wenn wir Glück haben, auch noch 100000. Der Rest unserer Streitkräfte ist ausgelöscht worden. Das ist die traurige Wahrheit, mein treuer Throvald."

Leukos Raumflotte verharrte in der Nähe der Sonnenkorona, wo sie sich Schutz vor feindlicher Ortung erhoffte. Hier war die energetische Strahlung dermaßen stark, dass es den terranischen Kriegsschiffen schwerfiel, die Kreuzer der Loyalisten ausfindig zu machen. Allerdings konnte die Flotte nirgendwo allzu lange im Strahlungskranz des Gestirns bleiben, ohne selbst Schaden zu erleiden. Immer wieder musste sie sich von der gefährlichen Korona entfernen, auch wenn sie dann Gefahr lief, von den Tiefentastern ihrer Feinde aufgespürt zu werden.

Im Grunde wusste Leukos nicht mehr, was er noch tun sollte. Misellus Sobos, der Sohn des verhassten Verräterkaisers Juan Sobos, hatte den größten Teil seiner Invasionsarmee mit Magmabomben ausradiert. Und die Tatsache, dass Leukos im Gegenzug selbst Hunderttausende von feindlichen Soldaten mit seinen Raketen vernichtet hatte, änderte wenig an der katastrophalen Ausgangslage.

„Ich bin so ratlos wie noch niemals zuvor in meinem Leben. Diesmal weiß ich nicht, wie wir das Blatt noch zu unseren Gunsten wenden können. Soll ich den Rest unserer Soldaten mit den Schiffen zu retten versuchen? Sollen wir uns wieder ins Proxima Centauri System zurückziehen?", fragte Leukos.

„Meiner Ansicht nach sollten wir uns weiter südlich ein leicht zu eroberndes Ziel suchen und uns dort einnisten", meinte von Mockba.

Leukos sah den blonden Offizier skeptisch an. „Es wird uns nicht viel nützen, wenn wir eine Reihe kleinerer Siedlungen in unsere Gewalt bringen. Der Feind wird sich bald neu formiert haben und uns dann mit seiner Übermacht den Rest geben. Außerdem mangelt es uns an Vorräten und Kriegsgerät. Ich habe nicht damit gerechnet, dass unsere Gegner so leichtfertig Magmabomben einsetzen", antwortete der Oberstrategos.

Langsamen Schrittes ging der General zu einem der Außenfenster auf der Kommandobrücke der Lichtweg, um hinaus in den Weltraum zu blicken. Rotgelb leuchtete die Sonne, wabernde Flammententakel tanzten auf ihrer Oberfläche wie verrückte Derwische.

„Wie viele kleine Seelen sind von unseren Magmabomben ins Jenseits geschickt worden? Zehn Millionen? Dreißig Millionen?", flüsterte Leukos. Throvald von Mockba schwieg. Betreten sah er seinen Herrn an.

„Unsere Legionen sind vernichtet worden. Das ist das Einzige, das mich wirklich quält. Außerdem hat Misellus Sobos mit dem Wahnsinn angefangen und nicht wir", erwiderte er daraufhin.

Leukos wandte sich seinem Stellvertreter zu. „Wir haben diesen Krieg verloren, alter Freund. Es ist vorbei."

„So lange wir leben, kämpfen wir, Herr!", gab von Mockba grimmig zurück.

Mit letzter Kraft rang sich Aswin Leukos ein ausdrucksloses Lächeln ab. Blutleer, bleich, hohlwangig, beinahe gräulich war sein Antlitz geworden. Traurige Augen, denen alle Hoffnung verlustig gegangen war, schauten aus dem eingefallenen Gesicht des Feldherrn hervor. Er hatte in den letzten Tagen mehrfach angedeutet, dass er daran dachte, sein Leben in absehbarer Zeit zu beenden. Bevor ihn der übermächtige Feind in die Finger bekam und ihn wie einen gefangenen Tiger in den Straßen von Asaheim vorführte, wollte er auf eine Giftkapsel beißen und den Zeitpunkt seines Endes selbst bestimmen. Die hölzernen Versuche, die sein Stellvertreter immer wieder unternahm, um das zerbrochene Gemüt seines Gebieters zu heilen, schienen nutzlos zu bleiben.

„Ich habe es zumindest mit all meinen Mitteln versucht. Das war ich Platon, dem Imperium und meiner Kaste schuldig", wisperte sich Leukos so leise zu, dass es von Mockba nicht hören konnte. Dann schaute er wieder hinaus in den Weltraum, betrachtete die Sonne, und sein Blick versank in ihrer endlosen Glut.

Dicht gedrängt hockten die Legionäre in den finsteren Schützengräben, die sie vor ein paar Tagen in den Wüstenboden gewühlt hatten. Flavius, Kleitos und Zenturio Sachs saßen vor einem Thermostrahler und starrten die flackernden Fusionslichter im Inneren des zylinderförmigen Gerätes an. Sie schwiegen. Angst regierte in den Reihen derer, die die Magmabombenhölle überlebt hatten.

Derweil begannen die Schatten der Abenddämmerung über das hastig ausgehobene Grabensystem zu kriechen. In alle Himmelsrichtungen erstreckte sich das Netzwerk aus Befestigungen und Kampfstellungen, welches die letzten Kämpfer der Loyalistenarmee angelegt hatten.

„Dort oben ist wieder so ein Ding!", sagte Flavius und deutete zum Himmel.

Kleitos und Manilus Sachs hoben ihre Köpfe; über ihnen zog eine unbemannte Flugdrohne ihre Bahnen.

„Sie behalten uns immer im Auge, diese Klonschweinficker", brummte ein rothaariger Legionär, der sich neben Kleitos auf eine Metallkiste gesetzt hatte.

Flavius stand auf, er drückte den Rücken durch und hörte seine Wirbelsäule knacken.

„Wo willst du hin, Princeps?", wollte Sachs wissen.

„Will mir bloß ein wenig die Beine vertreten. Muss mich bewegen."

„Ich kann fast überhaupt nicht mehr schlafen, obwohl ich so erschöpft bin, dass ich eigentlich tot umfallen müsste. Das hier oben gibt mir den Rest. Selbst auf Colod habe ich mich nicht so elend gefühlt", meinte Sachs.

Flavius fummelte an dem zerkratzten Brustpanzer seiner Legionärsrüstung herum. Inzwischen war sein Körperschutz stark ramponiert. Zahlreiche Risse und Schrammen bedeckten die Panzersegmente, überall blätterte die Farbe ab.

Kleitos Jarostow, der bullige Legionär aus dem hyboranischen Norden, blieb indes im Graben bei den anderen Soldaten, während Manilus Sachs seinem jungen Freund folgte. Stumpfsinnig glotzte Kleitos auf den pulsierenden Leuchtkern des Thermostrahlers, der mitten im Grabendurchgang stand. So war es bereits seit Tagen. Zwar hatten die Angriffe der Optimaten erst einmal aufgehört, nachdem Aswin Leukos dem Feind bewiesen hatte, dass auch er bereit war, Magmabomben einzusetzen, doch änderte dies nicht viel an den Machtverhältnissen auf dem Mars.

Den ausgehungerten Resten des Loyalistenheeres stand nach wie vor eine unüberwindlich erscheinende Übermacht feindlicher Truppen gegenüber.

„Wenn ich doch nur eine einzige Nachricht verschicken dürfte. Nur einmal meinen Kommunikationsboten rausholen, um meinen Eltern mitzuteilen, dass ich noch am Leben bin", sagte Flavius.

„Das würde ich meinen Kindern auch gerne sagen, Princeps. Aber meine verfluchte Ex-Frau hat mir damals nicht einmal ihre Verbindungscodes hinterlassen", erwiderte Manilus mit einem bitteren Grinsen.

„Naja, vielleicht ist es besser, wenn auch ich keinen Kontakt zu meinen Eltern aufnehme. Abgesehen von der Tatsache, dass man mir den Kopf abreißen würde, weil ich gegen das Kommunikationsverbot des Oberkommandos verstoßen habe. Dann würde sich meine Familie doch nur falsche Hoffnungen machen, denn lebend kommen wir hier sowieso nicht mehr raus." Princeps spuckte neben sich auf den sandigen Boden, Sachs nickte wortlos.

Der Zenturio setzte sich auf einen kleinen, rotbraunen Felsen. Hier oben, in der Nähe der vereisten Polregion, war der Mars noch immer so lebensfeindlich wie in den alten Zeiten, als die Menschheit zum ersten Mal ihren Fuß auf diese Welt gesetzt hatte.

„Was soll`s. Es ist alles im Arsch. Ganz ehrlich", fuhr Manilus mit gedämpfter Stimme fort, „wenn ich eine Möglichkeit sähe, dass wir es schaffen zu überleben, dann würde ich einfach meine Rüstung wegwerfen und versuchen, mich nach Süden durchzuschlagen. Irgendwo in einer Megastadt untertauchen und dann ab nach Terra. Vielleicht mit einem Frachtraumer oder so etwas."

„Du denkst über Fahnenflucht nach?", wunderte sich Flavius.

„Weiß nicht, keine Ahnung. Dieser ganze Feldzug war und ist doch nur eine Aneinanderreihung von tragischen Umständen. Ich habe den Glauben daran verloren, dass wir noch siegen können, auch wenn du das vielleicht nicht hören willst, Junge. Vermutlich kommen wir längst zu spät und das Imperium kann nicht mehr gerettet werden. Der Feind ist viel zu stark, zu mächtig für uns dumme, kleine Soldaten."

„Was würde Gutrim Malogor jetzt sagen? Auch er stand mehrmals am Abgrund, doch hat er niemals aufgegeben", sagte Princeps.

„Malogor?", zischte Sachs mit einem gehässigen Lachen auf den Lippen. „Der ist seit Jahrhunderten nur noch ein Haufen zerbröselter Knochen. Also sagt er gar nichts mehr. Die alten Geschichten können uns hier oben nicht helfen. Im Grunde konnten sie das noch nie."

„Vielleicht hast du Recht", murmelte Flavius und strich sich nachdenklich eine Haarsträhne von der Stirn. Er ging noch ein wenig von der Grabenanlage weg und sah hinauf zum dunklen Nachthimmel, an dem die Sterne stets auf die gleiche Weise leuchteten.

Plötzlich stand Sachs hinter ihm, der Hüne legte ihm die Hand auf den Schulterpanzer und blickte ihn ernst an.

„Nach wie vor bin ich dein Vorgesetzter, Princeps. Du hast also die Worte eben niemals aus meinem Mund gehört", knurrte der Zenturio.

Flavius drehte sich um. „Glaubst du vielleicht, dass ich das einem der Legaten erzählen würde? Ich verstehe doch nur zu gut, wie du dich fühlst. Mir geht es nicht anders, wenn ich ehrlich bin. Manchmal bin ich so deprimiert, dass ich mir am liebsten einen Blaster an den Schädel halten würde. Alles, was wir aufgebaut haben, die ganzen Siege auf Thracan – alles ist umsonst gewesen. Diese Ratten haben uns mit ihren Magmabomben kalt erwischt, sie haben unsere Streitkräfte einfach ausgelöscht, als hätten sie nie existiert."

„Ich wollte das auch nur gesagt haben!", meinte Sachs. Der breitschultrige Offizier mit dem kantigen Gesicht trottete wieder in Richtung der Grabenanlage davon. Traurig sah ihm Flavius nach. Er tastete nach dem Griff seines Gladius und fragte sich, wie es wohl wäre, wenn er sich damit selbst die Kehle aufschlitzte.

„Dann wäre es zumindest endlich vorbei…", sprach er kaum hörbar in die kalte Dunkelheit, die allmählich in jeden Winkel des Grabensystems zu kriechen begann.

Dem Magmabombenabwurf des Feindes waren Verzweiflung und Mangel gefolgt wie Haie einem blutenden Beutetier. Misellus Sobos, der verdorbene Sproß des Archons, hatte wider allen Erwartungen ohne zu zögern mit dem Einsatz von Massenvernichtungswaffen reagiert, um die Loyalistenrevolte im Keim zu ersticken. Dabei hatte der Statthalter des Mars jedoch nicht nur Zehntausende von Legionären, sondern auch unzählige Einwohner der Megastädte Crathum, Brisk und Daahl mit in den Tod gerissen.

Mehrere Millionen imperiale Bürger waren von den Flammenmeeren der schrecklichen Bomben bei lebendigem Leib geröstet worden. Ganze Stadtteile sahen aus, als hätte sie der Teufel selbst mit seinem Höllenfeuer versengt. Auch Flavius und Kleitos, die die Katastrophe nur durch eine Reihe glücklicher Zufälle überlebt hatten, waren noch immer vollkommen traumatisiert.

Jetzt wartete auf sie ein qualvolles Dahinsiechen in der trostlosen Marswüste des Nordens. Jeder Tag, den sie in diesem grimmigen Ödland verbringen mussten, war eine erneute Tortur. Auf sich allein gestellt, abgeschnitten von Nachschub, Rettung und Hoffnung. Über den Köpfen der Legionäre flogen die feindlichen Drohnen dahin, während alle froren und litten. Die Spähflieger beobachteten die Todgeweihten wie Raubvögel und gaben ihnen zugleich das allgegenwärtige Gefühl, dass es vor dem endgültigen Untergang kein Entrinnen mehr gab.

Flavius haderte mit seinem Schicksal und dachte häufig daran, sich das Leben zu nehmen, um die grausame Welt endlich hinter sich zu lassen. Um ihn herum entschlossen sich mit jedem verstreichenden Tag weitere Kameraden, der Hölle des Krieges durch Selbsttötung zu entfliehen. Sie schluckten Gift oder jagten sich einen Blasterstrahl durch den Schädel. Kein Befehl und keine noch so grausame Strafe konnten diese Verzweifelten daran hindern, dem Verhungern und Verrecken in der Nordwüste durch den Freitod zuvor zu kommen.

Welche Hoffnung sollte es jetzt noch geben? Diese Frage zerfraß nicht nur Princeps Verstand, sondern peinigte jeden Legionär, der es bis zum roten Planeten geschafft hatte, nur um hier erbärmlich zu Grunde zu gehen. Weiter im Süden wartete der Feind. Er sammelte sich erneut, denn die Legionen, die Leukos im Gegenzug mit seinen Magmabomben vernichtet hatte, konnten mühelos durch neue ersetzt werden.

Draußen, nahe der Sonne, stand die Kriegsflotte des Oberstrategos, doch auch sie hatte nicht die Macht, das Blatt noch zu wenden. Die Loyalisten befanden sich in einer so gut wie ausweglosen Lage. Doch Gnade wollte ihnen Juan Sobos nicht gewähren, das hatte er bereits öffentlich verkündet. Die als Verbrecher gebrandmarkten Legionäre des Leukos würden keine Chance auf Vergebung erhalten. Sobos schien den Untergang seiner Feinde sogar noch hinauszögern zu wollen, dachte Flavius manchmal, wenn ihn die Verzweiflung wie ein dunkler Schleier einhüllte und er den Tod regelrecht herbeisehnte. Man würde sie in dieser schrecklichen Wüste langsam und qualvoll sterben lassen, während das gesamte Goldene Reich dabei zusah. Satte und zufriedene Aureaner würden vor ihren Simulations-Transmittern sitzen und allabendlich verfolgen, wie Leukos letzte Soldaten nach und nach in ihren Gräben verhungerten, erfroren und krepierten.

Noch rang Flavius in seinem Inneren mit den Dämonen, die ihm einflüsterten, dass ihm der Selbstmord endlich den so lang ersehnten Frieden schenken würde, doch spürte er, wie sein Wille täglich ein wenig schwächer wur-

14

de. Die Priester in den Tempeln Terras verurteilten den Suizid als Todsünde gegen die göttliche Ordnung, während ihn Malogor als ehrlos verachtet hatte. Wenn schon, so hatte es der große Führer der aureanischen Kaste einst gepredigt, müsse ein Mann aufrecht und kämpfend untergehen.

Flavius Glaube aber war brüchig geworden. Er fühlte sich ausgebrannt und leer, hilflos und von allem Glück verlassen. Seit Jahren kämpfte er nun schon unter den Standarten der Legion für das Goldene Reich, doch hatte er für alle seine Opfer niemals Dank erfahren und war allmählich nicht mehr bereit, noch mehr Leid zu erdulden.

Sollten die Aureaner doch untergehen! Warum sollte er weiter für sie kämpfen, wenn es sie nicht einmal interessierte? Sollten diese dekadenten und übersättigten Goldmenschen doch ihr eigenes Grab schaufeln, indem sie Sobos tatenlos gewähren ließen. Sie waren instinktlos, ehrlos und erbärmlich geworden, dachte Flavius voller Ingrimm, wenn sein Magen knurrte und er wie eine Ratte in einem Grabenloch hausen musste. Das war das Schlimmste für den leidgeprüften Kohortenführer. Die Ignoranz seiner eigenen Kastenbrüder, für deren Zukunft Flavius schon so oft sein Leben eingesetzt und unzählige Male im mörderischen Feuer gestanden hatte.

Kleitos, Flavius bester Freund, hatte sich in den letzten Monaten ebenfalls verwandelt. Er war eine zutiefst verbitterte und zynische Gestalt geworden, der längst alles egal war. Das Goldene Reich, Malogors Gebote oder irgendwelche Sprüche von Soldatenstolz und Ehre interessierten Jarostow nicht mehr. Das einzige, was ihn daran hinderte, sein Gladius fort zu werfen und durch die Nordwüste zu fliehen, war die Tatsache, dass ihn die

Feinde mit hoher Wahrscheinlichkeit sofort töten würden, wenn sie ihn in die Finger bekamen. Somit hielt es Kleitos dann doch für besser, die Möglichkeit zu haben, sich selbst den Blaster an den Kopf halten zu können, wenn das Dahinsiechen unerträglich geworden war. Und dieser finstere Tag würde nicht mehr allzu fern sein, hatte Jarostow seinem Freund Flavius bereits gestanden. In seinen Augen gab es keine Hoffnung mehr auf Rettung, was bedeutete, dass der Tod bereits auf der Türschwelle stand. Die Frage war bloß, wann er seine Sense niedersausen ließ.

Das speckige Gesicht des Archons füllte den holographischen Bildschirm beinahe gänzlich aus. Misellus Sobos, der älteste Sohn des Kaisers und Statthalter des Mars, biss sich auf die Unterlippe, während ihn sein Vater mit grenzenlosem Zorn anstarrte. Juan Sobos Gesicht glich einer gewaltigen, rot angelaufenen Melone; der Imperator fletschte die Zähne, sein Zeigefinger schoss gleich einem Speer nach oben.
„Du musst vollkommen wahnsinnig geworden sein, du elender Schwachkopf!", schrie er. „Wie konntest du so dumm sein und diese verdammten Magmabomben einsetzen?"
Misellus versuchte, der geballten Aggression, die ihm aus dem vor seinen Augen schwebenden Bildschirm entgegenströmte, irgendwie standzuhalten. Instinktiv ging er ein paar Schritte zurück, der böse Blick seines Vaters folgte ihm wie ein Meuchelmörder seinem Opfer.
„Sag etwas, du wertloser Haufen Scheiße!", kreischte der Archon.

16

„Ich wollte…ich wollte…", stammelte Misellus. „Ich wollte die Propagandasendungen, die Leukos ausstrahlt, endlich zum Schweigen bringen. Diese Rebellion sollte im Keim erstickt werden, bevor sie sich noch weiter ausbreitet…"

„Und dabei hast du gleich drei Megastädte mit Magmabomben in Schutt und Asche gelegt? Du bist noch viel dümmer, als ich es jemals für möglich gehalten habe, Misellus!"

„Aber was hätte ich denn tun sollen? Leukos Soldaten hatten sich dort oben im Norden eingegraben, die Vorräte aus den Megastädten hätten sie viele Jahre lang ernähren können. Außerdem hat Leukos doch auch Magmabomben eingesetzt", verteidigte sich der Statthalter des Mars verzweifelt.

„Du elender Drecksack hast aber damit angefangen!", donnerte Juan Sobos dazwischen.

„Wir können doch alles Leukos in die Schuhe schieben. Immerhin kontrollieren wir Optimaten die Transmitter-Netzwerke und können alles so darstellen, wie wir es brauchen."

„Pah!", keifte der Archon voller Verachtung für die Kleingeistigkeit seines Erben.

„Dein Fehler ist kaum wieder gut zu machen, du Hohlkopf! In den Kommunikationsnetzwerken des gesamten Sol-Systems redet man jetzt schlecht über mich. Und erst recht über dich, Misellus. Die breite Masse der Aureaner sieht es nämlich nicht gern, wenn Millionen Zivilisten durch Magmabomben getötet werden. Solche Waffen setzt man nur im äußersten Notfall ein, aber nicht, wenn man zu faul ist, ein paar Schützengräben zu berennen."

17

„Ich denke, dass ich gar nicht so falsch gehandelt habe", antwortete der älteste Sohn des Kaisers, während er sich bemühte, seinen Trotz wieder zu finden.

„Du sollst nicht denken, sondern nachdenken!", schrie Juan Sobos. „Unser Regiment soll ein Regiment des Friedens sein! Deshalb setzen wir auch keine Magmabomben ein, außer der Feind hat damit angefangen! Diese Einfältigkeit musst du von deiner Mutter geerbt haben, dieser debilen Fotze! Hätte ich mein Schwanzstück damals doch in eine intelligentere Nobile gesteckt!"

Misellus richtete seinen ängstlichen Blick zu Boden. Er stieß ein unwilliges Brummen aus, wagte es jedoch nicht noch einmal, seinem wütenden Vater zu widersprechen.

„Ich werde tun, was ich kann, um unser Ansehen zu retten. Wir stehen erst am Beginn unserer Herrschaft, mein Sohn, was bedeutet, dass sich die Leute unter unserem Regiment wohlfühlen sollen. Allerdings passen Magmabomben nicht zu der Atmosphäre aus Frieden und Wohlstand, die ich zu schaffen gedenke."

Die Gesichtszüge des Archons entspannten sich. Plötzlich lächelte er und wirkte dabei wieder etwas gelöster. Er nickte seinem Sohn zu und dieser nickte zurück. Dann faltete der Kaiser die Hände, wobei er den Kopf ein wenig nach hinten schnellen ließ.

„Misellus, das sage ich dir jetzt nur ein einziges Mal. Ich habe genug Söhne gezeugt, dass ich auf einen Idioten wie dich verzichten kann, wenn es sein muss. Wenn du erneut eine solche Scheiße hinterlässt, dann lasse ich dich für immer verschwinden. Hast du das verstanden?", sagte der Imperator mit eisiger Ruhe.

Indes wich die Farbe aus dem Gesicht seines ältesten Sprösslings, während Misellus ein gewaltiger Kloß die

Luft zum Atmen nahm. Bevor er noch etwas entgegnen konnte, wischte der Kaiser den holographischen Bildschirm aus der Luft.

Misellus Sobos griff sich an die Kehle und riss den Mund auf. Entsetzt ließ er sich auf einem Prunksessel nieder, wo er apathisch ins Leere starrte. Der dickliche Statthalter des Mars kämpfte gegen die aufkommende Panik an, doch es gelang ihm nicht, sie noch länger zurückzuhalten. Keuchend schnappte er nach Luft, während sein Herz zu hämmern begann und sich kleine Schweißtropfen auf seiner Stirn bildeten.

Sein Vater war niemand, der einen Fehler zwei Mal tolerierte oder es nur bei leeren Drohungen beließ. Das wusste der älteste Sohn der Sobos Sippe besser als jeder andere. Was der Archon soeben gesagt hatte, war mehr als bloß eine kleine Warnung gewesen, denn Misellus war klar, wozu sein Erzeuger fähig war. Skrupel und Gewissensbisse waren dem neuen Herrscher des Goldenen Reiches fremd.

Im Hintergrund summten die Datenaufzeichner und Analysegeräte. Eugenia Gotlandt hatte sich längst an die ewig gleich klingende Geräuschkulisse in Dr. Phyrrus Praxisraum gewöhnt. Die dunkelhaarige Krankenschwester mit den himmelblauen Augen und dem hübschen, schmalen Gesicht hatte in dieser Kammer schon Jahre ihres Lebens verbracht. Mittlerweile kam es Eugenia so vor, als ob sie schon seit einer halben Ewigkeit im Inneren der Polemos verharrte.

Das riesenhafte Lictor Schlachtschiff stand seit Wochen im Sonnenorbit und ruhte nahe der Gluthitze wie ein schlafender Titan im All. Flavius, der Mann, den Eugenia über alles liebte, kämpfte derweil auf dem roten Planeten; einer Welt, die schon vor langer Zeit nach dem Kriegsgott eines längst ausgestorbenen Urmenschenstammes benannt worden war.

„Woran denken Sie, Fräulein Gotlandt?", vernahm Eugenia die Stimme von Dr. Phyrrus, der hinter ihr an einem Schreibtisch saß und nanomolekulare Strahlungsmuster begutachtete.

„Ach, an nichts…", murmelte Eugenia.

„Nichts?"

„Immer das Gleiche. Ich würde dieses Schiff einfach gerne einmal verlassen dürfen."

Dr. Phyrrus lachte leise. „Seit Jahrzehnten bin ich Arzt bei der Flotte. Diesen Beruf zu wählen, war damals eine Lebensentscheidung gewesen. Ich entschloss mich einst, im Inneren eines Raumschiffes durch die Weiten des Kosmos zu fliegen und endlose Jahre in Kälteschlafkammern zu verbringen. Alles schon lange her, damals war ich noch jung und ehrgeizig und recht naiv. Naja, aber was soll`s. Es ist jetzt nicht mehr zu ändern."

Eugenia sagte nichts. Schweigend und in sich gekehrt sortierte sie medizinische Geräte.

„Inzwischen kenne ich Sie lange genug, Fräulein Gotlandt. Leider kann auch ich nicht sagen, ob Flavius noch am Leben ist. Es ist für uns alle eine Katastrophe gewesen. Magmabomben! Nur Geisteskranke tun so etwas!", sagte Dr. Phyrrus zerknirscht.

Eugenia wischte sich eine Träne aus dem Augenwinkel. Die Ungewissheit war das Schlimmste. Kontakt zu den auf dem Mars befindlichen Soldaten war nur auf Kanälen erlaubt, die Aswin Leukos persönlich freigegeben hatte, da die Abhörgefahr allgegenwärtig war. Also war es nicht möglich, Flavius per Kommunikationsboten zu rufen, wenn er denn überhaupt noch unter den Lebenden weilte. Eugenia schleuderte einen Cerebrotaster in eine Schublade und knallte sie lautstark zu. Der weißhaarige Medicus betrachtete die Krankenschwester, die zwischen Trauer und verzweifelter Wut pendelte, mit nachdenklich gerunzelter Stirn.

„Dieses Raumschiff kommt mir langsam wie ein schwebendes Gefängnis vor. Ich kann diese roten und grauen Wandverkleidungen nicht mehr sehen, ich kann diese langen Korridore nicht mehr sehen, ich kann meine Schlafkabine nicht mehr sehen und mir wird schlecht, wenn ich die wabernde Sonnenglut dort draußen betrachten muss."

„Behalten Sie die Nerven, Fräulein Gotlandt. Wir haben doch schon die schlimmsten Krisen überstanden und werden auch diese überstehen", antwortete der Arzt.

„Wenn ich gewusst hätte, was mich erwartet, dann hätte ich niemals eine Stelle als Krankenschwester bei der Flotte angenommen", zischte Eugenia weinend.

Dr. Phyrrus suchte nach einer Erwiderung, die sie aufbaute, doch auch ihm, dem ansonsten so gefassten und weisen Mentor, fiel in diesem Moment nichts Passendes ein. Mit Tränen in den Augen fuhr Eugenia mit ihrer Arbeit fort.

Verzweifelter Ausbruch

„Ich bin Guntrogg. Ich bin ein Grushlogg", kam es über die dunkelgrünen Lippen des Stammesführers.

Vor dem hünenhaften Außerirdischen hockte das Menschenweibchen, das ein paar Krieger vor einer Weile eingefangen hatten. Inzwischen war es den Geistesbegabten gelungen, mehrere Worte der Udantoksprache bezüglich ihrer Bedeutung zu entschlüsseln. Guntrogg war unglaublich stolz, dass er endlich ein paar Sätze in der vollkommen fremdartig klingenden Sprache formulieren konnte.

„Wer du sein?", fragte der grauäugige Grushlogg und sah auf die junge Frau mit dem blonden Haar hernieder, die apathisch ins Leere stierte.

Neben Guntrogg stand einer der Grushloggdenker, der sich seit Tagen damit abmühte, hinter die Geheimnisse der Udantoksprache zu kommen.

„Die Brüterkreatur ist wieder einmal abwesend, sie hat ihren Geist erneut abgeschaltet und möchte offenbar nicht kommunizieren. Vermutlich hat sie noch immer Angst vor Euch, Wütender", erklärte er.

„Das macht mich ärgerlich", knurrte Guntrogg, was nicht dazu beitrug, dass sich die Gefangene entspannte.

„Mit mir hat sie heute Morgen ein paar Worte gewechselt und sogar einige Schriftzeichen aufgemalt", sagte der Geistesbegabte.

„He, du, ich Freund", versuchte sich Guntrogg erneut an der Udantoksprache. Sanft tippte er die Gefangene mit der Kralle seines Zeigefingers an.

22

Plötzlich begann die Menschenfrau zu zittern. Sie richtete den Blick auf die beiden Grushloggs, ruderte mit den Armen und kreischte: „Verschwindet endlich aus meinem Kopf! Geht aus meinem Kopf! Haut endlich ab!"

Verwirrt ging Guntrogg einen Schritt zurück, wobei seine gepanzerten Stiefel über den Metallboden des Raumes polterten.

„Dieses Geschrei tut mir in den Ohren weh! Was soll das?", grollte der grünhäutige Nichtmensch in Richtung des Geistesbegabten. Dieser jedoch würgte lautstark, was bedeutete, dass auch er nicht wusste, was mit der Brüterkreatur los war.

„Ich glaube, dass dies eine Angstreaktion ist", mutmaßte der schmächtige Grushloggdenker dann.

„Mein Name ist Gartha Svartbach, ich mache eine Ausbildung zur Klangwürfeltherapeutin und wohne im Habitatskomplex 56-3457 in Morapeaks. Mein Name ist Gartha Svartbach, ich mache eine Ausbildung zur Klangwürfeltherapeutin und wohne im Habitatskomplex 56-3457 in Morapeaks. Mein Name ist Gartha Svartbach, ich mache eine Ausbildung zur Klangwürfeltherapeutin und wohne im Habitatskomplex 56-3457 in Morapeaks", wisperte die Gefangene mit leerem Blick vor sich hin, während sie wie ein panisches Tier auf dem Boden hockte.

„Jetzt reicht es mir!", brüllte Guntrogg und ergriff das Udantokweibchen mit seiner gewaltigen Klauenhand. Er hob es hoch und schob die Fangzähne knurrend nach vorne. Doch die Gefangene erschlaffte; wie ein abgestorbenes Blatt hing sie in der Luft.

„Ihr Kreislauf ist wieder zusammengebrochen. Bitte legt die Brüterkreatur einfach auf den Rücken, sonst geht sie irgendwann kaputt", warnte der Denker.

„Großartig!", grummelte Guntrogg. Er ließ das Udantok-weibchen auf den Boden fallen.

„Ihr dürft nicht so grob mit diesem Wesen umgehen. Es ist sehr empfindlich. Den Arm, den ihr die Krieger verse-hentlich gebrochen haben, habe ich inzwischen geheilt, aber trotzdem gehen diese Udantokbrüterinnen sehr schnell zu Bruch, wenn man nicht vorsichtig ist."

„Dabei wollte ich mich bloß unterhalten!"

„Natürlich, selbstverständlich, mächtiger Brüller des To-des, aber ich bitte um etwas Geduld. Ich habe den Ein-druck, dass das Exemplar noch ein wenig unter Schock steht. Wir Grushloggs sind für sie eine völlig fremde Art", appellierte der Geistesbegabte an die Empathie seines Gebieters.

„Fremde Art? Pah! Wir sind Grushloggs! Sehen wir viel-leicht nicht normal aus? Ich wollte mich bloß mit dem Wesen unterhalten", schimpfte der Stammesführer vor sich hin.

„Nicht jede Spezies freut sich über den Besuch einer an-deren. Diese Udantok haben offenbar noch keinen Kon-takt zu anderen Arten gehabt, das ist das Problem. Unser Anblick ist für das Weibchen ungewohnt", erläuterte der Geistesbegabte.

„Auch wenn wir anders aussehen, heißt das nicht, dass man unhöflich sein muss!", brüllte ihn Guntrogg an. Dann versetzte er der schmächtigen Grünhaut einen Schubs, so dass sie gegen die Wand torkelte und vor Schmerzen aufheulte.

„Diesem Wesen, das scheinbar den Namen „Gartha" hat, solltet ihr nicht mit Geschrei und Drohgebärden gegen-übertreten. Davon kann ich wirklich nur abraten, all-mächtiger und unbezwingbarer Gebieter." Der Denker machte zahlreiche Beschwichtigungsgesten und stieß eine Reihe von Brummlauten aus.

„Ich wollte mich bloß unterhalten und habe auch nicht gebrüllt!", kam zurück. „Zumindest nicht sonderlich laut!"

„Äh, nein…ich meine…ja…", stammelte der Geistesbegabte und bemühte sich, beruhigend auf seinen Herrn einzuwirken. „Achtet in Zukunft einfach noch etwas mehr darauf, mit sanfter und ruhiger Stimme zu dem Udantokweibchen zu sprechen. Und hebt es bitte nicht einfach hoch. Ich fürchte, diese Wesen sind nicht sonderlich stabil."

Guntrogg schob den Unterkiefer knurrend nach vorne und seine hellgrauen Augen leuchteten bedrohlich in Richtung des Denkers. Ohne noch etwas zu sagen, stampfte der hünenhafte Stammesführer aus dem Raum heraus und ließ seinen Artgenossen mit der gefangenen Menschenfrau allein.

Sechs weitere Wochen, in denen die Legionäre der Loyalistenarmee in ihren Stellungen gefroren und gehungert hatten, waren verstrichen. Inzwischen hatte Leukos den Energieknoten Rothkamm räumen lassen. Aufgrund der feindlichen Übermacht, die sich rund um den Reaktorkomplex postiert hatte, war es unmöglich geworden, das Objekt noch länger zu halten. Rothkamm war in einer gewaltigen Magmabombenexplosion vergangen, was bedeutete, dass der Energieknoten nun auch für den Gegner keinen Wert mehr hatte.

Derweil grübelten Aswin Leukos und seine Offiziere darüber nach, wie sie ihre verbliebenen Soldaten vor dem endgültigen Untergang bewahren konnten. Doch guter

Rat war teuer. Etwa 30 Marslegionen und eine Viertelmillion Milizsoldaten hatten damit begonnen, die Grabensysteme der Loyalisten weiträumig zu umschließen. Eingekesselt und ohne ausreichenden Nachschub war es nur noch eine Frage der Zeit, bis Leukos Truppen vernichtet waren. Jeden Tag hämmerte ein unbarmherziges Artilleriefeuer auf die Stellungen der Eingeschlossenen ein, während Hunger, Durst und Entkräftung ihre ersten Opfer forderten. Zudem hatte Juan Sobos den einfachen Legionären in Leukos Heer plötzlich doch zugesichert, dass sie verschont würden, wenn sie freiwillig die Waffen streckten. Diese scheinbare Milde zerfraß die Moral der Legionäre wie eine ätzende Säure und machte Leukos mehr zu schaffen als die katastrophale Versorgungslage selbst. Verrat und Fahnenflucht waren nach sechs Wochen an der Tagesordnung; daran änderten selbst drakonische Strafen, brutale Dezimierungen oder öffentliche Erschießungen wenig.

Der Oberstrategos musste versuchen, den Kessel, den die Marslegionen um seine verbliebenen Streitkräfte gelegt hatten, irgendwie zu durchbrechen. Nur im Angriff konnte überhaupt noch ein Funken Hoffnung liegen. So rang sich der terranische General schließlich zu einer schweren Entscheidung durch und setzte, den drohenden Untergang vor Augen, alles auf eine Karte.

Dutzende Caedes Bomber verließen die Loyalistenschiffe, die sich noch immer in der Nähe der Sonne aufhielten, um den Mars anzufliegen und eine furchtbare Saat des Verderbens abzuwerfen. Sie trugen eine Fracht zum roten Planeten, die im ganzen Goldenen Reich das Sinnbild des Grauens war; Bomben, die tödliche, alles Leben erstickende Gasnebel entfachen konnten.

Als sich die heulenden Ceades Bomber aus dem trüben Marshimmel hinab in die Tiefe warfen und ihre Geschosse niederregnen ließen, trafen sie die siegessicheren Streitkräfte der Optimaten hart. Den Explosionen der Bomben folgte ein Gasnebel, der sich mit rasender Geschwindigkeit in alle Richtungen ausbreitete und gleich einem riesenhaften Leviathan die feindlichen Soldaten zu Tausenden verschluckte. Bald waren ganze Frontabschnitte unter einer gelblichen Giftwolke verschwunden und das Massensterben setzte ein. Würgend, keuchend und hustend verreckten ganze Legionen auf einen Schlag. Alles versank unter einer Gasglocke, die sich viele Kilometer weit aufblähte und am Ende ein gewaltiges Grab hinterließ.

Das Risiko, das die Optimaten als Rache für diesen Vernichtungsschlag nun selbst Magmabomben oder Giftgas einsetzten, ging Leukos diesmal bewusst ein. Er wusste, dass seine Soldaten der feindlichen Übermacht ohne den Einsatz derartiger Mittel nichts mehr entgegensetzen konnten.

Schließlich fraßen sich die gelblichen Gasnebel durch die Abwehrfront, die Antisthenes rund um die loyalistischen Stellungen aufgebaut hatte. Ihre tödlichen Schwaden griffen mit ihren Nebelfingern nach Abertausenden von Legionären, um sie hinab in die Hölle zu ziehen. Aswin Leukos dachte noch immer nicht daran zu kapitulieren. Schließlich gab er seinen Soldaten den Befehl, einen letzten Ausbruch aus der Umklammerung zu wagen.

„Diese Tropfen sind nutzlos! Ich bin noch immer total wütend!", brüllte Guntrogg, wobei er wie ein Grizzlybär durch den Raum stampfte.

„Mächtiger und übellauniger und größter Kriegsherr und so weiter, es dauert immer eine Weile, bis die Substanz zu wirken anfängt", wimmerte ein zutiefst eingeschüchterter Geistesbegabter, der sich hinter einer Maschine versteckt hatte; hoffend, vor der Wut seines Herrn in Sicherheit zu sein.

„Sie töten sich gegenseitig mit Feuerbällen, aber richtig kämpfen wollen sie nicht mehr! Diese Udantok benehmen sich wie feige Snags und wir können hier untätig warten! Und ich rege mich schon wieder auf! Alles die Schuld der Weichfleischigen!"

„Ihr habt ja so recht, Gewalttätiger. Ihr habt immer Recht, ganz ehrlich...", ertönte eine zaghafte Stimme hinter der Maschine.

„Und wann wirken diese Beruhigungstropfen?"

„Sie müssten jeden Moment anfangen zu wirken, mächtiger und mutiger Guntrogg."

„Aber davon merke ich nichts!", schrie der Stammesführer. Mit polternden Schritten kam er auf die Maschine zu, beugte sich herab und ergriff den zitternden Grushloggdenker mit seiner Pranke. Dann zog er den vor Angst laut schnaufenden Geistesbegabten hoch.

Guntrogg schnappte sich die Vibrationssichel, die an seinem Rückenpanzer hing, und fuchtelte damit vor den Augen des schmächtigen Heilkundigen herum. Dieser stieß einen langgezogenen Klagelaut aus.

„Ich bin kein Denker, sondern ein Krieger! Ich muss kämpfen, aber die Udantok verkriechen sich in ihren Höhlen! Und das, obwohl wir eine so weite Strecke geflogen sind, um sie zu besuchen und gegen sie zu kämpfen! In was für Zeiten leben wir eigentlich?", grollte der monströse Grushlogganführer.

„Aber ich kann doch nichts dafür. Ich bin nur ein harmloser Diener, übermächtiger Tyrann zwischen den Sternen", winselte der Denker.

Guntrogg schleuderte ihn zur Seite, so dass er mit dem Rücken gegen die Maschine krachte. Vor Schmerz jammernd blieb der Heilkundige auf dem Boden liegen.

„Ich will, dass der Krieg der Udantok weiter geht! Ich will, dass sie endlich gegeneinander kämpfen! Ich will, dass sie sich endlich ehrenvoll verhalten!"

„Ja, dafür habe ich das vollste Verständnis, Wütender."

„Und wann wirken diese verdammten Tropfen?"

„Eigentlich…eigentlich hätten sie längst wirken müssen, großer Guntrogg."

„Und warum passiert dann nichts?"

„Ich kann es mir nicht erklären. Vielleicht war die Dosis nicht hoch genug."

„Allerdings sind allein die Udantok an meiner schlechten Laune schuld! So unausgeglichen bin ich sonst nie!" Guntrogg trat gegen die Maschine aus schwarzem Metall. Krachend brach ein Stück ihrer Verkleidung ab und fiel scheppernd auf den Boden.

„Nein, natürlich nicht! Was immer Ihr sagt, unbesiegbare Faust!"

„Was meinst du damit, Weitdenker? Hältst du mich für einen Snag?"

„Ja…ich meine…nein…auf gar keinen Fall, Gebieter…", rief der Geistesbegabte entsetzt, während er langsam in Richtung Ausgang kroch.

Plötzlich jedoch ließ Guntrogg die Arme sinken. Er begann schwer zu atmen und brummte leise. Entspannt entblößte der Stammesführer seine Fangzähne, dann hielt er sich verdutzt den Kopf.

29

„Was ist denn jetzt passiert?"

„Das sind die Tropfen. Sie wirken beruhigend", erklärte der Grushloggdenker, dem buchstäblich ein Stein von seinen zwei Herzen fiel.

„Muss mich setzen." Guntrogg ließ sich neben der zertrümmerten Maschine nieder, er stöhnte und sah sich verwirrt um.

„Alles gut, es sind die Tropfen. Endlich beruhigt Ihr Euch, Mächtiger", sprach die heilkundige Grünhaut mit sichtbarer Erleichterung.

„Wie lange bleibt das denn so?"

„Das kann jetzt eine kleine Periode dauern, Herr."

„Aha…" Auf einmal wirkte Guntrogg regelrecht benebelt. Seine lilafarbene Zunge hing ihm seitlich aus dem Maul heraus. Brummend legte er sich auf den Rücken und schloss die Augen.

„Preiset die Höheren! Endlich wirkt das Zeug", flüsterte sich der Geistesbegabte selbst zu, während er auf seinen Gebieter zuging.

Im nächsten Augenblick schob sich die Tür des Raumes auf und der Denker drehte sich verdutzt um. Ein Rottenführer in voller Kampfrüstung kam in die Kammer hineingestürmt, er gestikulierte wild mit den Armen. Es war Craglakk, Guntroggs bester Kriegerfreund.

„Die Udantok haben wieder angefangen, gegeneinander zu kämpfen! Es geht los! Es geht los!", schrie er völlig euphorisch.

„Das darf doch nicht wahr sein", sagte der Geistesbegabte entnervt.

Craglakk deutete auf seinen Herrn, der reglos auf dem Boden lag und sich nicht mehr rührte.

„Er hat Rullgtropfen bekommen, damit er sich beruhigt", erläuterte der Denker.

„Beruhigt? Guntrogg muss kämpfen! Die Horde wartet!", brüllte Craglakk.

„Langsam reicht es mir!", giftete der Heilkundige zurück, um an dem Rottenführer vorbei zu rennen.

„Wo willst du hin, Tiefdenker?", wollte Craglakk wissen.

„Ich hole etwas, damit unser Gebieter wieder auf die Beine kommt."

„Was ist denn mit Guntrogg los?"

„Das geht niemanden etwas an. Als Heilkundiger bin ich verpflichtet, bei solchen Fragen das Maul zu halten."

„Aber hoffentlich nichts Ernstes, oder?", meinte Craglakk.

Der Geistesbegabte würgte verneinend, um sich dann schnellen Schrittes zu entfernen.

„Nein, nur das Übliche, sonst nichts!", rief er, als er verschwand.

Der Großangriff hatte begonnen. Wieder einmal stellte sich Flavius die Frage, ob es nicht besser gewesen wäre, wenn er sich einen Blasterstrahl durch den Schädel gejagt hätte. Dann wäre der endlose Wahnsinn zumindest vorbei, haderte er mit sich selbst.

Im Laufschritt rückten die Legionäre vor und Zenturio Sachs befahl, weiterhin eine lockere Formation beizubehalten. Inzwischen war der Biophagingasnebel nicht mehr tödlich, was bedeutete, dass die Filterungsanlagen im Inneren der Legionärshelme ausreichten, um den Soldaten atembare Luft zu schenken. Unmittelbar neben Princeps rannte Kleitos mit erhobenem Schild und entsichertem

Blaster durch den milchigen Nebel, der nach dem Gasangriff übrig geblieben war.

Schließlich erreichten die Männer den ersten Graben. Rund um die Stellungen lagen Dutzende von toten Milizsoldaten und Legionären. Eine ganze Woche lang hatten die Gasschwaden wie eine todbringende Glocke über diesem Gebiet gehangen und jedes Leben auf dem Boden ausgelöscht. In einem Umkreis von fast zehn Kilometern regte sich nichts mehr.

Verstört schritt Flavius an noch mehr Toten vorbei. Überall lagen feindliche Legionäre, die sich in ihrer Panik an die Hälse gegriffen hatten, nur um qualvoll an den Blutströmen aus ihren aufgeplatzten Lungen zu ersticken. Das hochgiftige Biophagingas, welches tagelang über einem Gebiet stehen konnte, bevor es sich wieder langsam zersetzte, hatte einst Gutrim Malogor benutzt, um die Anaureanerstämme auf der pontischen Halbinsel auszurotten. Er hatte die schrecklichen Giftnebel ganze Landstriche bedecken lassen und sie dadurch innerhalb weniger Tage entvölkert. Jetzt sah Flavius, der in einem Geschichtsbuch etwas darüber gelesen hatte, mit eigenen Augen, was es bedeutete, Biophagingas einzusetzen.

Mehrere Plasmageschütze standen herrenlos jenseits der Grabenstellungen. Dahinter lagen die Geschützbesatzungen zusammengekrümmt auf dem Boden. Flavius erinnerten die seltsam verdrehten Toten an Säuglinge im Mutterleib.

„Das Gas hat unglaublich gewütet. Ich hoffe nur, dass wir hier heil durchkommen", hörte Flavius seinen Freund Manilus auf dem persönlichen Vox-Kanal sagen.

„Ich hätte auch nicht gedacht, dass dieses Gift dermaßen effektiv ist. Hier lebt nicht einmal mehr eine Maus. Ein echtes Teufelszeug. Aber so lange es nicht unsere Lungen zerfrisst…“, antwortete Princeps.

„Hauptsache, es gelingt uns endlich, aus diesem Kessel herauszukommen. Doch das steht noch in den Sternen, selbst wenn der Feind hier vernichtet worden ist“, sagte Sachs, um den Kommunikationskanal dann wieder zu schließen.

Die loyalistischen Legionäre kletterten noch eine halbe Stunde lang über verlassene Gräben und Stellungen, wobei sie über die Toten stiegen, die den Boden zu Hunderten bedeckten. Noch immer stand ein verdünnter Gasnebel über dem Gebiet und Flavius erschauderte bei dem Gedanken, was die Giftschwaden auch mit ihm anrichten würden, wenn sie hochkonzentriert waren.

Als Princeps und seine Kameraden bereits glaubten, dass sie es aus dem Belagerungskessel heraus schaffen konnten, wurden sie plötzlich eines Besseren belehrt. Es ging alles dermaßen schnell, dass die meisten Legionäre nicht einmal begriffen, was um sie herum geschah.

„Sucht euch irgendwo Deckung! Schnell!“, schrie ein Veteran direkt hinter Flavius und fuchtelte mit dem Gladius herum.

Princeps drehte sich um, rannte los und sprang in einen der Gräben hinein. Er landete zwischen ein paar toten Milizsoldaten; Kleitos rutschte neben ihm durch den Staub. Schon in der nächsten Sekunde brach die Hölle los. Ungezählte Plasmagranaten hagelten vom Himmel herab, sonnenheiß glühende Wolken breiteten sich zwischen den Legionären aus und der Boden erbebte unter den Einschlägen. Irgendwo ertönten langgezogene, gequälte Schreie, Steine und Erdbrocken flogen durch die Luft.

„Diese elenden Ratten haben nur darauf gewartet, dass wir hier durch kommen!", meldete sich Sachs.

„Ja, aber was hätten wir sonst tun sollen? In unseren Stellungen wären wir einfach verhungert", erwiderte Flavius.

Zenturio Sachs schaltete wieder auf den Allgemeinkanal um, so dass ihn alle seine Legionäre hören konnten.

„Raus aus den Gräben und Deckungen! Es wird weiter gestürmt! Es hat keinen Sinn, dass wir uns hier zusammenbomben lassen!"

„Aber das ist verfluchter Selbstmord!", funkte Flavius entsetzt dazwischen.

„Das ist ein Befehl, Kohortenführer Princeps! Ich bin Ihr Vorgesetzter! Also tun Sie, was ich Ihnen befehle!", brüllte Sachs mit sich überschlagender Stimme über die allgemeine Vox-Verbindung zurück.

Flavius taten die Ohren weh. Fluchend richtete er sich auf, griff nach den Pila, dem Schild und dem Blaster.

„Männer, ich befehle, den Vorstoß fortzusetzen! Ich habe gerade ein paar Informationen von der Luftaufklärung erhalten! Die feindlichen Geschütze sind etwa drei Kilometer von uns entfernt! Sie befinden sich in Quadrat T-67 hinter der kleinen Hügelkette. Dort müssen wir hin, um diesen Schweinen die Hälse durchzuschneiden!"

Sich an der Grabenwand entlang tastend, bewegte sich Flavius durch einen halb verschütteten Unterstand. Dabei stieß er mit dem Fuß gegen den Helm eines toten Milizsoldaten; entsetzt drehte er sich um und sah in die glasigen Augen der Leiche, die auf dem Grund des langen Grabens lag. Dann schnellte er flink nach oben, kletterte eine eiserne Leiter hoch und kroch schließlich in Richtung einiger Felsen. Kleitos, der sich sein Schild panisch vor den Körper hielt, als ob er auf diese Weise eine Plasmagranate abhalten könnte, folgte ihm nach.

Unter Sachs Gebrüll rannten die Legionäre los, während um sie herum die Geschosse einschlugen und den rotbraunen Boden durchpflügten. Als sie weitere hundert Meter zurückgelegt hatten, war Flavius kurz davor, vor Erschöpfung zusammenzubrechen. Sein Herz hämmerte mit einer solchen Geschwindigkeit, dass der junge Legionär glaubte, es würde ihm jeden Moment aus dem Hals springen. Mit letzter Kraft eilte er zu einem Granattrichter und ging dort in Deckung.

„Bamm! Bamm! Bamm!", dröhnte es um ihn herum, während der Boden wie unter den wütenden Schlägen eines Riesen erzitterte.

„Bist du noch am Leben, Junge?", rief Sachs über Funk.

„Sehr witzig!", gab Flavius schnaufend zurück.

Indes suchten Kleitos und drei weitere Legionäre ebenfalls in dem Granattrichter Schutz, doch lange dauerte ihre Verschnaufpause nicht. Nach ein paar Minuten kletterten die Soldaten wieder aus der Deckung heraus, um den Angriff fortzusetzen.

Wieder einmal versuchte Flavius, seine Gedanken abzustellen, wie er es schon so oft in derartigen Situationen getan hatte. Unmittelbar hinter ihm detonierte eine Granate und wirbelte eine gewaltige Staubfontäne auf. Princeps spürte die Druckwelle, dann prasselten kleine Steinchen klackernd auf seinen Helm, doch ließ er sich nicht beirren und rannte einfach immer weiter geradeaus.

Unaufhörlich peitschte die raue Stimme von Zenturio Sachs die Legionäre nach vorn. Als die Männer einen ganzen Kilometer zurückgelegt hatten, erreichten sie das nächste Grabensystem, das vom Biophagingas in ein Leichenfeld verwandelt worden war. Auch hier lag alles voller Toter, deren Körper seltsam verdreht waren.

Flavius stellte sich vor, wie zahllose kalte Hände aus dem roten Marsboden herausfuhren, um ihn hinab in die Unterwelt zu ziehen. Doch wurde er aus seinen düsteren Gedanken gerissen, als das feindliche Geschützfeuer schlagartig verstummte.

Die Legionäre, die es bis hierher geschafft hatten, atmeten erleichtert auf. Kleitos legte ihm die Hand auf die Schulter, Princeps drehte sich um.

„Was beim Göttlichen ist denn jetzt los? Warum hören die auf, uns zu beschießen?", fragte Jarostow.

Derweil rang Flavius noch immer nach Luft und murmelte eine kaum verständliche Antwort.

„Weiterlaufen! Stürmen! Ich habe nicht gesagt, dass wir den Angriff unterbrechen! Wir müssen diese verdammten Hügel so schnell wie möglich erreichen!", kreischte Sachs durch das Vox-Netzwerk.

Fluchend liefen die Legionäre weiter. Manche waren bereits in die Gräben gesprungen, doch Zenturio Sachs hatte dies unzweifelhaft untersagt. Keine Deckung nehmen, nur störrisch weiter stürmen und stürmen. Verkrampft den Blaster haltend rannte Princeps auf die Hügel zu. Irgendetwas stimmte hier nicht, ging es ihm durch den Kopf. Es gab keinen logischen Grund, das Geschützfeuer einzustellen. Gefahr lag in der Luft. Abgesehen von den verdünnten Resten des Biophagingases.

„Diese elenden Schweine spielen mit uns!", sagte Flavius leise zu sich selbst, während er zum Himmel hinaufsah.

Drei große Truppentransporter der Hades Klasse senkten sich langsam herab und eröffneten das Feuer aus einer

Vielzahl überschwerer Autokanonen. Sekunden später schlugen die ersten Garben zwischen den Loyalisten ein. Flavius schleuderte sein Schild von sich, um in Richtung der Grabenanlage zu sprinten. Seinen Freund Kleitos, der wie angewurzelt dastand und die Transportschiffe anglotzte, schubste er unsanft aus dem Weg.

„Komm, Jarostow! Renn!", gellte er.

Hinter den beiden Kameraden krachten schwere Projektile in den staubigen Marsboden und rote Wölkchen breiteten sich aus. Dann fraß sich das Maschinenkanonenfeuer quer durch die Reihen der vorstürmenden Legionäre. Dutzende Unglückliche wurden getroffen, ihre Körperpanzer aufgerissen und ihre Eingeweide über den Boden verteilt. Flavius machte einen gewaltigen Satz über ein paar rostige Metallkisten und fiel direkt in einen der Gräben hinein. Er landete auf zwei erstarrten Leichen, schlug mit dem Helm gegen ein Rüstungssegment und brach sich beinahe die Beine.

Derweil schrie Manilus Sachs auf dem persönlichen Vox-Kanal irgendwelche Befehle, doch Flavius konnte bloß Satzfetzen verstehen, da seine Funkverbindung für ein paar Sekunden instabil war.

„Wir müssen hier weg, Princeps, sonst knallen sie uns allesamt ab!", entnahm er dem furchtbaren Gebrüll des Zenturios.

Daraufhin kam Jarostow herangekrochen; der bullige Legionär presste sich die gepanzerten Handschuhe auf das Helmvisier. Über den Köpfen der unglücklichen Loyalisten wurde das Dröhnen der Transporter immer eindringlicher, während die Autokanonen zunehmend präziser feuerten.

Die von Sachs geführten Legionäre, welche zuvor noch einen Sturmangriff auf die Hügelkette versucht hatten, rannten jetzt wie aufgescheuchte Hühner durcheinander. Ganz Projektilschwärme zerfetzten alles in ihrem Weg. Gegen diese Geschosse halfen selbst die hochentwickelten Exoskelette der terranischen Legionssoldaten nichts. Mehrere Minuten verstrichen, in denen Flavius sich in ein zitterndes Bündel verwandelte. Die Angst vor dem Tod hatte ihn schlagartig überwältigt, obwohl er schon so oft im schlimmsten Feuer gestanden hatte.

Schließlich landete der erste der Truppentransporter in einigen Hundert Metern Entfernung. Riesige Schleusentore öffneten sich, das Dröhnen der Triebwerke wurde zu einem ohrenbetäubenden Getöse. Vorsichtig wagte Flavius einen Blick über die Grabenwand. Seine Helmanzeige vergrößerte den gewaltigen Frachter und was er sah, ließ ihn endgültig den Glauben verlieren, dass er diesen Tag überleben würde.

„Diesmal haben sie dich! Diesmal hilft dir auch dein Glück nicht! Das ist dein letzter Moment auf dieser Welt!", wisperte ein böser Geist am anderen Ende von Flavius gebeuteltem Verstand.

Der Kohortenführer zoomte an die offenstehenden Luken des Transporters heran. Dann drückte ihm die Panik den Hals zu.

„Bei Malogor, wir sind im Arsch!", hörte Princeps Kleitos neben sich stöhnen.

Mehrere Donar Panzer rollten die breiten Stahlrampen herunter, um sofort das Feuer auf die Legionäre in der Ferne zu eröffnen. Ihnen folgten Sturmkampfläufer, Robotsoldaten, gepanzerte Legionäre und schließlich sogar drei Elefanten. Augenblicklich schlugen Granaten, Projektile und wirbelnde Plasmastürme rund um Flavius in das Grabensystem ein. Princeps legte sich zwischen zwei tote Milizsoldaten und schrie wie von Sinnen.

„Heute kommst du nicht mehr davon! Heute ist es vorbei! Vorbei! Vorbei! Vorbei!", rumorte es pausenlos in seinem Gehirn.

Dreckklumpen hagelten auf die hilflosen Loyalisten herunter, während die Panzer und Kampfläufer unbarmherzig näher kamen und alles in ihrem Weg niedermähten. Den Fahrzeugen folgten hunderte Kämpfer der Marslegionen.

„Was tun wir denn jetzt, Manilus? Die werden uns einfach abschlachten!", brüllte Flavius panisch in seinen Vox-Sprechkopf.

„Jetzt nicht!" Sachs schaltete die persönliche Kommunikationsverbindung aus.

Der Feind war haushoch überlegen. Das zeigte sich gerade in diesen furchtbaren Minuten. Es mangelte den Loyalisten inzwischen nicht nur an Nahrungsmitteln, sondern auch an Munition und Kriegsgerät, während der Gegner über unendlichen Nachschub zu verfügen schien. Gegen die hier anrückende Armada hatten Flavius und seine Kameraden nicht den Hauch einer Chance.

Princeps hielt den Kopf unten und kroch in Richtung einer Wellblechabdeckung. Hier lag bereits ein toter Legionär, den das Biophagingas schon vor Tagen dahingerafft hatte. Leise fing Flavius an zu beten, während das feindliche Trommelfeuer die Gräben in Stücke riss.

Freunde von 592

Das gigantische Raumschiff der Grushloggs stürzte sich aus dem Orbit des roten Planeten hinab in die Tiefe, wo die Schlacht der Udantok tobte. Mehrere Transporter der Weichfleischigen waren gerade dabei, auf der Oberfläche zu landen, als die Bordwaffen des Grushloggraumers hoch über ihnen aufleuchteten. Grelle Blitzstrahlen rasten auf zwei der Transportflieger zu, um sie in der nächsten Sekunde in sich aufblähende Feuerbälle zu verwandeln. Dann schalteten die Grushloggs das Tarnfeld ihres Sternenschiffes ab, so dass die Udantok das riesenhafte Ungetüm aus schwarzem Stahl am Himmel sehen konnten.

Wie ein Drache aus den alten Sagen Terras schwebte das Fluggerät der Nichtmenschen über den Geschehnissen am Boden. Es war an Zeit, dass die Grünhäute den Fremden ihre Kampfkraft vor Augen führten. Erwartungsvoll verharrten Guntrogg und seine engsten Kriegerfreunde im Inneren eines Landungsfliegers, dem kommenden Kampf euphorisch entgegenfiebernd.

Neben dem Stammesführer brüllte sein Gefährte Craglakk aus vollem Halse, der narbengesichtige Krieger knurrte langgezogen und fletschte dabei seine Reißzähne. Schließlich schoss der Landungsflieger gleich einem abgefeuerten Projektil aus dem Mutterschiff heraus, um daraufhin hinab zu stürzen.

„Woooah!", schrie Guntrogg in einem Zustand gewalttätiger Glückseligkeit, während er mit der Faust gegen die metallische Außenwand des Fluggerätes hämmerte.

Der junge Brüller setzte einen stachelbewehrten Helm auf, griff nach seiner Axt und lud seinen Desintegrationsstrahler auf. Es dauerte nur einen kurzen Moment, bis das Landungsgefährt den Boden erreicht hatte, um die Grushloggkrieger inmitten des Schlachtgetümmels auszuspucken.

Vibrierend setzte der Flieger auf, Projektile prasselten wie Hagelkörner gegen seine Außenhülle, doch konnten sie das fremdartige Flugobjekt nicht beschädigen. Guntrogg hüpfte erwartungsvoll auf und ab.

Mehrere Schotts sprangen blitzartig auf, Energieblasen blinkten; sie hüllten die Krieger schützend ein. Als der Stammesführer als Erster aus dem Landungsflieger stürmte und dabei eine Wolke roten Marsstaubes aufwirbelte, fühlte er sich wie neu geboren. Craglakk und acht muskelbepackte Grauaugen folgten Guntrogg, der sie zur Eile antrieb.

„Vorwärts! Sonst verpassen wir wieder so viel!", gellte der junge Brüller durch den Schlachtenlärm. Dann schob er ein glückliches Brummen hinterher.

Die erste Gruppe Udantoksoldaten befand sich direkt neben dem Landungsgleiter, Guntrogg rannte sofort auf die Fremden zu. Diese kreischten entsetzt durcheinander und visierten die Grünhäute mit ihren Schusswaffen an.

Rötliche Strahlen prallten von der gelblich schimmernden Energieblase ab, die Guntrogg einhüllte. Immer schneller und schneller raste der hünenhafte Nichtmensch auf die Menschensoldaten zu, setzte zum Sprung an und warf sich schließlich laut brüllend in den Kampf. Die gewaltige Energieaxt des Adelskriegers entfachte einen blutigen Regen, als sie Guntrogg kreisförmig rotieren ließ. Gleich zwei Milizionäre der Marstruppen fielen gefällt zu Boden.

41

Heute wollte Guntrogg seine Schusswaffe nur im Notfall benutzen und dem Feind besonders ehrenvoll Auge in Auge gegenübertreten. Er drehte die Klinge seines Beils und hackte einen weiteren Udantok nieder.

In der gleichen Sekunde sprang ihm jedoch ein Legionär in den Rücken, rammte ihn mit seinem Schild und versuchte, Guntrogg mit dem Gladius in den Nacken zu stechen. Doch der Adelskrieger reagierte flink; er wehrte den Hieb im letzten Moment mit der Axt ab, so dass ein Funkenregen entstand, als sich die energetisch aufgeladenen Klingen trafen. Wütend schrie der Mensch etwas in seiner fremdartig klingenden Sprache, doch Guntrogg gab ihm keine Möglichkeit mehr für einen weiteren Angriff. Er donnerte dem Legionär mit voller Wucht die Faust gegen das Helmvisier und trat ihm dann gegen den Brustpanzer. Keuchend landete der Menschensoldat auf dem Rücken, wobei ihm sein Schild aus der Hand rutschte. Verzweifelt versuchte der Legionär, mit dem Gladius nach Guntroggs Beinen zu schlagen, doch dieser zerschmetterte ihm mit einem Tritt den Unterarm. Das Schwert glitt dem panisch schreienden Legionär aus der Hand. Guntrogg brüllte indes triumphierend auf, während er sich zu dem Udantok herabbeugte.

„Du gut kämpfen!", rief er auf Hochaureanisch.

Daraufhin ließ er den vollkommen verwirrten Soldaten auf dem Rücken liegen, um sich einem anderen Feind zuzuwenden. Gegner gab es hier zum Glück noch genug. Einen Unbewaffneten wollte Guntrogg allerdings auf keinen Fall töten; unehrenhaft zu kämpfen konnte er sich als angehender Erster Brüller nicht erlauben.

Vor Schmerzend stöhnend richtete sich der marsianische Legionär wieder auf, wobei er Guntrogg nachblickte. Anschließend humpelte er mit gebrochenem Arm davon.

Ganze Schwärme kriegswütiger Grünhäute stürmten inzwischen über das Schlachtfeld. Die Donar Panzer der Marstruppen hatten die Grushloggs längst in qualmende Wracks verwandelt und die drei großen Transportraumer waren ebenfalls zerstört worden.

Guntrogg feuerte sein Gefolge mit lautem Geschrei an. Begeistert wandte er sich einem Robotsoldaten der Udantok zu, wich mehreren Blasterschüssen aus und hieb schließlich mit der Axt auf den Androiden ein. Der Maschinenmensch sackte zusammen, als ihn Guntroggs Waffe in der Mitte zerteilte und bläuliche Plasmaentladungen im Körper des Automatos aufglühten. Mehrere Udantoksoldaten liefen derweil entsetzt davon. Sie dachten nicht daran, sich den wütenden Ungeheuern, die aus dem Nichts gekommen waren, in den Weg zu stellen. Hinter den flüchtenden Weichfleischigen wurden zwei Sturmkampfläufer sichtbar, Guntrogg drehte den Kopf, dann brummte er zufrieden.

Das war großartig! Kriegsmaschinen der Udantok mit tödlichen Kreissägen und Flammenwerfern am Ende ihrer stählernen Arme!

„Wird bestimmt ein interessanter Kampf!", meinte Craglakk, der Guntrogg gefolgt war und seine Vibrationssichel schwang.

Der junge Brüller knurrte, als Projektile und Laserstrahlen gegen sein Energiefeld prasselten. Die riesige Axt mit beiden Händen schwingend stürmte Guntrogg los, um direkt vor einen der Kampfläufer zu springen. Eine kreischende Kreissäge fegte über ihm durch die Luft und verfehlte seinen Kopf nur knapp. Im Gegenzug ließ der Nichtmensch die Axt niedersausen und zerschmetterte die Scheibe aus Panzerglas, hinter der der Pilot des Kampfläufers saß. Guntrogg war glücklich. Ganz im Gegensatz zu dem panisch kreischenden Weichfleischigen, der durch die geborstene Scheibe auf den hünenhaften Anführer der Außerirdischen starrte. Verzweifelt versuchte der Kampfläuferpilot, Guntrogg auf Distanz zu halten, indem er mit der Kreissäge wie von Sinnen um sich schlug. Geschickt sprang der junge Brüller zu Seite, um seinen tollkühnen Angriff fortzusetzen. Dieser Kampf konnte sich als echte Herausforderung erweisen, sagte sich Guntrogg voller Zuversicht.

Noch immer war Flavius so verwirrt, dass er Mühe hatte, einen klaren Gedanken zu fassen. Am Horizont zeichneten sich die bizarren Konturen eines gewaltigen Alienschiffes ab. Es war aus dem Nichts aufgetaucht wie ein Urweltriese, der ganze Städte zu Staub zertrampeln konnte. Die Fremden hatten die Transportraumer der Marsianer zerstört, ihre Panzer in Stücke geschossen und eine wahre Schneise der Verwüstung durch das feindliche Heer gezogen.
Neben Flavius war Kleitos in Stellung gegangen. Die beiden Freunde lagen hinter einem Erdaushub und schossen auf jeden, der sich ihnen zu nähern versuchte. Durch das plötzliche Auftauchen des Xenosschiffes war alles verändert worden. Die Schlacht gegen die Optimaten hatte sich in ein unübersichtliches Chaos verwandelt. Mittlerweile war es kaum noch möglich, Freund und Feind zu unterscheiden.

„Geordneter Rückzug, Männer! Formiert euch zu Gruppen nach Defensivschema 9!", befahl Sachs über Helmfunk.

„Was? Das ist unsere Chance, hier durch den Kessel zu stoßen, Manilus", wandte sich Flavius persönlich an seinen Freund.

„Willst du etwa in Richtung dieser Viecher vorrücken? Das kann doch nicht dein Ernst sein, Junge!", antwortete Sachs.

„Sollen wir vielleicht warten, bis die nächste Angriffswelle der Optimaten kommt und uns hinwegfegt? Diese Xenoswesen haben bisher nur unsere Feinde angegriffen. Und sie haben dort hinten alles in Schutt und Asche gelegt. Das ist unsere Chance, den Belagerungsring endlich zu durchbrechen", schrie Flavius.

Sachs überlegte einen Augenblick lang, Princeps hörte ihn stoßweise atmen. Dass der hünenhafte Zenturio inzwischen mit den Nerven am Ende war, konnte Flavius bestens verstehen. Immerhin erging es ihm nicht anders. Sie alle hatten mit vielem gerechnet, aber nicht mit einem riesigen Xenosraumschiff, das plötzlich am Himmel sichtbar wurde.

„Und was ist, wenn uns diese verdammten Monster ebenfalls angreifen?", wollte Sachs wissen.

„Das können sie ohnehin, wenn sie wollen, aber bisher haben sie uns geholfen! Ansonsten hätten uns die Optimaten hier schon längst überrannt und zusammengeschossen! Sei vernünftig, Manilus, gib den Befehl zum Vorrücken!"

Flavius hörte, wie sein Freund mit der Faust gegen eine Metallverkleidung schlug und dabei furchtbar fluchte.

In einiger Entfernung konnte Princeps sehen, wie die grünhäutigen Außerirdischen noch immer mit ihren Landungsfliegern vom Himmel herabstürzten und über die menschlichen Soldaten herfielen.

„Es hat keinen Sinn, wenn wir hier noch länger warten! Wir können uns nicht mehr zurückziehen, deshalb müssen wir es jetzt versuchen und weiter vorrücken! Raus aus dem verdammten Kessel, bevor der Belagerungsring wieder geschlossen wird!", brüllte Flavius in den Vox-Sprechkopf seines Helms.

„Bei Sebottons größter Bombe, dann mache ich halt, was du mir vorschlägst. Mehr als verrecken können wir ja doch nicht", erwiderte Sachs mürrisch. „Diesmal müssen wir diesen Drecksviechern, die uns auf Colod fast alle umgebracht haben, offenbar dankbar sein."

„Es ist in meinen Augen sehr wahrscheinlich, dass sie uns heute nicht angreifen. Immerhin haben sie uns gezielt geholfen, das kann einfach kein Zufall sein", meinte Princeps, der ungeduldig auf den Befehl zum Vorstoß wartete. Kleitos hockte reglos neben ihm im Dreck; er schien zur Salzsäule erstarrt zu sein.

„Aha, du vertraust diesen Monstern also. Wie schön. Naja, was soll`s...", knurrte Manilus.

Ein paar Minuten später gab Sachs den Befehl, den Sturmangriff fortzusetzen. Flavius kletterte aus seiner Deckung und Kleitos folgte ihm. In diesem Moment dachte der junge Kohortenführer an das Stück Schulterpanzer, das ihm der Xenoskrieger gegeben hatte. Seit dieser denkwürdigen Nacht bewahrte Flavius das Rüstungsteil in einer kleinen, verschlossenen Metallkiste auf. Für ihn waren die Zusammenhänge jedenfalls nicht mehr von der Hand zu weisen. Es war offensichtlich, dass sie alle schon lange von den grünhäutigen Nichtmenschen beobachtet wurden. Und hätten diese ihre Vernichtung gewollt, wären sie schon längst nicht mehr am Leben.

„Vielleicht wollen sie uns tatsächlich helfen", dachte Flavius. „Denn wenn nicht, werden wir als nächstes sterben."

Mit versteinerter Miene schob der Legionär eine neue Energiezelle in seinen Blaster. Dann rückte er mit seinen Kameraden vor.

Dem Gewitter aus rötlichen Blasterstrahlen, das Flavius und seine Kameraden entfachten, folgte eine Pilumsalve. Mehr als hundert der speerartigen Sprenggeschosse detonierten gleichzeitig und richteten ein Blutbad unter den in Unordnung geratenen Feinden an.

„Auseinander! Gladius raus!", schallte der Befehl durch das Vox-Netzwerk.

Grimmig rissen Flavius und Kleitos ihre Kurzschwerter hoch, um dann mit lautem Kriegsgebrüll vorwärts zu stürmen. Die Verzweiflung in Flavius Kopf wich allmählich dem brutalen Überlebenswillen. Mit erhobenem Schild rannte der Kohortenführer auf eine Gruppe marsianischer Legionäre zu. Einer der gegnerischen Soldaten, ein Riese von einem Mann, visierte Princeps mit dem Pilum an. Er schleuderte das Geschoss im nächsten Augenblick, doch Flavius reagierte sofort, duckte sich und hechtete zur Seite. Das Pilum verfehlte ihn und flog über seinem Kopf hinweg, um irgendwo hinter ihm zu explodieren.

Unbeirrt hielt Flavius auf die marsianischen Soldaten zu. Er sprintete direkt in Richtung des gepanzerten Hünen, der soeben sein Pilum geschleudert hatte. Neben ihm prallten schon die ersten Loyalisten in die Phalanx der feindlichen Krieger.

Währenddessen stampfte auch der gerüstete Hüne auf Princeps zu; er neigte den Helm wie ein angriffslustiger Bulle nach vorne und ging dann schwertschwingend auf seinen Gegner los. Klirrend trafen sich die Gladia, wobei Flavius von der brutalen Kraft des Fremden beinahe zu Boden geworfen wurde. Dumpf brüllte der Riese auf, riss das Schwert in die Höhe und drosch auf Flavius Schild ein. Doch der Kohortenführer drehte sich geschickt unter der Kaskade wütender Hiebe hinweg, tänzelte zur Seite und sprang daraufhin blitzartig hoch.

Verwirrt wandte der hünenhafte Legionär den Kopf zur Seite, als die Spitze von Flavius Schwert auch schon auf sein Gesicht zuflog und sich der Stahl durch die dünne Unterhalspanzerung bohrte. Mit einem erstickten Schrei auf den Lippen torkelte der getroffene Feind zurück, während er sich an die Kehle griff und blutige Fäden zwischen seinen Fingern hervorquollen.

Flavius attackierte den verwundeten Feind mit der gnadenlosen Entschlossenheit eines Raubtieres. Er hieb dem Marisaner das Schwert in die ungeschützte Seite, zog er heraus, ließ es durch die Luft sausen, hackte ihm dann den linken Arm ab.

Wieder einmal kämpfte Flavius wie im Rausch. Eugenias Lächeln und Malogors Gebote schenkten ihm in diesen Sekunden gleichsam Kraft. Indes brach sein Gegner keuchend zusammen; sich auf dem Boden krümmend blieb er in einer sich schnell ausbreitenden Blutlache liegen.

Princeps sprang derweil bereits den nächsten Gegner an, wie eine tödlich ratternde Maschine schlitzend und hackend. Aus dem naiven Jüngling, den das Schicksal einst aus seiner heilen Welt gerissen hatte, war längst ein erfahrener und höchst effektiver Schlächter geworden.

Schließlich machten die Loyalisten die noch lebenden Feinde in diesem Frontabschnitt erbarmungslos nieder. Am Ende liefen die gegnerischen Verbände in immer größerer Zahl davon – was jedoch vor allem an den Grushloggs lag, die in ihrem Rücken wüteten und grenzenlose Panik verbreiteten.

Zenturio Sachs und die von ihm geführten Legionäre hatten eine Lücke in die Linien der Optimaten gerissen; nun drangen immer mehr loyalistische Kampftrupps in die Bresche ein.

Nachdem sich Flavius und Kleitos mit letzter Kraft durch das staubige Getümmel gekämpft hatten, erblickten sie die Umrisse zahlreicher Grushloggkrieger in der Ferne. Allerdings zogen sich die grünhäutigen Kreaturen zurück, als die Loyalistenverbände näher kamen. Spätestens jetzt gab es für Princeps keinen Zweifel mehr, dass sie Leukos Armee bewusst geholfen hatten.

Nach und nach stiegen die Außerirdischen wieder in ihre fremdartigen Landungsflieger und kehrten zu ihrem Mutterschiff zurück, das noch immer wie ein fliegendes Gebirge am Himmel stand. Ungläubig sahen Flavius und Tausende weitere Soldaten den Nichtmenschen bei ihrem Rückzug zu. Irgendwann verschwand das gewaltige Sternenschiff wieder hinter einem undurchsichtigen Tarnschleier und das Erstaunen der Menschensoldaten wuchs ins Unermeßliche. Als die Xenokreaturen mit ihrem Raumschiff davonflogen, hinterließen sie den Udantok jedoch eine Nachricht am rötlichen Marshimmel.

„Wir sind Freunde von 592!", stand auf einmal in überdimensionalen, hochaureanischen Lettern dort, wo zuvor das Sternenschiff der Fremden gewesen war.

„Das glaube ich jetzt nicht!", keuchte Flavius völlig außer Atem, während er den am Himmel aufleuchtenden Satz anstarrte.

„Freunde von 592?", fragte Kleitos, der sich neben ihn gestellt hatte.

„Es bezieht sich auf uns, Jarostow", meinte Princeps.

„Hä?" Kleitos war verwirrt.

„Sie sind mir hier auf dem Mars schon einmal begegnet. Beim Wacheschieben, nahe dem Energieknoten Rothkamm. Ich hatte es dir bloß nicht erzählt, um dich nicht noch mehr zu beunruhigen. Aber ich bin mir mittlerweile sicher, dass diese Kreaturen Kontakt zu uns aufnehmen wollen."

„Wovon bei Malogor redest du, Princeps? Freunde von 592? Was bedeutet das?"

Flavius wandte Kleitos den Blick zu. „Stehst du auf der Plasmaleitung? Schau doch auf deinen Schulterpanzer. Wir sind die 592. Legion von Terra. Sie meinen uns damit."

Schweigend betrachtete Aswin Leukos das dreidimensionale Schaubild eines Viridpelliden. Dann wischte er es mit einer Handbewegung aus der Luft und richtete den Blick auf seinen Gast, der reglos vor seinem Schreibtisch stand. Als Oberstrategos der terranischen Streitkräfte hatte sich Leukos schon vor Jahren mit den Erkenntnissen der imperialen Xenobiologen befasst. Zumindest mit dem Wenigen, was diese im Geheimen arbeiten Wissenschaftler bisher über die im All lebenden Fremdarten herausgefunden hatten.

„Ich kann Sie nur beglückwünschen, Zenturio", sagte Leukos, „solche Freunde wünscht man sich, nicht wahr?" Manilus Sachs, den der Oberstrategos auf die Lichtweg befohlen hatte, räusperte sich verlegen.

„Diese Wesen scheinen uns genau im Blick zu haben. Und das ist kein Grund zur Freude, denn ich halte diese Xenosspezies für äußerst aggressiv, gefährlich und total unberechenbar", fuhr der General fort.

„Ohne das Eingreifen der Außerirdischen wäre unser Ausbruchsversuch allerdings gescheitert", merkte Sachs an.

Leukos kratzte sich nachdenklich am Hinterkopf. Mit ernster Miene blickte er seinen Untergebenen an.

„Freunde von 592, die Colod-Mission. Langsam ergibt alles einen Sinn", murmelte er.

„Die Zusammenhänge sind mir durchaus bewusst, Herr."

„Unsere gesamte Zivilisation ist diesen Viridpelliden schutzlos ausgeliefert, Zenturio. Zwar haben uns diese Xenomorphen diesmal geholfen, doch kann sich das jederzeit wieder ändern."

„Dann sollten wir auf ihren Kontaktversuch eingehen. In diesem Krieg könnte das gerade uns behilflich sein", meinte Sachs.

Der Oberstrategos, der den Zenturio heute Morgen zu einem persönlichen Gespräch auf das Flaggschiff der Loyalistenflotte gerufen hatte, überlegte angestrengt. Inzwischen wusste auch auf der Lichtweg jeder vom Auftauchen der Viridpelliden auf dem Mars.

51

„Da sie uns, speziell der 592. Legion von Terra, offenbar mit einer gewissen Sympathie gegenüberstehen, wäre das eine Überlegung wert."

„Wenn Ihr es wünscht, Herr, dann stelle ich mich bei dem Kontaktversuch gerne zur Verfügung. Immerhin bin ich noch immer der Anführer der 592. Legion, auch wenn davon so gut wie nichts mehr übrig ist", sagte Sachs.

Leukos lächelte väterlich. Er kam zu seinem Untergebenen herüber, um ihm die Hand auf die Schulter zu legen. „Ein ehrenvolles Ansinnen, Zenturio. Ich werde zur gegebenen Zeit darauf zurückkommen."

Sachs nickte. „Dann kann ich diesen Schweinegesichtern endlich einmal persönlich sagen, was ich von ihnen halte."

Der vor ihm stehende Oberstrategos verzog das Gesicht, dann jedoch entrang er sich ein kurzes Schmunzeln. „Eure Männer haben diese Außerirdischen allem Einschein nach tief beeindruckt. Das sollten wir für unsere Zwecke ausnutzen."

„Ja, da stimme ich Euch zu, Oberstrategos. Was haben wir auch schon zu verlieren?", brummte der Zenturio.

Leukos wirkte verkrampft. Mit einem leisen Stöhnen erhob er sich aus seinem Sessel. Sachs fiel auf, wie ausgemergelt, kränklich und erschöpft der Feldherr aussah. Dieser Krieg vergewaltigte die Seelen aller Beteiligter und hinterließ im Inneren Narben, die niemals mehr heilen konnten.

Schließlich setzte sich Leukos wieder hinter seinen Schreibtisch, er nickte Sachs zu und sagte: „Gut, wenn sich eine Gelegenheit ergibt, mit diesen Kreaturen Kontakt aufzunehmen, dann werden wir sie wahr nehmen. Geben Sie das auch an Ihre Männer weiter, Zenturio."

„Zu Befehl, Oberstrategos!"

„In Ordnung, ich werde Sie nun mit der Renovatio zum Mars zurückbringen lassen. Das wäre alles. Wegtreten!"

Zenturio Sachs machte auf dem Absatz kehrt und verließ den Raum, Aswin Leukos sah ihm mit leerem Blick nach. Er fühlte sich so ausgebrannt, dass er Mühe hatte, ein normales Gespräch mit einem seiner Offiziere zu führen. Lediglich Throvald von Mockba war in diesen Tagen ein halbwegs zu ertragender Gast in dem halbdunklen Raum, in welchem sich Leukos hinter seinem Schreibtisch verbarrikadiert hatte. Manilus Sachs kehrte derweil wieder zum Mars zurück.

„Viridpelliden, die munter und ungeniert durch das Sol-System fliegen und auch noch Leukos Soldaten helfen! Wirklich großartig!", fauchte Misellus Sobos.

Antisthenes von Chausan, der seit einiger Zeit auf dem Mars verweilte, um die dortigen Truppen zu befehligen, und drei weitere Legaten standen um den Sohn des Archons herum. Einer der anwesenden Legionsführer hatte das außerirdische Raumschiff mit eigenen Augen gesehen und war dem Gemetzel, das die Nichtmenschen unter seinen Männern angerichtet hatten, nur knapp entronnen. In der Mitte des Raumes, der sich in einem abgelegenen Teil des Statthalterpalastes von Arthopolis befand, stand ein Metalltisch, auf dem ein halb sezierter Xenoskrieger lag. Am Kopfende des Tisches standen zwei angespannt wirkende Medici.

„Eure Exzellenz, unsere Genanalysen haben herausgefunden, dass es sich bei diesem Exemplar nicht um einen Angehörigen der gleichen Population handeln kann, wie bei dem eingefrorenen Viridpelliden...", erklärte einer der Chirurgen, doch Misellus brüllte dazwischen.

„Das interessiert mich überhaupt nicht, meine Herren! Mir ist es vollkommen gleich, ob dieses Ding dort vom Planeten X oder Y stammt! Also langweiligen Sie mich nicht mit so einem Unsinn! Ich will bloß wissen, was diese Wesen auf meinem Mars zu suchen haben!", giftete der Statthalter.

„Leukos Streitkräfte waren so gut wie ausgelöscht, doch jetzt...", setze der Legat an, der die Schlacht gegen die Viridpelliden überlebt hatte.

Antisthenes starrte den Mann wütend an. „Leukos Heer wird bald ausgelöscht sein. Dieser Ausbruch aus dem Kessel wird den Untergang der Altaureaner lediglich ein wenig hinauszögern. Es ist uns jederzeit möglich, den feindlichen Vormarsch zu stoppen, denn wir haben Reserven."

„Und was ist, wenn plötzlich eine ganze Flotte aus Xenosschiffen hier auftaucht? Was ist, wenn diese verfluchten Kreaturen mit einer ganzen Sternenarmada zu uns kommen?", schrie Juan Sobos ältester Sprössling.

„Zunächst einmal muss angemerkt werden, dass das Auftauchen dieser Kreaturen unsere strategische Planung gehörig durcheinander gebracht hat", gab einer der Legionsführer zurück.

Misellus hob den Zeigefinger. „Das habt Ihr ja sehr schön ausgedrückt, Legatus Gorgon."

Der dickliche Thronerbe stieß einen lautes Schnauben aus, dann hielt er sich den Kopf, denn er hatte seit Tagen nicht mehr richtig geschlafen. Die Tatsache, dass sein ansonsten so souverän wirkender Vater aufgrund des Auftauchens der Viridpelliden ebenso beunruhigt war wie er, machte die Sache nicht besser. Jetzt war guter Rat teuer.

„Diese Xenomorphen sind uns militärisch weit überlegen. Ihre Strahlenwaffen haben sogar unsere Donar Panzer ohne Probleme vernichten können. Anderseits verhalten sie sich im Kampf geradezu barbarisch, sie sind völlig wild und rücksichtslos", sagte der Legat, der den furchterregenden Fremdwesen auf dem Schlachtfeld gegenüber gestanden hatte.

Misellus Sobos winkte ab. „Ich habe die ganzen Visoaufnahmen jetzt oft genug gesehen. Dieses riesige Sternenschiff, das Geballer und so weiter. Mir geht es nur darum, Leukos und seine verbliebenen Soldaten so schnell wie möglich unschädlich zu machen. Dann haben wir wenigstens an dieser Front unsere Ruhe."

„Die Verluste, die uns Leukos oder diese Viridpelliden zugefügt haben, spielen keine nennenswerte Rolle. Allerdings tut es der psychologische Effekt rund um das Auftauchen der Nichtmenschen sehr wohl. Leider ist es so, dass sich die Gerüchte und Geschichten über diese Xenoswesen wie ein Lauffeuer unter den Soldaten verbreiten", sagte Antisthenes besorgt.

„Ich verlange, dass jeder, der über diese Kreaturen spricht, wegen Wehrkraftzersetzung hingerichtet wird!", schrie Misellus.

„Leider ist das außerirdische Raumschiff von mehreren tausend Soldaten gesehen worden", antwortete der Legat, der das Unglaubliche vor Ort miterlebt hatte. „Es ist auch eine Tatsache, dass ein paar der Soldaten das Spektakel mit ihren Kommunikationsboten trotz ausdrücklichem Verbot gefilmt haben. Wir müssen also befürchten, dass einige Aufnahmen bald in den virtuellen Netzwerken zu finden sein werden."

„Das darf alles nicht wahr sein!", lamentierte der Sohn des Archons, während ihn Antisthenes und die drei Legionsführer betreten anglotzten. Schließlich meldete sich der Oberstrategos erneut zu Wort.

„Es wird wohl notwendig sein, die illegalen Aufnahmen im Simulations-Transmitter als Fälschungen zu bezeichnen. Das ist die einfachste Lösung. Und dies muss so lange wiederholt werden, bis es die breite Masse glaubt."

„Das sieht mein Vater auch so!", knurrte Misellus, der sich nur schwer beruhigen konnte.

Kreidebleich schlich er in Richtung des Metalltischs, auf dem der Grushloggkrieger lag. „Alles Fälschungen…ja… wir sagen…alles gefälschte Bilder…wir kontrollieren die Transmitter…das ist richtig…", murmelte er vor sich hin.

„Wenn diese Kreaturen allerdings noch öfter in die Kämpfe eingreifen, wird es immer schwerer werden, alles zu vertuschen oder als Lügen ab zu tun", meinte einer der Legionsoffiziere mit unübersehbarer Skepsis.

Misellus atmete angestrengt. Als er den Metalltisch erreichte, strich er mit seinem Zeigefinger über dessen eiserne Kante. Neben ihm lag der tote Nichtmensch mit aufgeschnittenem Bauch in einer Lache dunklen Blutes. Fremdartig aussehende, rosafarbene Organe türmten sich hinter dem Kopf der Kreatur auf.

„Ehrwürdige Exzellenz, Ihr solltet dieses Wesen nicht berühren. Zwar deutet nichts auf irgendwelche Krankheitserreger hin, aber trotzdem solltet Ihr vorsichtig sein", warnte einer der Medici, als Misellus den Viridpelliden antippen wollte.

„Was für ein widerliches Ding!", zischte der Thronerbe.

„Sie sind widerlich und zugleich extrem gefährlich", fügte Antisthenes hinzu. „Ihr Auftauchen ist ein Faktor, den niemand berechnen konnte. Wir müssen uns dringend etwas einfallen lassen."

Gartha Svartbach, die zierliche Menschenfrau, die sich noch immer in der Gewalt jener seltsamen Kreaturen befand, die sie bei einem Waldspaziergang eingefangen und auf ihr Sternenschiff gebracht hatten, befand sich mittlerweile in einem Dauerzustand psychotischen Wahns. Allerdings hatte sie damit begonnen, die grotesken, grünhäutigen Monster, die sich in ihrem Verstand eingenistet hatten, so zu behandeln, als würden sie tatsächlich existieren.

Dies kam Guntrogg sehr entgegen, denn der ehrgeizige Stammesführer war ganz versessen darauf, mit dem gefangenen Udantokweibchen zu kommunizieren. Die schmächtige Brutkreatur mit der weichen, rosafarbenen Haut, den rötlichen Haarsträhnen und dem kleinen Maul voller weißer Zähnchen war ein interessantes Wesen. Außerdem konnte man von ihr die Sprache der Weichfleischigen lernen und das war eines der Hauptanliegen des Grauaugenkriegers. Mittlerweile hatten die Geistesbegabten die Gefangene mehrfach untersucht und ihr schon einige Geheimnisse der Udantoksprache entlockt, so dass Guntrogg voller Zuversicht in die Zukunft blickte.

„Was willst du denn noch wissen, großer Grünmann?", fragte Gartha mit einem entrückten Lächeln. „Frage mich ruhig, ich sage dir alles…"

Das Udantokweibchen hockte auf einer Art Stuhl, Guntrogg stand mit nachdenklichem Blick vor ihr und sah auf sie herab.

„Was ist das?" Der Außerirdische deutete auf sein Bein.

„Was ist das?", äffte die Gefangene den riesenhaften Fremden mit seiner tiefen Brüllstimme nach. Dann kicherte sie mit verdrehten Augen vor sich hin, bis sie sich wieder halbwegs gefangen hatte.

„Das ist ein „Bein". Hast du verstanden? Sonst noch Fragen?"

„Bein!", stieß Guntrogg freudig aus. Daraufhin stampfte er auf, denn er war stolz, dass er ein weiteres Wort aus der Sprache der Weichfleischigen gelernt hatte.

Die Gefangene fuhr mit ihren Erklärungen fort und deutete auf ihren Arm, ihren Fuß und ihren Kopf. Die neben Guntrogg stehenden Geistesbegabten tuschelten neugierig durcheinander. Einer von ihnen hielt ein pyramidenförmiges Etwas in den Händen, das die Szenerie bildlich festhielt.

„Ich bin Guntrogg und ich habe ein Bein!", sagte der Stammesführer, um daraufhin ein donnerndes Lachen auszustoßen.

Gartha rutschte von ihrem Sitz, kichernd und kopfschüttelnd kroch sie über den Boden. Ein Grushloggsdenker half ihr auf und setzte sie wieder auf den Stuhl, wo sie leise vor sich hin brabbelte.

„Du hast zwei Beine, du großer, dummer Grünmann", antwortete sie leise.

Guntrogg sah seine schmächtigeren Artgenossen fragend an, er brummte nachdenklich und fummelte sich an einem Fangzahn herum.

„Ein Bein und ein Bein. Zwei Bein!", sagte der Anführer der Außerirdischen.

„Eure Sprachkenntnisse sind verblüffend, mächtiger Brüller der Zerstörung. Wir alle sind begeistert von Eurem Talent, die schwierige Sprache der Weichfleischigen zu erlernen", schmeichelte Guntrogg einer der Geistesbegabten, wobei er eine Reihe von Demutsgesten folgen ließ.

„Guntrogg hat zwei Beine und zwei Arm. Und hat Kopf. Ist auch wie bei Udantok", rief Guntrogg auf Hochaureanisch.

In diesem Augenblick lachte Gartha kreischend los. Sie deutete auf Guntrogg und verfiel in einen Zustand schrankenloser Hysterie.

„Ihr alle seid da, um mich zu belustigen! Jetzt verstehe ich es endlich! Meine Ehe war schon lange eintönig geworden und auch die Ausbildung zur Klangwürfeltherapeutin hat mir keinen Spaß gemacht! Ich habe viel zu selten gelacht, aber jetzt seid ihr in meinen Kopf eingezogen und ich kann ständig lachen! Ihr seid komische Ungeheuer, die Gartha immer zum Lachen bringen sollen!"

Leise weinend sank die Gefangene im nächsten Moment in sich zusammen, während die Grushloggs sie ein wenig überfordert anglotzten.

„Was ist mit ihr? Habe ich die Udantokworte nicht richtig wiedergegeben?", brummte Guntrogg.

„Nein, die Brüterkreatur verhält sich nicht normal. Vielleicht hat sie eine Art Geisteskrankheit. Was meinen die Mitdenker?", sagte einer der Wissenschaftler und wandte sich an seine Artgenossen.

„Daran habe ich auch schon gedacht, Gomblakk. Gartha wird immer seltsamer. Sie verhält sich zwar nicht mehr so panisch wie am Anfang, aber inzwischen wirkt sie, als ob ihre Seele verrutscht ist", antwortete der Grushlogg daneben.

Guntrogg knurrte unwillig. Jetzt war die Unterhaltung schon wieder vorbei, denn das Udantokweibchen saß wie erstarrt auf ihrem Stuhl und starrte ins Nichts.

„Diese Weichfleischigen sind komplizierte Wesen. Manche wollen nicht kämpfen, obwohl sie Krieger sind, und diese Brüterkreaturen sind sogar noch merkwürdiger als die Männchen", grummelte er.

„Cramogg sind ohnehin komisch, das ist nicht nur bei den Udantok so", merkte ein runzelhäutiger Denker an, während seine Artgenossen um ihn herum belustigt brummten.

Unerwarteter Besuch

Die Legionäre kletterten aus ihren Unterständen und Stellungen. Alle schrien sie aufgeregt durcheinander, nicht wenige von ihnen rissen instinktiv die Blaster in die Höhe oder griffen zu einem Schwert. Mehrere Milizsoldaten warfen sich auf den Boden, um das Unglaubliche mit ihren Lasergewehren anzuvisieren. Inmitten des Heerlagers der Loyalistenarmee war ein nichtmenschliches Wesen sichtbar geworden. Der über zwei Meter große Außerirdische, der einen bizarr anzusehenden Körperpanzer voller Stacheln und Nieten trug, streckte den Menschen seine Klauen entgegen, um ihnen zu zeigen, dass er unbewaffnet war. Die hellgrauen Augen der Xenoskreatur wandten sich den zahlreichen Legionären zu, die vollkommen außer sich waren.

„Nicht schießen, Männer! Auf gar keinen Fall schießen!", brüllte ein Legatus dazwischen, der aus einem der Unterstände gestürmt war. Der Mann ruderte wild mit den Armen und rannte beinahe einen Pulk Legionäre über den Haufen.

„Die Blaster runter! Nicht schießen! Das ist ein Befehl von Aswin Leukos persönlich! Auf gar keinen Fall schießen!"

Etwa ein Dutzend Meter vor dem Viridpelliden blieb der Legionsoffizier stehen. Dieser sah ihn mit ausdruckslosem Gesicht an, dann stieß er ein leises Brummen aus. Im Gegenzug streckte der Legat dem Nichtmenschen die leeren Handflächen entgegen, um ihn zu beruhigen.

„Keine Waffen! Alles friedlich!", rief er.

Währenddessen bildeten die Legionäre und Milizsoldaten einen Kreis um den fremden Besucher und ihren Offizier. Auf Befehl des Legionsführers gingen sie ein paar Meter zurück.

„Ich will keine Blaster und Schwerter mehr sehen! Weg damit! Das ist ein Befehl des Oberstrategos!", zischte der Legat aufgeregt in Richtung der Soldaten.

Der Legionsführer war jedoch ebenso verstört wie sein Gefolge. Mit kreidebleichem Gesicht, voller Misstrauen und Furcht starrte er den hünenhaften Viridpelliden an. Knochen, Zähne und diverse Trophäen hingen an der Rüstung des grünhäutigen Wesens, welches wie versteinert dastand und die Menschen schweigend ansah.

„Mein Name ist Caal Gullwarth! Ich bin Caal Gullwarth!", rief der Legat, wobei er mit dem Daumen auf seinen Brustpanzer tippte. „Kannst du unsere Sprache sprechen?"

Der Viridpellide, durch dessen Gesicht eine lange, verwachsene Narbe führte, schob brummend die Fangzähne nach vorne. Daraufhin versuchten seine dunkelgrünen Lippen ein paar menschliche Worte zu formen.

„Ich bin Craglakk!", brachte er hervor.

„Sei gegrüßt, Craglakk!", antwortete der Legatus.

„Wo der Herrscher von dein Stamm?", gab der Außerirdische zurück.

Der Offizier kratzte sich am Kinn, er dachte nach. Schließlich drehte er sich zu den Soldaten um und befahl ihnen, sofort einen Kameraden von der 592. Legion zu holen.

„Er muss seine Rüstung tragen! Beeilt euch!", drängte er.

Kurz darauf liefen ein paar Legionäre quer durch das riesige Heerlager, um den Befehl so schnell wie möglich auszuführen. Indes befasste sich der Legat weiter mit dem Fremden, der sich Craglakk nannte. Der Viridpellide kam ein paar Schritte auf ihn zu, der Offizier schluckte und sah hilfesuchend zu seinen Männern herüber.

Graugrüne Arme, auf denen sich gewaltige Muskeln spannten, schauten unter den Rüstungssegmenten des Nichtmenschen hervor. Sie endeten in großen, gefährlich aussehenden Klauenhänden.

„Ich bin ein Freund", sagte der Legatus.

Sein fremdartiger Gesprächspartner stieß einen Laut aus, der sich wie eine Zustimmung anhörte.

„Ich Freund auch", antwortete Craglakk mit seiner gutturalen Stimme.

„Du willst zum Herrscher von meinem Stamm?", fuhr der Offizier fort.

„Ja! Wo ist Herrscher?"

„Der Herrscher von unserem Stamm ist Aswin Leukos. Aber er ist nicht hier!", versuchte der Legat aufgeregt zu erläutern.

„Asin Leugo…", kam aus dem reisszahnbewehrten Maul des Außerirdischen.

„Aswin Leukos!", wiederholte der Legionsführer.

„Ich verstehe", erwiderte Craglakk. „Er ist Herrscher von dein Stamm."

„Ja! Richtig!"

Der Viridpellide hob seine Klaue, er deutete zum Himmel. „Wo ist Herrscher? Dort? Wir sind Grushloggs. Wir wollen sprechen Herrscher."

„Der Herrscher ist dort oben. In einem Raumschiff, im Himmel. Doch ich kann ihn holen. Dann kannst du selbst mit ihm sprechen. Aber das kann ein wenig

dauern", bemühte sich der völlig überforderte Legionsführer zu verdeutlichen.

„Wann?"

„Bald! Ich muss Leukos erst holen!"

„Craglakk kann verstehen dein Wort. Wann kommt Herrscher?"

„Wir müssen Leukos erst kontaktieren. Aber dann wird
er sofort kommen", versicherte der Offizier.

„Dein Herrscher Leugo ist. Mein Herrscher Guntrogg
ist", sagte die hünenhafte Grünhaut.

„Ja! Richtig! Ich verstehe!"

Währenddessen hatte sich die um den Außerirdischen
und den Legaten stehende Menschentraube in einen regelrechten Massenauflauf verwandelt. Es dauerte etwa
zwanzig Minuten, bis ein Legionär, der zur 592. Legion
von Terra gehörte, im Gefolge einiger Kameraden angerannt kam. Er stellte sich vor den Offizier und verbeugte
sich.

„Legionär Rudar Vallon meldet sich zum Dienst, ehrwürdiger Legatus!", rief der Mann außer Atem.

Craglakk ging sofort auf den soeben hinzugekommenen
Soldaten zu. Erschrocken wich der Legat zurück, während der Legionär zusammenzuckte, als wäre er vom Blitz
getroffen worden. Die graugrüne Klaue des Xenomorphen lag auf seinem Schulterpanzer, fast liebevoll strich
Craglakk mit den Krallen über das Metall.

„Zeichen!", stieß der Viridpellide mit lauter Stimme aus.
„Die Zeichen von Guntrogg! Zeichen von tapfere
Stamm!"

Plötzlich begann der Nichtmensch zu schnaufen, während seine Brust zu beben begann. Wieder wurden einige

Blaster entsichert und Kurzschwerter gezogen, doch der Legat schrie seine Soldaten an, die Nerven zu behalten.

„Alles gut! Keine Panik! Ich habe alles im Griff!", rief er mit einem Gesichtsausdruck, der eher das Gegenteil vermuten ließ.

„Ich kommen wieder mit mein Herrscher Guntrogg. Wir reden mit Leugo. Morgen! Hier!", sagte Craglakk schließlich mit seiner tiefen, grollenden Stimme. Er stampfte drei Mal hintereinander auf, um seiner Aussage mehr Gehalt zu verleihen.

Ein wenig erleichtert erwiderte der Legionsführer: „In Ordnung, dann reden wir, mein Freund."

„Ja!", gab der Außerirdische nur zurück.

Bevor der Legat oder irgendeiner seiner Soldaten noch etwas antworten konnte, griff sich der grünhäutige Nichtmensch an seine Brust und ließ die Finger kreisen. In der nächsten Sekunde schien es, als würde er sich gänzlich in Luft auflösen. Craglakk verschwand einfach; die Legionäre raunten laut durcheinander und der Legat hatte Mühe, sie zu beruhigen. Die Zuschauer des Spektakels sahen nur noch die Fußspuren des fremden Besuchers, die in Richtung einiger Frachtcontainer und Zelte führten. Mit offenen Mündern starrten die Menschen auf die Stelle, wo soeben noch ein gewaltiger Xenoskrieger mit ihnen gesprochen hatte.

„Leukos hat uns Legaten bereits vorgewarnt. Er hat es vorausgesehen, dass diese Wesen irgendwann zu uns kommen werden. Und jetzt ist es tatsächlich geschehen. Ich glaube, dass ich erst einmal einen Syntha-Schnaps brauche, damit sich hier oben alles ordnen kann", stöhnte der Offizier und hielt sich den Kopf.

„Diese Begegnung wird ein historisches Ereignis von größter Tragweite für die gesamte aureanische Menschheit werden", sagte der Oberstrategos mit einem dezent nachklingenden, zynischen Unterton.

Manilus Sachs, den der Kriegsherr heute erneut auf die Lichtweg gerufen hatte, lächelte ausdruckslos. „Historisches Ereignis, die große Kontaktaufnahme mit einer nichtmenschlichen Spezies, auf die wir schon seit Jahrhunderten warten, wie?"

„So kann man es ausdrücken. Diese Xenomorphen beobachten uns genau und sind uns zugleich weit überlegen. Also müssen wir uns ihren Spielregeln beugen, ob wir wollen oder nicht", sagte Leukos.

Sachs kratzte sich am Kopf. „Ihren Spielregeln beugen, ja das trifft es. Aber wenigstens bin ich froh, dass ich diesen grünhäutigen Monstern diesmal nicht im Kampf gegenüberstehen muss."

Leukos reagierte mit einem Schulterzucken. Dann kam er ein paar Schritte auf den Anführer der 592. Legion zu und erwiderte: „Dieses Wesen ist mitten in unserem Heerlager aus dem Nichts aufgetaucht. Es hat sich dort aufgrund irgendwelcher Tarnschirme vollkommen frei bewegen können und niemand hat seine Anwesenheit bemerkt.

Es kam zu unseren Männern und fragte nach dem Anführer unserer Armee. Und es wollte jene sehen, der Viridpellide sprach dabei von einem „Stamm", die seinen Artgenossen auf Colod so eisern die Stirn geboten haben. Offenbar hat der Kampfgeist der 592. Legion die Fremden zutiefst beeindruckt."

„Zutiefst beeindruckt…", wiederholte Sachs leise. „Diese elenden Viecher haben die Bewohner der Eiswelt niedergemetzelt und ihre Stadt zerstört. Meine Männer haben sie auch fast alle getötet und tagelang durch die Eiswüste gehetzt. Zu uns von der 592. Legion haben sie jedenfalls schon freundlichen Kontakt aufgenommen, diese verdammten Dreckskreaturen."

„Ich kann Ihre Verbitterung sehr gut verstehen, Zenturio. Und glauben Sie ja nicht, ich könnte der Tatsache, dass diese Viridpelliden unser Heimatsystem entdeckt haben, irgendetwas Positives abgewinnen. Auch wenn sie unserer Armee allem Anschein nach nicht feindlich gegenüber eingestellt sind, so bedeutet das nur wenig, denn es kann sich jederzeit wieder ändern.

Was aus der Sache wird, wird die Zukunft zeigen. Wir haben erst einmal einen Krieg zu führen und können ohnehin nichts gegen diese Fremdwesen tun. Das ist das Furchtbare", sagte Leukos.

„Und dieser Botschafter der Xenomorphen oder wie man ihn auch immer nennen soll hat explizit nach den Soldaten der 592. Legion gefragt?", vergewisserte sich Sachs noch einmal.

„Explizit ja!", betonte Leukos nickend.

„Gut, dann bin doch mal gespannt, was uns dieser Kerl zu sagen hat. Wenn Ihr nichts dagegen habt, Oberstrategos, werde ich noch einen meiner besten Legionäre und Freunde mit zu diesem Treffen nehmen."

Der terranische General überlegte, im nächsten Augenblick schob er die Augenbrauen leicht nach oben.

„Aha?"

„Der Name des Legionärs ist Flavius Princeps. Er ist der Mann, der den Anführer der Außerirdischen auf Colod mit seinem Gladius erschlagen hat. Damals ist er noch ein junger Rekrut ohne viel Kampferfahrung gewesen."

67

„Es war also noch nicht einmal einer der Berufssoldaten, der den Oberxeno getötet hat?", kam von Leukos, der ein Schmunzeln nachschob.

„Nein, Princeps ist bloß ein Rekrut gewesen. Völlig unerfahren, das Gemetzel von San Favellas hatte ihn nachhaltig verstört und als er mit uns auf dieser widerlichen Eiswelt ausgespuckt worden ist, dachte ich zuerst, dass er irgendwann einfach vor Angst stirbt", erklärte Zenturio Sachs. „Doch am Ende hat er sich verdammt tapfer geschlagen. Ist ein Pfundskerl, der Flavius. Auf den lasse ich nichts kommen."

„Kein Problem, nehmen Sie ihn mit, Zenturio Sachs. Mein Bauchgefühl sagt mir, dass es diese Viridpelliden nur noch mehr beeindrucken wird, wenn sie den Mann sehen, der einen von ihren Anführern getötet hat", meinte der Oberstrategos.

„Mit einer großen Portion Glück, aber immerhin…", fügte Sachs hinzu.

„Glück oder nicht – im Kampf zählt allein der Erfolg", antwortete Leukos.

Der hünenhafte Zenturio und der terranische Heerführer unterhielten sich noch eine Weile. So lange hatte Manilus Sachs noch niemals zuvor mit seinem Oberbefehlshaber gesprochen, und er merkte schnell, dass auch Aswin Leukos ein Mann aus Fleisch und Blut und kein Halbgott war. Der Oberstrategos, der über die Leben Tausender Soldaten gebot, war ebenso voller Zweifel und unterschwelliger Ängste wie er selbst. Dass nun auch noch die Viridpelliden aufgetaucht waren, war ein Faktor, dessen Größe und Bedeutung niemand bestimmten konnte.

„Morgen ist es soweit. Ich hoffe, du nimmst es mir nicht übel, wenn ich nur Flavius mit zu dem Treffen nehme. Ich hatte bereits Mühe, den Oberstrategos davon zu überzeugen, noch einen zweiten Mann als Begleitung mit zu bringen", sagte Manilus Sachs zu Kleitos, der am anderen Ende des Unterstandes auf einer Metallkiste saß.

„Ich denke, dass ich gut damit leben kann, wenn ich diese grünhäutigen Monster nicht noch einmal aus nächster Nähe sehen muss", gab Jarostow mit ausdrucksloser Miene zurück.

Flavius, der neben Kleitos hockte, stierte schweigend auf den rotbraunen Boden und sagte für einen Moment nichts. Dann allerdings erhob er sich und ließ die verspannten Schultern kreisen, bis sie leise knackten. Er sah zu Zenturio Sachs herüber, um schließlich zu bemerken: „Ich habe den Anführer der Xenoshorde auf Colod getötet, habe ihm das Schwert in den Schädel gerammt. Nicht, dass sich diese Viecher an mir rächen wollen und nur darauf warten, mich in die Finger zu bekommen."

Sachs reagierte mit einem Kopfschütteln. „Da uns diese Wesen schon die ganze Zeit über beobachtet haben, können sie uns sowieso jederzeit angreifen. Ich habe das Gefühl, dass sie ständig um uns herum sind. Und aufgrund ihrer verdammten Tarnfelder sind sie für uns vollkommen unsichtbar. Unsere Bio-Scanner können sie nicht wahrnehmen, keine Wärmesignaturen, keine biologischen Resonanzspuren – gar nichts. Die sind uns weit überlegen, Princeps, auch wenn sie auf mich eher wie wilde Barbaren wirken."

„Naja, sicherlich hast du Recht. Wenn sie wollen, dann können sie uns jederzeit etwas antun. Also sollten wir froh sein, dass sie auf unserer Seite sind und uns helfen", meinte Flavius.

Kleitos stieß ein Zischen aus. „Auf unserer Seite? Diese seltsamen Kreaturen haben uns vermutlich nur aus einer Laune heraus bei unserem Ausbruchsversuch unterstützt. Morgen kann sich das alles wieder geändert haben und dann metzeln sie uns ebenso nieder wie die Legionäre der Gegenseite. Wie damals auf Colod. Ich habe diesen Horror nicht vergessen und hasse diese Xenosbastarde nach wie vor aus tiefster Seele."

„Niemand von uns hat behauptet, dass wir diese Viecher heiraten sollen. Aber was bleibt uns sonst übrig? Wir stecken mitten in einem Bürgerkrieg, dort draußen wartet eine gewaltige Übermacht von Feinden nur darauf, uns endgültig den Rest zu geben. Noch immer stehen wir mit dem Rücken zur Wand. Wenn uns diese Kreaturen nicht geholfen hätten, wären wir längst alle tot, Jarostow. Wir haben also keine andere Wahl, als zu versuchen, ihr Wohlwollen zu erlangen."

„Das sehe ich auch so. Ich komme morgen auf jeden Fall mit dir, Manilus. Als mir in der Nacht dieses Xenoswesen beim Wacheschieben begegnet ist, stand es plötzlich vor mir. Es tauchte wie aus dem Nichts auf und hat mir ein Stück von einem Schulterpanzer in die Hand gedrückt. Dieses Relikt bewahre ich noch immer an einem Ort auf, den nur ich kenne. Irgendwie ist es mir wichtig, auch wenn es bloß ein Stück Metall mit drei Zahlen darauf ist. Es erinnert mich an Colod und daran, dass wir auch im Augenblick der schlimmsten Not nicht verzagt haben", sagte Flavius.

Sachs grinste ein wenig sardonisch. „Irgendwie scheinst du diese Monster magisch anzuziehen, Princeps. Ich weiß noch, als wir nach Thracan geflogen sind und du mir von den Alienskeletten auf Furbus IV erzählt hast. Damals habe ich dich noch für einen kleinen Hosenscheißer gehalten, der dort draußen auf dem Schlachtfeld keinen Tag durchhalten würde. Diese Geschichte von den Außerirdischen werde ich nie vergessen, habe es für das dumme Geschwätz eines dummen Rekruten halten, aber heute muss ich zugeben, dass ich der Dumme gewesen bin. Dort draußen im All geht wesentlich mehr vor, als es sich der einfache Terraner erträumt."

Kurz darauf begann der hünenhafte Zenturio nervös durch den halbdunklen Unterstand zu tigern. Inzwischen hatten sich die Schatten der Nacht über das Heerlager der Loyalisten gesenkt und die Kälte begann, ihre Finger in die Ritzen der unterirdischen Stellung zu schieben. Flavius aktivierte einen Thermostrahler.

Eine lange, unruhige Nacht voller Zweifel, Fragen und Sorgen erwartete die drei Legionäre. Morgen würden der Oberstrategos und seine engsten Vertrauten von der Lichtweg kommen, um sich mit dem Anführer der Außerirdischen zu treffen. Ein Treffen, das so unglaublich war, dass man es eigentlich gar nicht begreifen konnte. Dennoch waren sowohl Zenturio Sachs, als auch seine beiden Freunde fest davon überzeugt, dass die fremden Wesen erneut erschienen.

„Ich kann nur hoffen, dass diese Viecher nicht doch eine Teufelei planen. Was ist, wenn sie uns morgen angreifen?", meinte Kleitos.

„Das hoffen wir alle, mein Lieber. Aber ich habe im Gefühl, dass es morgen nicht zu Streitereien oder Konflikten kommen wird. Offenbar haben wir diese Kreaturen auf Colod nachhaltig beeindruckt. Immerhin haben wir viele von ihnen ins Schattenreich geschickt", sagte Flavius grimmig.

„Das stimmt!", antwortete Sachs, wobei er einen ebenso harten Gesichtsausdruck aufsetzte. „Sie haben es mit einer Menge Blut bezahlt, sich mit der 592. Legion von Terra anzulegen."

Vor Guntrogg und seine drei Begleiter, zu denen auch der narbengesichtige Craglakk gehörte, hatte sich eine Gruppe menschlicher Offiziere gestellt, um sie zu empfangen. Aswin Leukos trug eine polierte Ehrenrüstung aus Weißgold, von seinen Schultern fiel ein purpurroter Mantel herab. Neben den hochrangigen Legaten und dem Oberstrategos standen Zenturio Sachs und sein Freund Flavius. Selbst Princeps hatte sich, obwohl er nur ein Soldat niederen Ranges war, so gut wie möglich herausgeputzt. Seine ramponierte Legionärsrüstung hatte er gereinigt, Kratzer und Schrammen abgeschliffen oder anderweitig beseitigt. Stolz trugen Manilus Sachs und er die Symbole der fast vollständig gefallenen 592. Legion von Terra auf ihren Schulterpanzern.

Leukos hatte den Anführer der Grünhäute, der sich ihm als Guntrogg vorgestellt hatte, bereits begrüßt. Allerdings sah man ihm an, dass er äußerst nervös war. Dieses Treffen war für die anwesenden Menschen eine unglaubliche Prüfung. So etwas hatte es noch niemals zuvor gegeben. Es war das erste Mal, dass eine außerirdische Spezies offiziell Kontakt zur aureanischen Menschheit aufgenommen hatte. Insofern war diese Zusammenkunft ein historisches Ereignis von gewaltiger Tragweite, obwohl sie nur unter schlichten Bedingungen und ohne jeden Pomp abgehalten wurde. Die Vertreter der beiden Arten, die sich

72

heute trafen, standen inmitten eines überlaufenen Heerlagers, umringt von unzähligen Legionären und Milizsoldaten, die alle das einmalige Spektakel sehen wollten.

Die von den Menschen als „Viridpelliden" bezeichneten Xenoskreaturen, die sich selbst „Grushloggs" nannten, und die Legionsoffiziere standen sich für einen Moment lang schweigend gegenüber. Bisher hatten die Außerirdischen ihre Versprechen eingehalten. Sie waren heute erschienen, genau wie es Craglakk am Tag zuvor angekündigt hatte.

Diesmal hatten sie keine Tarnschirme verwendet, um sich zu verbergen, sondern waren mit einem fremdartigen Fluggerät direkt über dem Lager aufgetaucht. Manilus Sachs blickte immer wieder zu Flavius herüber. Dieser wiederum starrte die Nichtmenschen mit einem trotzigen Blick aus seinen blauen Augen an, ohne eine Miene zu verziehen.

Die riesige Menschenansammlung, welche sich rund um die Außerirdischen gebildet hatte, wuchs mit jeder verstreichenden Minute weiter an. Die zum Sicherheitsdienst eingeteilten Legionäre hatten alle Mühe, die drängelnde Masse unter Kontrolle zu halten. Neugier paarte sich mit der Angst vor dem Unbekannten; der Furcht vor den grünhäutigen Kreaturen, die aus den Tiefen des Weltalls gekommen waren. Dass diese Wesen sehr gefährlich werden konnten, sah man ihnen bereits an. Außerdem hatten es die Virdipelliden oft genug unter Beweis gestellt.

Schließlich eröffnete Leukos das Gespräch, er sprach direkt zu dem Anführer dem Xenomorphen, der in einer bizarren Rüstung voller Stacheln, Nieten und Knochenstücken vor ihm stand. Guntrogg überragte den Oberstrategos deutlich an Körpergröße. Flavius vermutete, dass das fremdartige Wesen fast zweieinhalb Meter groß war.

„Warum habt ihr uns geholfen?", fragte Leukos.

Guntrogg stieß ein Knurren aus. Er schien angestrengt zu überlegen. Obwohl er die Sprache der Udantok seit Wochen intensiv studierte, bereiteten ihm die vielen unbekannten Laute große Mühe. Zwar hatten die Geistesbegabten die Schrift der Fremden bereits entziffern können und auch schon zahlreichen Wörtern ihre Bedeutung entlockt, doch war dies lediglich die Grundlage einer halbwegs erfolgreichen Kommunikation. Leise brummend richtete Guntrogg seine hellgrauen Augen auf den Oberstrategos.

„Warum seid ihr zu uns gekommen?", fuhr Leukos fort.

„Warum gekommen?", wiederholte Guntrogg.

„Ja!", kam von dem Anführer der Menschen.

„Wir sind Grushloggs, wir suchen guten Krieg!", erklärte Guntrogg mit seiner tiefen Stimme.

„Guten Krieg?", gab Leukos verwundert zurück. „Aber ihr habt uns geholfen…"

„Wir sind Freunde von 592", antwortete der hünenhafte Nichtmensch. Der grauäugige Adelskrieger deutete auf den Schulterpanzer von Zenturio Sachs.

„Da! Symbole von 592!"

„Darf ich den Außeridischen ansprechen, Herr?", wollte Sachs an Leukos gewandt wissen.

„Ja, sprechen Sie ihn an", erlaubte der Oberstrategos mit einem kurzen Nicken.

Manilus bemühte sich, keine Angst zu zeigen. Er blickte dem fremdartigen Riesen mit der Stachelrüstung direkt in die Augen.

„Ich bin Herrscher von Stamm 592", sagte Sachs. „Ich und meine Krieger haben gegen euch gekämpft – auf der Welt aus Eis."

Guntrogg stampfte auf. Anschließend stieß er ein langgezogenes Knurren aus, das auf die Offiziere und Soldaten sehr bedrohlich wirkte. Das reisszahnbewehrte Maul des Xenomorphen öffnete sich und eine lilafarbene Zunge fiel heraus.

„Du bist Herrscher von Stamm 592?", rief Guntrogg.

„Wer hat Ulgar getötet?", kam es von der Seite. Es war Craglakk, der Zenturio Sachs mit seinem Blick fixierte.

„Wer ist Ulgar?"

Im nächsten Moment zog Guntrogg einen eiförmigen Gegenstand zwischen zwei Segmenten seiner Rüstung heraus; er schüttelte das bläulich leuchtende Gerät, bis es ein dreidimensionales Bild in die Luft warf. Flavius riss die Augen auf. Vor Erstaunen fiel ihm die Kinnlade herunter, als er begriff, was ihnen der Außerirdische zeigen wollte. Es waren Bilder vom letzten Kampf auf Colod, den die Legionäre in der unterirdischen Halle geführt hatten. Schreckliche Erinnerungen drangen in Flavius Kopf ein, er stöhnte leise auf.

Princeps sah sich selbst durch das blutige Getümmel rennen, er hörte sein kehliges Brüllen. Der Anführer der Xenoskreaturen stand vor ihm in seiner klobigen Rüstung, drehte ihm den Kopf zu, Flavius sprang hoch, sein Schwert fegte durch die Luft, um sich dann in die Fratze des gewaltigen Monsters zu bohren. Guntrogg schüttelte das eiförmige Gerät erneut, daraufhin verschwanden die Bilder wieder.

„Ulgar getötet. Wer hat getötet Ulgar?", rief Guntrogg und kam einen Schritt auf Leukos zu.

Die versammelten Offiziere begannen, aufgeregt durcheinander zu raunen. Throvald von Mockba, der neben dem Oberstrategos stand, flüsterte diesem etwas ins Ohr. Mehrere Legaten tuschelten, sie waren misstrauisch geworden. Suchten die Außerirdischen vielleicht bloß den Mörder dieses Ulgar? Wollten sie sich vielleicht doch an den Menschen rächen?

Mit einem Mal wurde die Atmosphäre unangenehm, beinahe feindselig. Erneut stieß Guntrogg ein lautes Grollen aus, Craglakk hämmerte sich derweil mit der Faust auf den Brustpanzer. Schließlich fasste sich Flavius ein Herz. Er schob Zenturio Sachs zur Seite, ging direkt auf Guntrogg zu und stellte sich vor ihn.

„Ich habe Ulgar getötet!", rief er.

Guntrogg brauchte ein paar Sekunden, um zu reagieren. Ungläubig sah er auf den wesentlich kleineren Legionär mit den blonden Haaren herab. Dann öffnete er das Maul und ließ die Zunge heraushängen, er begann zu schnaufen, grunzte laut und ließ die Klaue über dem Kopf kreisen. Flavius spürte, wie das Adrenalin durch seinen Köprer brandete, als ihm Guntrogg die Klaue auf den Schulterpanzer legte.

Es folgte ein Geräusch aus dem Maul des Nichtmenschen, das eine entfernte Ähnlichkeit mit menschlichem Gelächter aufwies. Es steigerte sich zu einem Brüllen.

„Du hast Ulgar getötet! Du bist mein guter Freundfeind!", gellte Guntrogg aus voller Kehle, während er drei Mal hintereinander aufstampfte.

Anschließend kam Craglakk, um Flavius Schulterpanzer zu berühren. Die beiden anderen Viridpelliden taten das Gleiche. Sie streichelten das Rüstungsstück mit der Legionsmarkierung wie ein heiliges Relikt.

„Dein Gesicht ich kenne. Ich dich gesehen in Nacht. Du hast mir gegeben schwarze Metall", sagte Guntrogg zu Flavius.

„Ich weiß! Und du hast mir das Stück eines Schulterpanzers gegeben." Princeps versuchte zu lächeln.

Kurz darauf hielt Guntrogg dem jungen Kohortenführer das kleine Metallteil, das er von ihm erhalten hatte, unter die Nase.

„Wie dein Name?", wollte er wissen.

„Flavius Princeps!", sagte dieser.

„Flavu Princes!", wiederholte das monströse Alien, wobei es vor lauter Erregung schnaufte.

„Wir Grushloggs sind Freunde von tapfere Stamm 592", ergänzte Craglakk im darauffolgenden Augenblick.

Guntrogg wandte sich Leukos zu. „Du Herrscher von Stamm 592 und noch mehr Stamm…"

„Ja, das ist richtig!", antwortete der Oberstrategos.

„Wer sind deine Feinde?", wollte Guntrogg wissen.

„Jetzt wird es kompliziert", hörte Flavius einen der Legaten flüstern.

Leukos lächelte, Guntrogg zeigte ihm ebenfalls seine Reisszähne, was jedoch nicht sonderlich vertrauenserweckend aussah.

Manilus Sachs verpasste Flavius einen leichten Stoß mit dem Ellbogen, er grinste breit, als er die Worte des Außerirdischen hörte. Derweil versuchte der Oberstrategos dem Anführer der Grünhäute seine Situation halbwegs verständlich zu erklären. Doch Guntrogg begriff noch zu wenig von der Sprache der Udantok, um ihm folgen zu können. Nach einer Weile erwiderte er: „Wir Grushloggs kämpfen mit dich gegen alle Feinde. Feinde von Stamm 592 sind Feinde von Guntrogg."

Ernüchterung

Mittlerweile hatte Guntrogg seine Horde schon in mehrere Kämpfe gegen die Menschen geführt. Allmählich häuften sich die Verluste. Einige hundert Grushloggkrieger waren bereits ehrenvoll auf dem Schlachtfeld gefallen, was aus der Sicht des Stammesführers sehr erfreulich war. Jetzt wartete auf die tapferen Kämpfer ein gesegnetes Leben in einer der höchsten Ebenen des Seelenwirbels. Andererseits wusste Guntrogg auch, dass zwischen dem Mars und seiner Heimatwelt Murrak eine gewaltige Distanz lag und es keine Verstärkung geben würde.

Hier, im fernen Sol-System, waren die Grünhäute völlig auf sich allein gestellt. Die Armeen, die die Weichfleischigen auf das Schlachtfeld führen konnten - das galt besonders für Leukos Feinde - waren riesig. Sie hatten Millionen Soldaten zur Verfügung, während Guntroggs Horde nicht einmal mehr 10000 Krieger stark war. Somit waren die Möglichkeiten der Außerirdischen begrenzter als es zunächst den Anschein hatte.

Gerade die von Leukos angeführten Soldaten sahen in den Grushloggs allerdings mehr und mehr die Retter in der Not, doch damit lagen sie falsch. Die Fremden waren lediglich mit einem einzigen Raumschiff zu ihnen gekommen und nicht mit einer mächtigen Sternenflotte.

Aswin Leukos hatte es persönlich aus Guntroggs Maul erfahren, dass dessen Horde nicht allzu groß war und sie demnach auch keine Kriege gewinnen konnte. Somit waren die Grushloggs in erster Linie eine Schockwaffe, die ihre Wirksamkeit durch den Schrecken des Unbekannten erhielt. Mit Bedacht eingesetzt, konnten die Xenomorphen den Loyalisten somit dennoch sehr nützlich sein. Allerdings dachten diese nicht daran, sich von Leukos Vorschriften machen zu lassen; immerhin hatte Guntrogg eigene Pläne.

Nachdem es den Loyalisten gelungen war, den Kessel aufzubrechen und die Stadt Gragheim zu besetzen, wurden sie erneut von den zahlenmäßig weit überlegenen Feinden eingekreist. Nach und nach ließ Antisthenes gewaltige Massen von Geschützen, Panzern und Kampfläufern an die Front bringen, um den Belagerungsring diesmal in eine undurchdringliche Galgenschlinge zu verwandeln.

Einige verzweifelte Gegenschläge, die die Loyalisten unternommen hatten, waren bereits im feindlichen Abwehrfeuer stecken geblieben. Daran hatte auch das gelegentliche Eingreifen der Grushloggs nichts ändern können. Zwar hatten die Grünhäute die Menschen hier und da durch überraschende Angriffe aufgerieben, doch hatte dies nicht ausgereicht, um eine Lücke in die Front zu reißen.

Letztendlich hielten sich die loyalistischen Streitkräfte weiterhin im Norden, abgedrängt und beinahe handlungsunfähig, während die Versorgungslage schlecht war und es ihnen an allem mangelte.

Es blieb Leukos Legionären nichts anderes übrig, als die Bewohner der Stadt Gragheim, einem mittelgroßen Industriezentrum, mit Gewalt zu zwingen, die Soldaten mit ihren Vorräten auszuhalten. Dies führte dazu, dass den Loyalisten keine Sympathien entgegengebracht wurden und jede Unterstützung nur durch Drohungen und Zwang herbeigeführt werden konnte.

Abgesehen von Nahrungswürfeln mangelte es Leukos Streitkräften weiterhin an Nachschubgütern und Kriegsgerät. Misellus Sobos Magmabomben hatten nicht nur unzählige Legionäre, sondern auch ganze Geschützbatterien und Panzerverbände vernichtet. Den einfachen Legionären, die mit letzter Kraft die Stellung zu halten versuchten, fehlte es an allem. Es gab in keiner Kohorte mehr genügend Energiezellen, Thermostrahler oder Ersatzwaffen, abgesehen von schweren Tanks oder Kampfläufern, von denen nach dem Magmabombenangriff nur noch eine kleine Anzahl übrig geblieben war.

Demnach konnte sich der Feind Zeit lassen. Antisthenes von Chausan, der Oberbefehlshaber der optimatischen Legionen, konnte seine Abwehrfront in aller Ruhe zu einem Bollwerk ausbauen. Ganz gleich wie kühn und mutig Leukos letzte Verbände auch kämpften, sie würden am Ende einfach ausbluten, indem sie immer wieder gegen einen weit überlegenen Gegner anrennen mussten.

Bald hatte es sich auch unter den einfachen Soldaten herumgesprochen, dass die grünhäutigen Xenomorphen nicht mit einer großen Sternenflotte, sondern bloß mit einer kleinen Horde ins Sol-System gekommen waren. Somit waren sie nicht mehr die mysteriösen Retter, an die sich die Loyalisten in ihrer Verzweiflung klammern konnten.

Bald hatte das Gift der Resignation auch Flavius, Kleitos und Zenturio Sachs wieder verseucht. Eingekreist von einer gewaltigen Masse feindlicher Soldaten hockten die Legionäre in ihren Stellungen und warteten.

„Wie hoch sind die Schulden, die das Imperium bereits bei der Yussam-Bank hat? Wie viele Milliarden VEs bekommt dieser anaureanische Schwindler eines Tages samt Zinsen von uns zurück?", nörgelte Lupon von Sevapolo, der neben Juan Sobos stand und die Mundwinkel nach unten sinken ließ.

„Es wird alles aus der Staatskasse zurückgezahlt. Ich weiß nicht, wo du hier das große Problem siehst?", antwortete der Archon, dessen Gesichtsausdruck verdeutlichte, dass er die Einwände seines Stellvertreters nicht sonderlich ernst nahm.

Von Sevapolo jedoch ereiferte sich immer mehr, seine Stimme wurde lauter, sie schwoll an, während der Unmut förmlich aus ihm herausbrach.

„Das Goldene Reich verschuldet sich bei einer Privatbank mit astronomischen Summen. Das halte ich für unverantwortlich. Yussam kann man nicht trauen. Inzwischen regiert er über ein riesiges Bankennetzwerk, das sich quer durch das ganze Sol-System erstreckt. Nicht nur seine Brüder sind seine Offiziere, sondern auch andere Bankiers, die sich längst seiner Geldmacht untergeordnet haben."

„Und? Er ist erfolgreich und hilft uns. Was ist daran verwerflich, mein Lieber?"

„Wirtschaftliche Freiheit hin oder her. Wir müssen verhindern, dass Yussam über eine solch erdrückende Finanzmacht verfügt. Er kauft sich in die Reichswirtschaft ein, sein Vermögen potenziert sich mit geradezu rasender Geschwindigkeit. Ich halte diesen Kerl für extrem gefährlich, aber auf mich hört ja niemand."

Der Imperator starrte seinen engsten Vertrauten böse an und von Sevapolo verstummte augenblicklich. In Bezug auf Malix Yussam waren seine rechte Hand und er noch nie einer Meinung gewesen.

„Du hast das alte Kastendenken so tief im Kopf stecken, Lupon, dass ich manchmal glaube, dass selbst Malogor noch weniger überheblich gewesen wäre. Du hasst Yussam, weil er nicht aureanischer Herkunft ist, das ist alles. Aber auf diesen Unsinn lasse ich mich nicht ein. Warum sollte ich etwas gegen ihn unternehmen? Er hilft unserem Netzwerk bereits seit Jahren – als treuer und zuverlässiger Verbündeter."

„Dürfte ich denn erfahren, um welche Summe es bei der heutigen Unterredung mit Yussam gehen wird?"

Sobos grinste. „Du würdest doch nur herumheulen, wenn ich sie dir nenne. Also werde ich schweigen, mein lieber, stets misstrauischer Lupon."

„Also begeben wir uns noch weiter in dieses Schuldenlabyrinth, in dem sich nur noch dieser ungoldene Bastard auskennt", schnappte von Sevapolo.

Der Kaiser wölbte die Augenbrauen. Allmählich verärgerte ihn die nicht enden wollende Kritik des zweithöchsten Senators der terranischen Optimatenfraktion.

„Ja, der ungoldene Bastard, der unreine Hurensohn, der böse, böse Malix Yussam. Er darf keine Geldgeschäfte machen, denn er hat nicht die rechte Abstammung. Natürlich, natürlich, edler und stets überlegener Lupon", regte sich Sobos auf. Sein Stellvertreter presste die Lippen zusammen und blieb verkrampft vor dem dicklichen Archon stehen.

„Hast du noch mehr Kritik an meiner Politik anzumelden?", grollte Sobos.

„Wir sollten Yussam einfach im Auge behalten…“, wagte von Sevapolo noch zu erwidern, doch der Imperator fiel ihm sofort ins Wort.

„Ich soll Yussam also enteignen, wie?“

„Das habe ich nicht gesagt.“

„Das Credo unserer neuen Zeit ist die komplette und uneingeschränkte Freiheit der Wirtschaft und des Geldwesens, Lupon. Dafür steht Juan Sobos als Archon und dafür stehen die Optimaten im Senat von Asaheim. Würde ich Yussam bei seinen Geschäften beschränken, dann würde ich gegen die von uns selbst aufgestellten Prinzipien verstoßen. Und das kann ich nicht, denn ich bin nicht allmächtig, auch wenn ich formal über das Goldene Reich regiere. Wir beide, auch du, Lupon, sind da, wo wir sind, weil hinter uns ein gewaltiges Netzwerk von reichen Großgrundbesitzern, Konzerninhabern und Bankiers steht. Das ist dir doch hoffentlich klar, oder?“

Der hagere Senator mit dem weißen Haar nickte. Er verschränkte die Arme hinter dem Rücken und stand stocksteif auf der Stelle in der Mitte des Raumes.

„Ist dir das wirklich klar?“, schrie Sobos.

„Ja, selbstverständlich!“

„Dann will ich nichts mehr von diesem altaureanischen Mist hören“, grummelte der Kaiser.

„Altaureanischer Mist?“, antwortete von Sevapolo eingeschnappt. „Es ist lediglich ein Appell an die Vernunft.“

Sobos speckige Arme wirbelten durch die Luft. Der Archon schnappte sich einen Datenblock und zertrümmerte ihn auf dem Marmorboden. Dann hämmerte er mit den Fäusten auf seinen Schreibtisch.

„Ich kann nichts gegen Yussam tun! Und ich kann auch nichts gegen die anderen Bankiers tun! Verstehst du das denn nicht? Ich bin nicht allmächtig! Wir sind nicht allmächtig! Also müssen wir uns Realitäten beugen und das Beste daraus machen!", brüllte Sobos.

„In letzter Zeit bist du nur noch wütend. Ständig verlierst du die Beherrschung. Du solltest lernen…", brachte von Sevapolo heraus, bis ihm der Imperator beinahe an die Gurgel sprang.

„Verschwinde! Für heute habe ich genug von deinen Stänkereien, Lupon! Verschwinde aus dem Palast! Morgen kannst du wieder kommen! Raus jetzt!"

„Sehr wohl, Eure Majestät. Ganz wie es der Archon befiehlt", gab der Senator mit eisigem Blick zurück. Anschließend machte er auf dem Absatz kehrt und ging langsamen Schrittes zur Tür.

Wieder einmal saß Flavius in einer düsteren Ecke irgendwo in dem Stellungssystem aus verwinkelten Gräben und las einen Text aus Gutrim Malogors Werk „Die Lehren der genetischen Aristokratie". Den nagenden Hunger in seinem Leib und die schwarzen Nebel der Hoffnungslosigkeit im Kopf eisern ignorierend, hockte er zwischen leise murmelnden Legionären und Cargokisten, von denen die Farbe abblätterte.

Kleitos spazierte währenddessen durch das Heerlager und versuchte, die Zeit auf seine Weise totzuschlagen. Wieder einmal gab sich Flavius der Illusion hin, dass ihn Malogors Lehren innerlich aufrichten könnten, obwohl sie das schon lange nicht mehr vermochten. Dafür war die Lage, in der sich die loyalistischen Soldaten befanden, einfach zu ausweglos.

Aber was sollte er sonst tun? Der gedankliche Ausflug in die Tiefen eines Audiolibers war zumindest interessanter als bloß stumpfsinnig den roten Marsboden anzuglotzen. Still saß der Kohortenführer mit den feinen Sensorkabeln an den Schläfen da und hörte der Stimme in seinem Kopf zu. Sie berichtete ihm von Malogor, dem Erlöser, seinen Idealen und seinen hochfliegenden Visionen einer strahlenden Zukunft.

„Die alten Begriffe „Mensch" und „Menschheit" müssen aus unserem Sprachgebrauch getilgt werden, denn es gibt weder den „Menschen", noch die „Menschheit". Sollen denn Aureaner und Anaureaner gleichsam als „Menschen" bezeichnet werden? Das würde suggerieren, dass sie das Gleiche sind, aber das sind sie keinesfalls. Die Wahnvorstellung einer einzigen „Menschheit" hat in der Vergangenheit bereits zu fatalen Missverständnissen geführt und es ist nun an uns, diese für immer zu beseitigen. Als vor Jahrtausenden bereits weise Männer damit begonnen hatten, die sogenannte „Menschheit" in hohe und niedere Kasten einzuteilen, verfolgten sie das Ziel, die von Natur aus begabten, erfindungsreichen und zur Hochzivilisation befähigten Teile derselben von jenen abzugrenzen, die dazu nicht in der Lage sind und es auch niemals sein werden.

So schieden die großen Männer der Vergangenheit die hohen Menschenschläge von den niederen. Sie trennten die Aureaner, seit jeher die Träger und Gründer aller Hochkulturen auf Terra, von den Anaureanern, um die stetige Weiterentwicklung und Höherzüchtung der Goldkinder nicht zu gefährden. Sollen wir also heute, wo wir wissen, wer allein die Grundlage aller hohen Zivilisation auf Erden ist, den Aureaner noch immer mit dem Ungoldenen begrifflich auf eine Stufe stellen, indem wir beide unter dem antiken Kunstwort „Menschen" zusammenfassen?

Nein, wir müssen dieses falsche Denken abstellen und nichts mit dem gleichen Namen benennen, was ungleicher nicht sein könnte.

Denn, Aureaner, schaue nach oben zur Göttlichkeit, denn dort ist das Ziel deines Weges. Und dieses Ziel wirst du nur erreichen durch Zucht, Reinheit und Disziplin. Darum siehe niemals nach unten, goldener Mensch, denn dort findest du bloß den Schmutz der Straße und jene, die nicht deine Brüder sind und aus fremdem Schoße stammen."

Die Stimme verstummte, als sich Flavius die Sensorkabel von den Schläfen zog und diese wieder im Gehäuse des Kommunikationsboten verschwanden.

„Wie viele Legionen hat Malogors Weisheit?", dachte der blonde Kohortenführer bitter.

In einiger Entfernung plapperten ein paar Berufssoldaten durcheinander. Sie wärmten sich an einem Thermostrahler, schlürften Tee oder erzählten sich gegenseitig, wie viele Nutten sie wann und wo schon glücklich gemacht hatten.

„Ein elendes Leben! Womit habe ich das verdient?", zischte Flavius in sich hinein, um sich daraufhin zu erheben. Er blickte zu der Wellblechplatte, die den Grabengang bedeckte und den überall durch die Düsternis pfeifenden Nordwind abhielt.

Es hatte sich im Grunde nichts geändert. Selbst Flavius hatte auf die Xenomorphen als Retter in der Not gehofft, doch diese Wunschvorstellung hatte sich längst verflüchtigt. Die feindlichen Legionen lagen in einigen Kilometern Entfernung auf der Lauer und gewährten den Loyalisten keine Chance mehr, einen zweiten Ausbruch aus der Umklammerung durchzuführen. Allerdings ließen sie sich Zeit. Sie griffen mit ihrer Übermacht nicht an, um Leukos Verbände in einer letzten Schlacht zu zermalmen, sondern warteten einfach ab und überließen sie einem langsamen Siechtum.

Als Flavius an der Gruppe der Legionäre vorbeiging, wandte ihm einer der Soldaten den Blick zu. Er grinste breit und entblößte seine gelblichen Zähne.

„Wir unterhalten uns über das regelmäßige Besteigen von Huren, Herr Kohortenführer Princeps. Möchten Sie sich zu uns gesellen, um unserer philosophischen Diskussion beizuwohnen?"

Flavius verdrehte genervt die Augen, er schlich kopfschüttelnd davon, während der Legionär hinter seinem Rücken sehr leise, aber dafür umso hämischer zu kichern begann.

„Das ist ihm viel zu primitiv, dem belesenen Burschen", hörte Flavius einen der anderen Soldaten tuscheln. Es folgte ein unterdrücktes Lachen aus mehreren Kehlen.

Kurz darauf war Princeps aus dem Graben verschwunden. Nachdenklich spazierte er am Rande der Stellung durch die Dunkelheit. Um ihn herum erleuchteten Fusionslampen die Unterkünfte, leises Gerede drang von überall her nach oben.

„Wir sind verloren. Finde dich endlich mit der Realität ab", sagte Flavius zu sich selbst.

Das Gerede, welches aus dem holographischen Bildwürfel in Rodmilla Curows Wohnzimmer quoll, hallte auf eine seltsame Weise in ihrem Kopf nach. Schon seit Stunden lag die langbeinige Frau auf ihrem überdimensionalen Sofa, eingehüllt in ihren Lieblingsüberzug aus samtweichem Kunstfell.

Genüsslich schnurrend wälzte sich Rodmilla von einer Seite auf die andere, wobei sie leise in sich hineinkicherte und dabei ein Kissen liebkoste. Es war alles so einfach und schön, wenn man nicht mehr klar denken konnte.

„Welche Auswirkungen hat der Dauerkonsum von hypervisuellen Halo-Simulationsspielen? Dieser Frage möchten wir heute in unserer Gesprächsrunde nachgehen, liebe Zuschauer. Dazu begrüße ich als meinen ersten Gast Gerond Wargolaine, Hochmagister für Erziehungswissenschaft und gesellschaftspolitische Ethik", hörte Rodmilla eine Frauenstimme erschallen. Sie kicherte noch lauter und hielt sich dabei den Kopf.

Das Gebrabbel aus dem Transmitter wurde abwechselnd leiser und lauter, obwohl Rodmilla die Lautstärke nicht verstellt hatte. Sie hob den Blick, sah zu der durch ihr Wohnzimmer stolzierenden Gesprächsleiterin herüber und grinste.

„Ich sehe besser aus als du!", rief sie der holographischen Gestalt mit einem brüllenden Lachen entgegen. Sie verschluckte sich, rang für einen Moment nach Luft, doch dann lachte sie weiter.

Im Nervensystem der Meuchelmörderin tanzte ein bunter Reigen aus Neurostimulationsschüben, Glücksdrogen und sedierenden Chemikalien. Seit ihrem ersten Morgenkaffee stand dieser Tag wieder einmal ganz im Zeichen der vielfältigen Genussmittel, die Rodmilla mittlerweile konsumierte.

Morgen würde sie einen furchtbaren Kater haben, vielleicht sogar Krämpfe und Nervenzuckungen, doch das war ihr heute vollkommen gleich.

„Es gibt zahlreiche Studien, die belegen, dass Halo-Simulationsspiele Psychosen auslösen können. Vor allem, wenn ein gesundes Maß überschritten wird", erklärte der Magister, ein bärtiger Mann mit grauweißem Haarkranz, und blickte dabei betroffen in die ihn umschwirrenden Aufnahmemodule.

„Aber es ist doch so, dass jedes zugelassene Halo-Simulationsspiel eine Sperrschaltung hat, die es nach spätestens acht Stunden automatisch abschaltet", gab die Gesprächsleiterin zurück.

„Acht Stunden sind eben viel zu lang! Da müssten die Gesetze geändert werden. Außerdem ist es für die jungen Leute heutzutage nicht sonderlich schwer, diese Sperre weg zu programmieren. Natürlich gibt es virtuelle Spiele bereits seit Jahrtausenden, sie sind ohne Frage ein kulturelles Gut, aber dennoch sind sie auch gefährlich. Alles ist gefährlich, wenn man es zu intensiv betreibt. Denken Sie an Genussmittel…", dozierte der Magister, wobei er belehrend den Zeigefinger hob und in Richtung der Bildaufzeichner nickte.

„Wie sieht es mit der Gewalt aus, Herr Wargolaine? Was ist beispielsweise mit Halo-Simulationsspielen wie „Bioschreck in Rapturia", „Sternenkrieg" oder auch „Farancu Collas"? Was geschieht mit Jugendlichen, die beispielsweise in die Gestalt eines antiken Sagenhelden schlüpfen und dann auf dem Schlachtfeld wüten? Sie erleben doch all diese Gewalt hautnah, denn sie morden sozusagen mit eigenen Händen. Ist das nicht bedenklich?"

Der Magister schob die Augenbrauen leicht nach oben, seine Stirn legte sich in Falten. Ehe er jedoch etwas sagen konnte, brüllte ihn Rodmilla wütend an.

„Ich nehme so viele Drogen, wie ich will, du Narr! Hast du das kapiert? Wenn du damit ein Problem hast, dann bringe ich dich um! Das ist nämlich das Einzige, was ich kann! He, du kluger Zammelbart, ich rede mit dir!"

Langsam sank Rodmilla wieder in ihre Kissen zurück, während der Magister dozierte und schwätzte und vor den Gefahren der Halo-Spiele warnte. Plötzlich wurde die Assassinin schläfrig, sie wälzte sich und vergrub ihre Hände unter den Kissen, deren Unterseiten sich angenehm kühl anfühlten.

Als Rodmilla schon beinahe eingenickt war, riss sie auf einmal ihr Kommunikationsbote mit seinem schrillen Piepen aus ihrer Benommenheit. Fluchend kroch sie wie eine Schildkröte über das Sofa und zog das stabförmige Gerät aus einer Ritze zwischen den Sitzpolstern.

„Ja?", stammelte sie, während sich ein zweiter holographischer Bildschirm vor ihren Augen entfaltete.

„Fräulein Curow! Wie schön, Ihr Gesicht noch einmal zu sehen", sagte Juan Sobos mit einem kalten Lächeln.

Geradezu panisch schaltete Rodmilla den Simulations-Transmitter ab. Das Gerede des Magisters verstummte, sie starrte den Archon an.

„Geht es Ihnen nicht gut? Sie sehen ein wenig zerzaust aus", fuhr Sobos fort.

„Doch…mir…mir geht es gut, Majestät. Ja, schön, dass Sie…Ihr auch…mich kontaktiert habt, Majestät", antwortete sie hastig.

„Zwei Mal „Majestät", wo doch ein einziges „Majestät" schon gereicht hätte", kam zurück.

„Wie bitte?" Rodmilla strich sich ihre schweißverklebten Haare aus dem Gesicht.

„Ich wollte mich nur unverbindlich melden und sehen, was Sie so treiben. Habe ja bereits seit einer Weile nichts mehr von Ihnen gehört", sagte der Imperator, der Rodmilla sehr aufmerksam musterte.

„Es tut mir leid, Eure Exzellenz. Ich hatte sehr viel zu tun", log die Meuchelmörderin auf furchtbar dilettantische Art.

Sobos nickte grinsend. „Das kann ich mir vorstellen, Fräulein Curow. Macht Ihnen der Haushalt so viel zu schaffen oder gehen Sie neuerdings einem Nebenberuf nach, weil sie so wenig Geld zum Leben haben?"

„Nein…ich meinte…ja", quälte sich Rodmilla.

„Gut! Ich werde mich wieder melden! Wir beide werden uns bald ein wenig länger als sonst unterhalten müssen", erklärte der Kaiser mit strengem Unterton.

Rodmilla stöhnte vor Schmerzen auf, als ihr das Adrenalin vor Aufregung durch den Körper schoss. Hilfesuchend sah sie den Archon an, der sie wiederum mit eisiger Miene und heruntergezogenen Augenbrauen fixierte.

„Ich melde mich in absehbarer Zeit bei Ihnen, Fräulein Curow, und dann werden Sie nach Asaheim kommen. Haben Sie das verstanden?"

„Ja, ehrwürdige Majestät", gab Rodmilla zurück.

„Dann wünsche ich Ihnen noch viel Spaß bei dem, was Sie gerade tun. Was immer es auch ist", brummte Sobos.

In der nächsten Sekunde löste sich der holographische Bildschirm wieder auf und Rodmilla ließ ihren Kommunikationsboten sinken.

Seit dem ersten Auftauchen der Viridpelliden waren mehrere Wochen vergangen. Noch immer analysierten die Xenobiologen die neue Situation; mittlerweile waren die führenden Köpfe der terranischen Außerirdischenforschung auf den Mars gekommen, um sich vor Ort ein Bild zu machen.

Dutzende von toten Viridpelliden waren bereits auf den Schlachtfeldern geborgen und anschließend akribisch untersucht worden. Zuvor waren lediglich stark verweste Überreste der grünhäutigen Außerirdischen gefunden worden, doch jetzt verfügten die Wissenschaftler plötzlich über eine große Anzahl frischer Viridpellidenleichen. Aber den Eifer der Xenobiologen, die in ihren Labors sezierten und forschten, konnten Juan Sobos und seine Begleiter nicht teilen. Nach wie vor war sein Sohn aufgrund der Alienangriffe äußerst besorgt - zumal in jedem Fall ausschließlich optimatische Soldaten von den Viridpelliden niedergemacht worden waren.

Heute war der Archon mit seiner rechten Hand, Senator Lupon von Sevapolo, auf den Mars gekommen. Auch der engste Vertraute des Kaisers war durch die außerirdischen Besucher sehr beunruhigt, obwohl vieles dafür sprach, dass die Viridpelliden lediglich mit einem einzigen Raumschiff und nicht mit einer ganzen Sternenflotte erschienen waren.

Mürrisch saß Sobos in einem Sessel in der Mitte des Raumes, während sich Misellus und von Sevapolo fragende Blicke zuwarfen. Der hagerere Senator verzog zunächst keine Miene, nach einer Weile schob er jedoch die Mundwinkel nach unten und sah aus, als hätte er soeben eine saure Zitrone verschluckt.

Antisthenes, der Oberbefehlshaber der optimatischen Streitkräfte, wohnte der Unterredung bei, wobei er allerdings so tat, als würde er durch Lupon von Sevapolo hindurchsehen. Der General mit der bronzefarbenen Haut und dem anaureanischen Blut hasste den arroganten Freund des Archons aus tiefster Seele.

„Sehe ich das richtig, wenn ich sage, dass uns diese Viridpelliden trotz allem keine entscheidenden Verluste zugefügt haben?", wollte Juan Sobos wissen.

Antisthenes rang sich ein kurzes Lächeln ab, um daraufhin zu erwidern: „Es scheint, dass diese Kreaturen lediglich ein einziges Raumschiff besitzen. Außerdem bestanden ihre Kriegertrupps stets nur aus einigen hundert Kämpfern. Wir haben gegen diese Kreaturen mehrere Tausend Mann verloren. Das ist bedauerlich, aber keine Katastrophe."

„Das weiß ich längst alles!", blaffte der Archon zurück, wobei er seine speckige Faust auf die Sessellehne klatschen ließ.

„Was ist mit den Xenomorphen, die lebend gefangen worden sind?", hakte von Sevapolo an Misellus gewandt nach.

„Vier Viridpelliden sind noch am Leben. Sie befinden sich derzeit in der Obhut der Medici. Wenn ihr Zustand stabil ist und bleibt, dann werden wir sie verhören", antwortete der korpulente Thronerbe.

Sein Vater erhob sich aus dem Sessel, Juan Sobos böser Blick wanderte durch den Raum.

„Wir müssen wissen, wie stark die Streitkräfte dieser Monster wirklich sind, Misellus! So schnell wie möglich! Hast du das kapiert, Junge? Und wir müssen herausfinden, in welchem Verhältnis diese Wesen zu Leukos stehen. Warum helfen sie ihm? Foltert diese Dreckskerle notfalls! Schmerz werden sie sicherlich ebenso empfinden wie Menschen! Wir stehen unter Druck!", schrie der Archon, während er wie ein übergewichtiger Bulle auf seinen Sohn zustampfte. Lupon von Sevapolo und Antisthenes wichen vor der heranrollenden Wut des Monarchen zurück.

„Ich werde alles so schnell wie möglich in die Wege leiten, Vater. Leider kann es eine Weile dauern, bis wir mit den gefangenen Viridpelliden arbeiten können – das meinen jedenfalls die Medici. Außerdem müssen wir erst noch ihre Sprache decodieren", sagte Misellus.

„Ja, das weiß ich auch! Aber das muss alles schneller gehen, mein Sohn! Diese grünen Monster bereiten mir inzwischen mehr schlaflose Nächte als der Hurensohn Leukos. Diesen altaureanischen Bastard haben wir bald erledigt, aber diese Xenoskreaturen kann niemand einschätzen", giftete der Kaiser.

Antisthenes meldete sich zu Wort; wie ein Schuljunge hob er die Hand, zum Archon herüberblickend.

„Was?", brummte Sobos.

„Exzellenz, wir haben den Feind im Norden eingeschlossen, er sitzt hilflos in der Falle. Bisher ist es Leukos auch nicht mit Hilfe dieser Außerirdischen gelungen, unseren Belagerungsring irgendwo zu durchbrechen."

„Dann stürmt die Stellungen dieser sogenannten Loyalisten endlich und bringt die Sache mit Leukos zu Ende!", rief der Kaiser.

„Dies könnte zu großen Verlusten in unseren Reihen führen, denn Leukos verfügt nach wie vor über mehr als 80000 Soldaten", wandte der Oberstrategos ein. „Wenn wir ihn jedoch in Ruhe aushungern, wird er in einigen Wochen ohnehin kapitulieren müssen."

„Nein!" Der Archon schob die Augenbrauen mit grimmigem Blick nach unten.

„Schluss mit den Kinderspielchen, Antisthenes! Schafft weitere Legionen heran und beendet die Loyalistenrevolte mit einem letzten Großangriff!"

„Zu Befehl, Majestät!", gab der erste General der Optimaten zurück.

„Wie sieht es rund um Marksbury und Weitkrater aus?", wollte der Imperator anschließend wissen. Er starrte in Richtung seines Sohnes.

„Es wird wohl bald zu einer kritischen Wasserknappheit in diesen Ballungsgebieten kommen, da Leukos Bomber mehrere Talsperren zerstört haben", gab Misellus ein wenig ausweichend zurück.

„Und was unternimmt der Statthalter des Mars dagegen?"

„Es wird daran gearbeitet, die Versorgungssituation zu verbessern, Vater."

„Enttäusche mich besser nicht, Misellus. Sollte es Unruhen in Weitkrater oder Marksbury geben, dann erwarte ich ein entschlossenes Vorgehen. Ich habe dir diesen wichtigen Posten gegeben, damit du lernst, Probleme zu lösen. Doch verärgere deinen Vater nicht. Mach diesen Fehler niemals, Junge."

Gräuelpropaganda

Der Oberstrategos trommelte mit den Fingerkuppen auf der Tischplatte herum und presste die Lippen aufeinander. Leukos gegenüber saßen Throvald von Mockba, mehrere Legaten und der dronische Botschafter. Die Stimmung war gedrückt, denn allmählich wurde den Legionsführern bewusst, dass ihr Feldzug kurz davor stand, in einer vernichtenden Katastrophe zu enden. Die Euphorie, die nach der Hilfe der Grushloggs kurzzeitig unter den Männern aufgeflammt war, war längst wieder abgeebbt. Zudem hatte Leukos den Eindruck, als ob sich die Gegenseite inzwischen auf die außerirdische Präsenz eingestellt hätte. Es hatte bereits mehrere Fälle gegeben, in denen sich die feindlichen Streitkräfte verbissen gegen die Nichtmenschen gewehrt und ihnen große Verluste zugefügt hatten.

„Was ist, wenn wir mit unseren letzten Biophaginbomben einen zweiten Gasangriff unternehmen und erneut aus dem Kessel brechen?", wollte einer der Legaten wissen.

Abweisend schüttelte Leukos den Kopf. „Wenn wir noch einmal Gas einsetzen, dann wird sich der Feind vermutlich ebenfalls damit rächen. Meiner Ansicht nach ist uns damit nicht geholfen. Es fehlt uns zudem an Truppen, um erfolgreich nach Süden vorstoßen zu können."

„Und unsere neuen Freunde von sonstwo haben sich ebenfalls als herbe Enttäuschung erwiesen", giftete Sylcor Adalsang von Thrimia.

„Da bin ich anderer Meinung, Dronos. Überall, wo diese Wesen im Rücken der feindlichen Soldaten aufgetaucht sind, haben sie unglaubliche Verwirrung hinterlassen. Allerdings ist ihre Anzahl viel zu gering. Wenn es tatsächlich nur wenige Tausend Krieger sind, dann haben sie gar nicht die Möglichkeit, das Steuer für uns herum zu reißen. Egal, wie tapfer sie kämpfen", meinte Leukos.

Der Blick des Oberstrategos war in letzter Zeit stumpf geworden, der blonde General wirkte ausgezehrter und müder denn je. Mit jedem verstreichenden Tag, den Leukos im Inneren der Lichtweg oder einem geheimgehaltenen Unterstand irgendwo im kalten Norden der Marswüste verbrachte, zerbröckelte seine Zuversicht ein wenig mehr. Der terranische General, der immer dem Kriegerideal des Altaureanertums hatte nacheifern wollen, sah mit düsterem Blick in die Zukunft. Der erbärmliche Rest, der noch von seiner Invasionsarmee übrig geblieben war, glich inzwischen eher einer Horde ausgehungerter Wüstenbanditen als einer imperialen Streitmacht.

Außerdem war Leukos intelligent genug zu begreifen, dass der Krieg gegen Juan Sobos und seine Optimaten längst verloren war. Und auch die aureanischen Kastenbrüder, für die der Oberstrategos vor Jahren diesen Kampf begonnen hatte, straften ihn weiterhin mit Ignoranz und sogar Verachtung.

„Man wird sich freuen, wenn die Nachricht von meinem Ende über die Transmitter ausgestrahlt wird. Man wird in Millionen Wohnzimmern erleichtert aufatmen, weil der Störer des Wohlstandsfriedens endlich beseitigt worden ist", sagte Leukos bisweilen zu seinem Stellvertreter und Freund Throvald, der in einem ebenso tiefen Sumpf der Resignation steckte wie er selbst.

„Wir sollten uns ins Proxima Centauri System zurückziehen und irgendwann mit einer neuen Armee wiederkehren", meinte Sylcor Adalsang von Thrimia, der den Rest seines Lebens längst dem Kampf um das Sol-System gewidmet hatte.

Leukos blickte ihn erschöpft an. Derweil hob ein rothaariger Legat die Hand und erwiderte: „Ich sehe ebenfalls keine andere Möglichkeit mehr. Der Kampf auf dem Mars ist völlig aussichtslos, denn unsere Streitkräfte sind ohne jede Chance gegen das, was Antisthenes von Chausan ins Feld führen kann. Demnach sollten wir versuchen, so viele unserer Soldaten wie möglich zu evakuieren. Anschließend ziehen wir uns aus dem Sol-System zurück."

„Wenn wir uns aus dem Bereich des Sonnenstrahlungsfeldes hinausbewegen, können wir jederzeit von feindlichen Raumschiffen abgefangen werden", kam von einem weiteren Legionsführer.

„Das weiß ich alles selbst", brummte Leukos. „Dennoch werde ich mich bemühen, möglichst viele unserer Männer von der Marsoberfläche zu holen. Allerdings bin ich noch immer nicht sicher, ob uns ein Rückzug ins Proxima Centauri System tatsächlich etwas nützen wird."

„Oberstrategos, die Aufklärer berichten von immer neuen Legionen der Optimaten, die aus dem ganzen Sol-System zusammenströmen und auf dem Mars gesammelt werden. Antisthenes lässt sich Zeit, offenbar scheint er unser Siechtum auskosten zu wollen. Aber auf Dauer sind unsere Soldaten ohne jeden Zweifel des Todes", sagte ein anderer Offizier.

Der Oberbefehlshaber der Loyalisten legte die Stirn in Falten, er brütete schweigend vor sich hin, während die

Legaten leise zu tuscheln begannen. Noch hatte sich Aswin Leukos nicht entschieden, den Rückzug anzutreten. Seit Wochen zerbrach er sich den Kopf darüber, wie er das Blatt noch zu seinen Gunsten wenden konnte. Doch selbst ein so genialer Stratege und hartnäckiger Kämpfer wie er konnte die trostlose Realität nicht umkehren. Obwohl Leukos eine Flucht seiner Schiffe als unehrenhaft betrachtete, schien es keine andere Möglichkeit mehr zu geben, wenn überhaupt noch ein Hoffnungsschimmer für die Zukunft bleiben sollte.

Leukos erhob sich, sein stumpfer Blick richtete sich auf die versammelten Offiziere und er sagte: „Ich werde in den nächsten Tagen eine Entscheidung treffen. Rückzug oder nicht, noch habe ich keinen endgültigen Entschluss gefasst, meine Legaten."

Die von Antisthenes geführten Truppen hatten die loyalistischen Streitkräfte vollkommen eingeschlossen. Zunächst beließen sie es dabei, ihre Feinde auszuhungern und im kalten Norden zu isolieren. Nach einer Weile machte es fast den Eindruck, als würde Juan Sobos aus dem Krieg gegen Leukos verbliebene Verbände ein Medienspektakel machen wollen. Den Befehl, die Loyalistenrevolte durch einen Großangriff zu beenden, hatte der Kaiser mittlerweile widerrufen und Antisthenes Vorschlag, den Feind langsam zu zermürben, zugestimmt. Das Einzige, was den Archon und die ihm dienenden Heerführer allerdings weiterhin verunsicherte, waren die Viridpelliden, deren Stärke niemand einschätzen konnte.

Jedoch hatten sich die Außerirdischen seit Wochen nicht mehr sehen lassen. Weder Aswin Leukos, noch der gewöhnliche Legionär wussten, wo sich die fremden Besucher aufhielten. Hatten sie das Sol-System schon wieder verlassen?

Da niemand diese Frage beantworten konnte, machte es wenig Sinn, sich darüber den Kopf zu zerbrechen. Vor allem, wenn man bloß einen Schluck Wasser und einen aufgelösten Nahrungswürfel im Magen hatte.

Inzwischen war von Antisthenes eine derart große Armada rund um die loyalistischen Stellungen zusammengezogen worden, dass es ein leichtes gewesen wäre, den Feind mit einem letzten Schlag zu zerquetschen. Sobos hatte sich jedoch, nachdem er das weitere Vorgehen mit seinen Gefolgsleuten aus der Optimatenfraktion besprochen hatte, längst umentschieden. Hatte er Antisthenes zuvor noch dazu gedrängt, die Reste der feindlichen Streitmacht möglichst schnell auszulöschen, so wollte er Leukos Ende nun so lange wie möglich herauszögern. Der langsame Niedergang des Loyalistenheeres ließ sich nämlich medial hervorragend ausschlachten, denn im Gegenzug konnten sich die Optimaten als wackere Kämpfer gegen einen grausamen Feind, der zudem noch für die alte Ordnung stand, profilieren.

Die Einnahme einer jeden Ortschaft, aus der die Loyalisten wieder hinausgedrängt worden waren, wurde plötzlich unter dem Jubel sämtlicher Massenmedien des Imperiums als glorreicher Sieg angepriesen. Glücklich grinsende Legionäre marschierten durch die Straßen der von Leukos Mordschergen befreiten Orte, während zugleich all die schrecklichen Verbrechen ans Licht kamen, die die Loyalisten an den Unschuldigen verübt hatten. Gab es eine bessere Gelegenheit als diesen kleinen Krieg, um sich selbst als Wohltäter der Menschheit darzustellen?

Den sicheren Sieg vor Augen bereiteten sich die Optimaten ihre eigene, schillernde Bühne, auf der sie als edle Ritter gegen die zähnefletschenden Mordgesellen eines wahnsinnigen Kriegsherren wieder und wieder auftreten konnten. Aswin Leukos, den die Optimaten zum Inbegriff von Terror und Gewalt stilisierten, war das fleischgewordene Altaureanertum, welches nun vor den Augen des gesamten Imperiums in einem geradezu theatralisch ausgeschmückten Spektakel zu Grabe getragen wurde. Nach der Vernichtung der loyalistischen Armee würde von dem, was Gutrim Malogor einst aufgebaut hatte, nur noch Staub übrig bleiben.

So sonnte sich Sobos im Glanz seines bevorstehenden Sieges. Er hielt zahlreiche Reden an die Bürger des Goldenen Reiches und verkündete den Anbeginn eines neuen, glücklicheren Zeitalters der Freiheit.

Und die Beliebtheit des Archons wuchs in dieser Zeit rapide an, war er doch der verkörperte Gegenpol zu Leukos, dem Wahnsinnigen, dem Schlächter, dem gnadenlosen Teufel.

Lediglich die Aureaner aus den untersten Subkasten, die mit den Ungoldenen um die immer weniger werdenden Brotkrumen des schrumpfenden Sozialsystems rangen, konnten kaum noch Sympathien für den neuen Kaiser des Goldenen Reiches entwickeln. Viele standen Sobos mit Skepsis, manche inzwischen sogar mit offenem Hass gegenüber. Doch die Unterkastenaureaner interessierten den Archon und seine Optimaten nicht. Für die reichen Senatoren waren sie auch nicht mehr wert als die Ungoldenen.

Der inmitten des Wohnzimmers schwebende, holographische Bildschirm schien sich für einen Augenblick wie eine sterbende Sonne aufzublähen. Crusulla Princeps griff nach der Hand ihres Mannes und biss sich auf die Unterlippe, während die grausigen Bilder auf ihren Geist einzuströmen begannen. Halb verfaulte Leichen mit dunklen Augenlöchern starrten gespenstisch in die Aufnahmegeräte, das Bild des Schreckens wurde immer eindringlicher. Irgendeine Stimme begann dazwischen zu rufen, neue Bilder tanzten durch das Zimmer, Legionäre ruderten aufgeregt mit den Armen, als sich die rostigen Flügel eines stählernen Tores zur Seite schoben.

„Leute, seht doch! Hier leben noch welche!", rief eine gepanzerte Gestalt mit einem schweren Blaster in den Händen. Weitere Legionäre liefen vor dem Tor zusammen.

Nachdem sich das riesige Gatter geöffnet hatte, wankte eine Schar bis auf die Knochen abgemagerter Gestalten langsam in Richtung der Filmenden. Halb verhungerte Frauen, die schmutzige Lumpen an den Leibern trugen, hielten weinende Kinder in den Armen. Dazwischen schleppten sich ihre fast zu Tode gemarterten Männer mit letzter Kraft in Richtung der Legionäre, die ihnen Wasser und Nahrungsmittel gaben.

„Ich kann nicht glauben, dass es so etwas gibt", stieß Crusulla entsetzt aus und strich sich durch ihre strähnigen Haare, die sie vor ein paar Tagen hatte nachtönen lassen.

Flavius Vater antwortete ihr nicht. Er betrachtete bloß nachdenklich die abstoßenden Bilder, die der Simulations-Transmitter in seinem Wohnzimmer flimmern ließ.

Das hübsche Gesicht einer jungen Sprechbotschafterin erfüllte den Holographieschirm, sie lächelte in die Aufnahmemodule und erklärte: „Dieses Todeslager ist nunmehr das vierte, das unsere Soldaten nördlich der Megastadt Gomre auf dem Mars befreit haben. Hier oben im kalten Norden scheinen Leukos Männer noch mehr davon errichtet zu haben, um dort ihre politischen Gegner zu internieren.

Was unsere Legionäre vorgefunden haben, ist derart schrecklich, dass es vielen Zuschauern schlaflose Nächte bereiten wird. Allerdings zeigen diese Bilder auch, was Aswin Leukos über das Goldene Reich bringen wird, wenn wir ihn nicht aufhalten. Rund um das Lager haben unsere Legionäre Hunderte von Leichen gefunden. Unschuldige Männer und Frauen, die als angebliche Kastenverräter von den Rebellen ermordet worden sind. Die übrigen Lagerinsassen haben Leukos Männer eingesperrt zurückgelassen, damit sie elendig verhungern. Doch nun sind ihre Leben durch einen entschlossenen Trupp unserer Legionäre im letzten Moment gerettet worden."

Crusulla hielt sich die Hand vor den Mund, Norec verzog noch immer keine Miene. Lediglich seine buschigen, grauweißen Augenbrauen schob er ein wenig nach unten.

„Dieses dreckige Schwein von Leukos hat unseren Flavius auf dem Gewissen!", brach es aus Crusulla heraus. Sie riss die Fäuste in die Höhe und stieß einen Fluch in Richtung Mars aus.

Der holographische Bildschirm zeigte Berge verkohlter Leichen und Reihen von Massenunterkünften aus Wellblech und Plastbeton. Dazwischen noch mehr ausgehungerte, jammernde Gefangene, die den Befreiern glücklich in die Arme fielen und ihnen gierig die Wasserbehälter aus den Händen rissen.

„Leukos muss in der Tat ein Wahnsinniger sein", brummte Norec schließlich. „Vorausgesetzt es stimmt, was die uns hier zeigen."

„Was soll das nun wieder heißen?", rief Crusulla aufgebracht.

Das in die Jahre gekommene Oberhaupt der Princeps Sippe hob den Zeigefinger und erwiderte: „Nun, dieser fette Sobos und seine Leute kontrollieren die Transmitter. Das darf man niemals vergessen. Deshalb weiß ich ja auch nicht, ob das alles stimmt."

„Meinst du denn, dass sie sich das alles bloß ausgedacht haben? Ich meine, diese Bilder…", ereiferte sich Crusulla, der beim Gedanken an ihren jüngsten Sohn wieder einmal die Tränen kamen.

„Die Bilder? Man kann heute alles Mögliche fälschen und inszenieren. Das nennt man dann „Kriegspropaganda", Schatz. Wäre doch nicht das erste Mal in der Geschichte."

Wütend sprang Crusulla auf. „Wieso nimmst du dieses Schwein von Leukos auch noch in Schutz, wo er doch unseren Kleinen getötet hat?"

Norec Princeps bemühte sich, ruhig und sachlich zu bleiben. Wohl wissend, dass dies dem emotionalen Ausbruch seiner Frau keinen Abbruch tun würde. Tränenströme liefen Crusullas gerötete Wangen herab, während ihre Fäuste wild durch die Luft wirbelten.

„Ich habe lediglich gesagt, dass man bei allem, was die einem im Transmitter zeigen, kritisch sein sollte. Solche Sendungen sind immer politisch eingefärbt", erklärte Norec.

„Und ich hoffe nur, dass Aswin Leukos bald seine gerechte Strafe erhält und man ihn selbst umbringt. Dieses wahnsinnige Ungeheuer hat schon Millionen Unschuldige auf dem Gewissen und es werden mit jedem Tag mehr. Vor allem aber hat er unseren Flavius in den Tod geschickt, aber das scheint dir ja völlig egal zu sein."

„Nein, Crusulla, es ist mir nicht egal", regte sich Norec auf. Dann jedoch ließ er die Arme wieder sinken, um seine vollkommen aufgelöste Frau nicht noch weiter aufzuregen. Mit einer ruckartigen Handbewegung schaltete er den Simulations-Transmitter aus; das Gerede der Sprechbotschafterin verstummte und wurde vom Lamentieren Crusullas abgelöst.

„Ehrwürdige Senatoren, liebe Bürger des Goldenen Reiches, ich spreche heute zu euch, weil ich mir um unsere geliebte Mutter Erde und das gesamte Sol-System große Sorgen mache.

Ein Mann ist mit seinen barbarischen Horden in unsere Welt eingefallen und verbreitet noch immer Angst und Schrecken auf dem Mars. Wo die Armeen dieses Kriegsherren durchziehen, hinterlassen sie Tod und Verderben. Dieser Mann, der aus den Tiefen des Alls zurückgekehrt ist, um das Sol-System in eine Wüste zu verwandeln, ist Aswin Leukos, der Bluthund des ehemaligen Archons Credos Platon.

Doch nun müssen wir uns verstärkt die Frage stellen: Wer ist diese Person überhaupt und was will sie wirklich? Inzwischen ist Leukos ja dazu übergegangen, seine verderbliche Hetze in den Kommunikationsnetzwerken zu verbreiten und das Klima der Gewalt noch weiter anzuheizen. In seinen Reden spielt sich dieser Wahnsinnige sogar als Retter des Goldenen Reiches auf, obwohl ihn niemand von uns jemals gerufen hat.

Wer also ist dieser Mann, der so anmaßend und überheblich auftritt? Wer ist dieser Verbrecher, der Millionen imperiale Bürger ermordet und bereits mehrere Planeten mit seinen Horden überfallen hat?

Diese Fragen sind eigentlich ganz leicht zu beantworten. Aswin Leukos ist nämlich bloß eines: Er ist ein egomanischer Massenmörder, der von dem Wahn besessen ist, ein neuer Sebotton von Innax zu werden. Leukos steht für alles, was wir inzwischen überwunden haben.

Dieser Schlächter steht für verknöcherte Irrlehren aus alter Zeit, er steht für Unterdrückung und Herzlosigkeit gegenüber den Armen und Schwachen. Sein Name bedeutet Grausamkeit, er bedeutete schon die Vernichtung der unschuldigen Bewohner von San Favellas. Er verheißt das Abschlachten von Frauen und Kindern mit Magmabomben. Aswin Leukos steht nicht für die großen Traditionen des Goldenen Reiches, sondern bloß für Machthunger, Wahnsinn und Terror.

Die verrottete Vorstellung einer Kastenordnung und die mitleidslose Unterdrückung der Schwachen haben wir längst als falsch erkannt und abgelegt, doch Leukos will uns seine brutale Tyrannei mit rücksichtsloser Gewalt aufzwingen. Die Stiefel seiner Legionäre sollen jeden Widerstand zertreten, seine Mordschergen haben den Befehl, all jene dahinzumetzeln, die ihre Freiheit bewahren wollen.

Allerdings ist es nicht damit getan, den Feind des Goldenen Reiches bloß beim Namen zu nennen, denn Leukos hat auf dem Mars bereits ein kleines Reich des Terrors errichtet, dass wir nun mit aller Macht zerschlagen müssen. Das Morden muss endlich aufhören - das verlange ich als Archon des Imperiums und das verlangt auch das anständige Terra. Wir können nicht mehr dabei zusehen, wie Frauen, Kinder und Greise unterdrückt, in Lager gesperrt und getötet werden, nur weil sie sich Leukos Gewaltregime nicht beugen wollen."

Juan Sobos schloss die Augen, er unterbrach seine Rede und setzte ein betroffenes Gesicht auf. Die zahllosen Aufnahmegeräte, die um ihn herumschwirrten wie eine Fliegenwolke, filmten den Archon aus allen nur erdenklichen Perspektiven. Für einen Moment hatte es den Anschein, als müsse sich Sobos gegen einen Anflug tränenreicher Trauer stemmen, doch dann fing er sich wieder, schlug mit der Faust auf das Rednerpult und setzte seine Ansprache fort. Plötzlich wirkte sein Blick entschlossen, beinahe grimmig.

„Aswin Leukos wird nun die ganze Härte der imperialen Gerechtigkeit zu spüren bekommen. Unsere Legionen stehen auf dem Mars bereit, um der Giftschlange endlich den Kopf zu zertreten. Unsere Soldaten sind zornig, nachdem sie gesehen haben, was Leukos Mordschergen den Unschuldigen angetan haben. Sie sind voller gerechter Wut, denn sie haben erkannt, dass man einen Dämon wie Leukos nur durch das Schwert aufhalten kann.

Mag sich dieser altaureanische Verbrecher auch mit seiner Flotte irgendwo im Strahlungsfeld der Sonnenkorona verstecken. Mag er glauben, dass er dadurch seiner gerechten Strafe entgehen wird, er wird sich am Ende irren. Seine Soldaten auf dem Mars sind fast vernichtet, auch wenn sie sich noch immer an dem einen oder anderen Ort festgebissen haben. Er hat geglaubt, dass er unseren Willen zur Freiheit durch Magmabomben brechen kann, meine geliebten Bürger des Imperiums. Er hat uns heimtückisch und ohne jede Vorwarnung mit diesen schrecklichen

Waffen angegriffen und uns gezwungen, ihm auf die gleiche Weise zu antworten.

Aber all deine Teufeleien sind umsonst gewesen, Aswin Leukos, du irrsinniger Kriegstreiber und Massenmörder, denn jetzt ist dein Ende gekommen. Jetzt wird dich der Hammer des Goldenen Reiches treffen und du wirst für deinen feigen Hochverrat am Imperium bezahlen."

Mehrere Aufnahmemodule schwirrten ein wenig nach unten, so dass sie den Archon aus der Froschperspektive ablichten konnten. So wirkte Sobos nicht nur größer, sondern auch entschlossener und kämpferischer.

Gestern Abend hatte der Archon Antisthenes den Befehl gegeben, die loyalistischen Verbände auf breiter Front anzugreifen und noch weiter nach Norden zurückzudrängen. Stück für Stück sollten die feindlichen Streitkräfte aufgerieben werden, allerdings nicht allzu schnell, denn es galt, aus diesem Krieg das bestmögliche mediale Kapital zu schlagen. Es war durchaus gewollt, dass sich die Loyalisten an einigen Orten wieder sammeln und erholen konnten, um sie noch eine Weile als Bösewichte ihre Rolle spielen zu lassen. Inzwischen hatten der Archon und seine Helfer erkannt, wie viele Vorteile es hatte, wenn man der Öffentlichkeit einen Feind präsentieren konnte. In einer Zeit, in der das Imperium keine äußeren Gegner mehr hatte, war jemand wie Aswin Leukos Gold wert. Das jedenfalls meinte Juan Sobos, der seine Siegesgewissheit wiedergefunden hatte.

Die Anzeige in Flavius Helm vergrößerte die sich nähernden Soldaten. Marsianische Legionäre hasteten von Deckung zu Deckung, sie arbeiteten sich von einem Trümmerhaufen zum nächsten vor, während die loyalistischen

Verteidiger verzweifelt versuchten, sie aufzuhalten. Nervös klammerte sich Princeps an seinen Blaster. Er veränderte die Reichweiteneinstellung der Strahlenwaffe, als die Helme von zwei Legionären in etwa dreihundert Metern Entfernung hinter einem Betonstück sichtbar wurden. Sofort gab Flavius einen gezielten Feuerstoß ab, doch die Blasterstrahlen bohrten sich in das Betonstück hinein und verfehlten die Köpfe der Feinde.

„Es hat keinen Zweck mehr. Es sind einfach zu viele und sie haben alle möglichen Waffen dabei", fluchte der Kohortenführer.

Kleitos, der ein paar Meter weiter aus einer Fensteröffnung schoss, senkte ebenfalls den Blaster. Mit einem leisen Summen öffnete sich Jarostows Helmvisier und die blaugrauen Augen des bulligen Legionärs sahen zu Flavius herüber.

„Was sollen wir denn jetzt machen? Dort hinten kommt eine ganze Zenturie. Wenn wir nicht schnellstens abhauen, dann werden die uns hier festnageln und fertigmachen", rief er.

Princeps nickte. Wieder einmal peinigte ihn der Hunger, der in den letzten Wochen zu seinem stetigen Begleiter geworden war. Meist war er – abgesehen vom ebenso quälenden Durst – ein noch größerer Tyrann als die Verzweiflung selbst. Sobos hatte ihre völlige Vernichtung befohlen, was bedeutete, dass es noch nicht einmal mehr die Möglichkeit gab, sich zu ergeben.

„Komm schon! Komm schon!", schrie Flavius und hämmerte mit der Faust auf Kleitos Schulterpanzer.

Dieser sprang auf und rannte zu einer Gruppe weiterer Legionäre herüber, die ebenfalls aus ein paar Öffnungen des in Stücke geschossenen Habitatskomplexes auf die anrückenden Feinde feuerten.

„Wir müssen hier weg! Nehmt eure Sachen und nichts wie raus aus diesem Gebäude!", rief Flavius aus dem Hintergrund. Der blonde Legionär stürmte los, eilte einen Korridor herunter und blieb kurz vor einem klaffenden Riss in der Außenmauer des Wohnhauses stehen, um einen Blick nach unten zu werfen.

Ein mächtiger Königselefant stampfte am Fuße des Habitatskomplexes durch die trümmerübersäte Straße; die Plasmageschütze des riesenhaften Stahlmonstrums schossen in Intervallen und fegten jeden Widerstand aus dem Weg. Wer sich noch nicht aus dem Staub gemacht hatte, wurde von bläulich glühenden Hitzewolken bei lebendigem Leib gebacken.

„Wir ziehen uns in Richtung Innenstadt zurück! Das hier hat keinen Zweck mehr! Außerdem sind Bomber unterwegs!", hörte es Flavius plötzlich aus dem Vox-Überträger in seinem Helm herausbrechen. Entsetzt zuckte er zusammen.

„Was?"

„Bomber kommen, Princeps! Macht, dass ihr weg kommt! Die werden gleich den gesamten Stadtteil einebnen!", antwortete Sachs über den persönlichen Kommunikationskanal, um dann sofort wieder auf die allgemeine Frequenz umzuschalten.

Panisch stieß Flavius zwei Legionäre zur Seite und sprintete weiter den Korridor herunter. Irgendwo über ihm wurde die Außenwand des Habitatskomplexes getroffen und Betonsplitter flogen durch eine sich ausbreitende Staubwolke. Für einen kurzen Augenblick schwankte das gesamte Riesengebäude wie ein Schiff auf hoher See. Instinktiv rannte Princeps weiter, riss eine Stahltür auf und sprang in ein dunkles Treppenhaus. Erneut erbebte der Boden unter den Füßen der Legionäre. Es rummste und krachte, als würde draußen ein Gigant mit seinen Riesenfäusten auf den Habitatsbau einprügeln.

Mit einem grellen Schrei auf den Lippen stolperte Flavius durch das halbdunkle Treppenhaus, prallte gegen den Rücken eines Legionärs und warf ihn zu Boden. Ein Stück des Knieschonersegmentes seiner Rüstung splitterte bei dem Sturz ab, doch das war Princeps geringstes Problem. Er richtete sich wieder auf und stürzte weiter die Treppen herunter.

Dann fuhr plötzlich ein so furchtbares Beben durch das Gebäude, dass Flavius glaubte, die Wände würden jede Sekunde über ihm zusammenstürzen. Staub und winzige Betonstücke rieselten von der Decke und landeten leise prasselnd auf dem Helm des Legionärs.

„Wenn ihr irgendwo in einem Gebäude seid, dann schlagt euch in die unteren Etagen durch und fangt an zu beten! Gleich werden hier die Straßen brennen! Sucht euch Deckung, Männer!", hallte Sachs Stimme durch das Vox-Netzwerk.

Außer Atem kam Kleitos angerannt. „Er hat Recht! Wir bleiben in diesem Habitatsbau, draußen auf den Straßen werden wir viel eher draufgehen als hier!"

„Und wenn der ganze Bunker hier zusammenstürzt?", brüllte ihn Flavius an.

„Dann sind wir tot! Aber das sind wir erst recht, wenn wir versuchen, durch die Straßen zu entkommen!", gab Kleitos zurück.

Schließlich sah Flavius ein, das Jarostow richtig lag. Zumindest hoffte er es. Mehrere Minuten lang rannte er ziellos durch den gewaltigen Habitatskomplex, vorbei an aufgerissenen Wohnkammern, abgeschalteten Bioscanner-Portalen und verschlossenen Lifttüren. Schließlich warf er sich im unteren Bereich des endlos in die Tiefe führenden Treppenhauses auf den Boden und schloss die Augen. Mit letzter Kraft kroch der junge Legionär in eine dunkle Ecke, wo er leise zu beten anfing.

Draußen begann das furchteinflößende Geheul der Caedes Bomber vom Himmel herabzudröhnen. Die allseits berüchtigten Kampfflieger, welche der Inbegriff des Luftterrors waren, fingen mit der Bombardierung des Stadtteils an. Es brach ein Höllengetöse los, als würde der gesamte Mars auseinanderbrechen und in einem Inferno aus Feuer und Lärm vergehen.

Kaum hörbar murmelte Flavius das Malogorunser, obwohl er sich sicher war, dass ihn weder der Göttliche, noch der heilige Patron der Aureanerkaste in diesem Augenblick hören konnten.

„Eugenia ist auf der Polemos eingesperrt, während ich in dieser Ruine hocke und darauf warte, dass sie uns alle abschlachten. Aber vielleicht ist es ja besser, wenn es bald vorbei ist. Ich habe nämlich keine Lust mehr, noch weiter falschen Hoffnungen nachzurennen. Ich bin es einfach leid", murmelte Flavius so leise, dass es nur der neben ihm im Halbdunkel sitzende Kleitos hören konnte.

Der trübe Schein eines Thermostrahlers tanzte über die kantigen Gesichtszüge des Legionärs aus Wittborg. Jarostow war bleich und ausgemergelt, seine Lebenskraft war kurz davor, für immer aus seinem Körper zu schwinden. Schließlich nickte er bloß, um dann weiter stumpf in die Leere zu starrten.

„Sie spielen mit uns und lassen uns langsam zu Grunde gehen. Wir sollen Qualen erleiden, bevor sie uns das Sterben gewähren. Das ist die Strafe dafür, dass wir uns Leukos Rebellion angeschlossen haben", meinte Flavius.

„Und wo ist dein Malogor jetzt?", gab Jarostow zurück.

„Was meinst du damit?"

„Wo ist der Bastard? Wo sind seine himmlischen Heerscharen, die uns die Ärsche retten? Seine Weisheiten können es nämlich nicht, Princeps."

„Wie soll ich dein Gequatsche denn jetzt verstehen?"

„Deine Malogor-Euphorie war nichts als ein Hirngespinst", antwortete Kleitos, wobei sein Gesicht so maskenstarr blieb wie zuvor.

„Das kannst du meine Sorge sein lassen!"

„Malogor soll sich ins Knie ficken." Jarostow lachte bellend, dann erhob er sich und gähnte lautstark. Seine glanzlosen Augen blickten auf Flavius herab, der reglos vor dem Thermostrahler auf seinem Schild saß.

„Sag das nicht noch einmal!", zischte Princeps dann.

„Malogor soll sich ins Knie ficken!", antwortete Kleitos mit einem Grinsen, das puren Zynismus widerspiegelte.

„Und nun? Was passiert jetzt? Kommt er von seiner beschissenen Wolke, um mir eins in die Schnauze zu hauen?"

Keine Sekunde später kippte der Thermostrahler krachend zur Seite. Flavius hatte das Gerät mit einem wuchtigen Tritt umgestoßen. Mehrere Legionäre schrien verärgert auf.

„Was soll das? Hä?", blaffte einer von ihnen.

Princeps beachtete die anderen Soldaten, die mit ihm in dem düsteren Ruinenloch hockten, nicht weiter. All seine Aufmerksamkeit galt in diesem Augenblick Kleitos. Ein

Stausee aus verzweifelter Wut war in Flavius Kopf zusammengelaufen, schlagartig brachen sämtliche Dämme und eine Woge unbändigen Zorns schwappte Jarostow entgegen. Einem wütenden Säbelzahntiger gleich sprang ihn Flavius an und schleuderte ihn in den Staub.

„Bist du wahnsinnig geworden?", kreischte er mit sich überschlagender Stimme, während er die Fäuste in die Höhe riss und auf seinen besten Freund eindrosch.

Kleitos jedoch rammte Princeps das Knie in die Seite und packte seinen rechten Unterarm, um Flavius daraufhin selbst die Faust ins Gesicht zu schmettern. Mit einem dumpfen Geräusch landete der Schlag auf den zerplatzenden Lippen des blonden Kohortenführers, der durch den auflodernden Schmerz nur noch rasender wurde.

„Dein verfluchter Malogor soll sich ficken!", keifte Jarostow, packte Princeps am Hals und versuchte, ihn von sich herunter zu stoßen. Flavius aber unterbrach die Attacke seines besten Freundes und rammte ihm die Stirn gegen das Nasenbein.

Von einem Schnaufen begleitet schnellte Kleitos Kopf zurück, Blut quoll aus den Nasenlöchern des bulligen Legionärs aus Skantlandt. Als Flavius seine Arme hob, um einen Wirbel brutaler Faustschläge auf Jarostows Gesicht niederprasseln zu lassen, stürzten sich zwei der anderen Legionäre auf ihn.

„Es reicht jetzt, Kohortenführer Princeps! Jetzt ist es wirklich gut!", schrie ein in die Jahre gekommener Berufssoldat mit zerfurchtem Gesicht.

Es kostete Flavius all seine Kraft, seinen lodernden Zorn unter Kontrolle zu halten. Und auch Kleitos brüllte irgendwelche Wortfetzen heraus, die keiner der Legionäre verstehen konnte. Er starrte seinen Freund Flavius mit vor Wut glühenden Augen an, dann fasste er sich an die blutende Nase. Ein dunkelroter Strom ergoss sich zwischen Jarostows Fingern, Flavius selbst hielt sich die zerschlagene Lippe und fluchte leise vor sich hin.

„Kein Wort mehr, du Arsch!", rief er drohend in Kleitos Richtung.

„He! Jetzt beruhigt euch wieder! Es hat wenig Sinn, wenn wir uns gegenseitig an die Gurgel gehen", sagte einer der Legionäre.

Flavius wandte ihm den Kopf zu. Er presste die Lippen zu einem dünnen Strich zusammen. Anschließend sah er wieder zu Kleitos, der trotzig an der gegenüberliegenden Wand lehnte und den Blutstrom aus seiner Nase mit einem Tuch zu stoppen versuchte.

„Ob wir uns hier gegenseitig erschlagen oder uns morgen diese verschissenen Optimaten töten, ist doch langsam egal. Oder etwa nicht?", kreischte Flavius in Richtung der Berufssoldaten, die ihn mit ausdruckslosen Mienen anglotzten.

Ehe noch jemand etwas sagen konnte, verließ er den Unterstand, um ein wenig kalte Nachtluft zu schnuppern und sich wieder zu beruhigen. Schon begann es ihm Leid zu tun, dass er Kleitos geschlagen hatte, auch wenn er noch lange nicht bereit war, sich bei seinem Freund zu entschuldigen. Jarostow war ebenso verzweifelt und mit den Nerven am Ende wie er selbst.

„Wenn du uns jetzt sehen kannst, dann fange endlich an, uns zu helfen", sagte Flavius, während er die Sterne am Himmel betrachtete.

Dann musste er bei dem Gedanken, dass Gutrim Malogor irgendwo im Himmelreich jenseits des Universums auf einer Wolke saß und ihn beobachtete, plötzlich lachen. Nur ein Narr konnte glauben, dass es eine höhere Macht gab, die den Menschen in ihrer Not beistand. Nein, niemand würde ihnen helfen können, nicht einmal Aswin Leukos. Sie würden in den nächsten Tagen und Wochen alle verrecken, dachte Flavius. Einer nach dem anderen.

Der alte Freund

Der stabförmige Laseranzeiger, mit dem Leukos einige Punkte auf der holographischen Marskarte markiert hatte, flog knallend gegen die Wand. Der Oberstrategos, dessen Gesicht eingefallen und hohlwangig war, schob Throvald von Mockba wortlos zur Seite. Dann ließ er sich auf einem Stuhl nieder.

„Sie drängen uns immer weiter zurück. Wir sind vollkommen handlungsunfähig. Unsere Sturmlandung ist auf ganzer Linie gescheitert. Das Einzige, was wir jetzt noch für unsere Männer tun können, ist den Mars anzufliegen und so viele von ihnen wie möglich zu retten", sagte der General.

„Jenseits der Sonnenkorona lauern jede Menge terranische Kriegsschiffe. Das könnte uns den Kopf kosten", meinte von Mockba.

Leukos, dessen Augen krank, beinahe gebrochen aus seinem traurigen Gesicht herausschauten, nickte.

„Ich weiß. Ich werde es mir noch überlegen, Throvald."

„Es gibt bald nicht mehr viel zu überlegen, Herr. Meiner Ansicht nach sollten wir uns ins Proxima Centauri System zurückziehen."

„Irgendwann wird uns Sobos eine riesige Kriegsflotte nachschicken. Massenhaft Lictor Kreuzer, vollgepackt mit Millionen von Legionären. Wir werden uns auch auf Thracan nicht verstecken können", antwortete der Oberstrategos.

Throvald von Mockba setzte sich ihm gegenüber an einen großen Konferenztisch, auf dem sich zahlreiche Datenverarbeitungsscheiben, Kommunikationsboten und weitere technische Geräte auftürmten. Hier und da stand ein holographisches Bild flimmernd über der Tischplatte. Leukos erhob sich und wischte sie alle mit mürrischen Handbewegungen weg.

„Es ist vorbei, Throvald! Alles ist vorbei! Damals haben wir beide uns entschieden, diesen Kampf zu beginnen, und jetzt haben wir ihn endgültig verloren!"

„Wir haben uns damals für überhaupt nichts entschieden, Gebieter", wandte von Mockba ein wenig erbost ein. „Sobos hatte uns eiskalt in eine Falle gelockt und wollte uns töten. Wir hatten doch gar keine andere Wahl, als uns unserer Haut zu wehren."

Leukos winkte ab. „Wir haben diesen Krieg verloren. Vermutlich hatten wir von Anfang an keine Chance."

„Das kann man sehen, wie man will, Herr."

„Wenn wir uns jetzt ins Proxima Centauri System zurückziehen, wird sich die optimatische Opposition auch auf Thracan wieder erheben, da wir keine Erfolge vorweisen können. Vielleicht werden wir unsere politischen Gegner dort noch zehn oder zwanzig Jahre niederdrücken können, doch auf Dauer werden wir scheitern. Es war vermessen von mir, zu glauben, dass wir Terra auch nur erreichen könnten."

Throvald von Mockba wurde grimmig. Sein Gesicht verwandelte sich in eine Fratze verzweifelter Wut. Krachend landete die flache Hand des Offiziers auf der Tischplatte.

„Die einfachen Aureaner, diese dekadenten Schweine, haben uns verraten, obwohl wir alles für sie riskiert haben.

Von mir aus können sie untergehen, denn sie haben es nicht anders verdient", schnaubte Leukos Stellvertreter.

Der Oberstrategos nahm einen Datenkristall in die Hand und ließ ihn zwischen seinen Fingern tanzen. Stumm und mit heruntergezogenen Mundwinkeln stierte er auf das achteckige Speichergerät.

„Ich weiß nicht, ob ich mit der Schmach der Niederlage leben kann. Wenn wir uns wie geprügelte Hunde nach Thracan zurückziehen, dann werden wir auch dort bald alles Ansehen verloren haben."

„Bei Malogor, was hätten wir denn tun sollen?", schrie von Mockba.

„Wir haben ohne Zweifel unser Möglichstes getan, doch am Ende haben der Wahnsinn, die Falschheit und die Bosheit gesiegt. Jedenfalls weiß ich nicht, ob ich mit unserem Scheitern leben kann", sagte Leukos.

„Was soll das heißen?"

„Ich sagte, dass ich nicht weiß, ob ich damit leben kann", wiederholte der Kriegsherr düster.

„Also aufgeben. Wollt Ihr Euch töten?"

„Nein, ich werde mir nicht das Gladius in den Bauch rammen oder auf eine Giftkapsel beißen, Throvald. Das werde ich nicht tun, auch wenn ich mich manchmal regelrecht danach sehne, dieses Leben endlich hinter mir zu lassen. Die Verantwortung, die Tatsache, dass ich über so viele Leben gebieten muss und auch schon so viele Leben habe nehmen müssen, frisst mich von innen auf wie ein Krebsgeschwür.

Irgendwie kann ich schon seit einiger Zeit nichts mehr fühlen. Es ist, als ob ein Teil meiner Seele bereits abgestorben ist. Jener Teil, in dem einst ein lebensfroher und auch etwas naiver Mann gewohnt hat. Aber das soll nicht deine Sorge sein, mein lieber Throvald."

Eine halbe Stunde lang saßen der Oberstrategos und sein engster Gefährte in dem schmucklos eingerichteten Besprechungsraum, schweigend im trüben Halbdunkel einer Fusionslampe, die auf einer Kommode stand und still vor sich hin flackerte.

Leukos gegenüber, an einer mit dunklem Holz verkleideten Wand, hing ein Ölgemälde von Gutrim Malogor, dem großen Heiligen, dessen Lebenswerk Juan Sobos in den nächsten Jahren gänzlich vernichtet haben würde.

Als Leukos gerade aufstehen wollte, um sich in sein Schlafgemach zu begeben, öffnete sich plötzlich die Tür und ein Flottenbediensteter in blauer Uniform betrat den Raum. Er verneigte sich kurz, um dem Oberstrategos daraufhin einen Kommunikationsboten zu überreichen. Das stabförmige Gerät leuchtete rötlich auf, Leukos nahm es wortlos entgegen.

„Was ist denn?", brummte der General.

Der Mann von der Flotte grinste breit. „Jemand möchte mit Euch Kontakt aufnehmen, Oberstrategos."

Leukos murmelte eine Art Antwort. Dann aktivierte er den Kommunikationsboten und ein holographischer Bildschirm öffnete sich. Verwundert schob der Feldherr die Augenbrauen nach oben, seine Mundwinkel zuckten. Irgendwann begann er sanft zu lächeln. Ein allzu vertrautes Gesicht schwebte vor ihm in der Luft.

„Shivas!", stieß Throvald von Mockba entgeistert aus.

Seit den Morgenstunden dieses kalten und unangenehmen Tages hockte Flavius in der dunkelsten Ecke eines notdürftig eingerichteten Aufenthaltsraumes. Schmutzige

Wellblechverkleidungen stellten die Wände dieses unterirdischen Rattenlochs dar. Es roch nach Schweiß, widerlichem Brackwasser und Körperausdünstungen aller Art. Doch an den Gestank, der die Wohnhöhlen dieser Grabenanlage stets ausfüllte und allgegenwärtig war, hatte sich Flavius längst gewöhnt.

Schlimmer als inmitten der Eiswinde auf Colod oder den tiefschwarzen, jedes Leben einfrierenden Nächten auf dieser Höllenwelt war es auch in den widerwärtigen Löchern nicht, in denen die Legionäre seit Wochen hausen mussten. Und es war auch nicht schlimmer als die Gefangenschaft in dem alten Transportraumschiff, das sie einst zurück ins Proxima Centauri System gebracht hatte. Und schrecklicher als die Leichenfelder und Gemetzel des Bürgerkrieges auf Thracan war es erst recht nicht.

„Wie habe ich es eigentlich geschafft, meinen Verstand zu behalten?", überlegte Flavius, wobei er allmählich Zweifel hatte, ob er nicht doch schon in den Wahnsinn abgerutscht war.

Seine alte Persönlichkeit, der lebensfrohe, optimistische und in seiner unbedarften Jugendlichkeit auch etwas ungestüme Flavius Princeps aus Vanatium-Crax, dem sonnigsten, saubersten und schönsten Teil der Megastadt, war schon vor langer Zeit gestorben. Er war in einer Kälteschlafkammer erstickt, auf dem Schlachtfeld zerfetzt und ans Kreuz genagelt worden. Übrig geblieben war nur Kohortenführer Princeps, ein ehemals fanatischer und jetzt nur noch verzweifelter Krieger.

Flavius müder Blick wanderte durch den Raum, den bloß ein lustlos flackernder Thermokern etwas erhellte. An der Wand gegenüber schliefen zwei Legionäre. Sie schnarchten leise und gelegentlich zuckte einer vor ihnen mit den

Beinen, als ob er im Traum vor einer Plasmagranate in Deckung springen würde.

Diesmal würden sie es nicht schaffen, sinnierte Princeps verbittert und zu Tode betrübt vor sich hin. Und im Grunde war es ihm auch gleich, ob er bald tot sein würde oder nicht. Der Krieg war verloren; der Versuch, das Sol-System mit einer so winzigen Streitmacht zu erstürmen, kläglich gescheitert. Der Feind war übermächtig, aber noch übermächtiger waren die Borniertheit und die Ignoranz der Aureaner, die sie eigentlich hatten retten wollen.

Mit einem Seufzer auf den Lippen strich sich Flavius über das müde Gesicht. Er wünschte sich, endlich noch einmal ein paar Stunden schlafen zu können, doch irgendein finsterer Dämon, der ihn nicht aufhören ließ zu denken, hielt ihn davon ab.

Princeps dachte an seine Eltern, versuchte sich an die Gesichter seiner Geschwister zu erinnern und fragte sich, was aus deren Kindern wohl geworden war. Sicherlich hatten sie ihren Onkel Flavius, diesen unglücklichen Narren, der vor vielen Jahren zwangsrekrutiert worden war und dann für immer im Weltall verschwunden war, längst vergessen.

Müde betrachtete der Kohortenführer seine Hände, sie waren steif und gefroren, so dass jeder einzelne Finger schmerzte. Daran änderte auch der Thermostrahler nichts.

Wie viele Leben hatten diese Hände genommen? Wie oft hatten sie das Gladius geführt? Wie oft hatten sie den Blaster zu einem furchtbaren Mordinstrument gemacht? Und wofür?

Flavius grübelte darüber nach, ob ihn die Männer, die er bereits getötet hatte, im Jenseits zur Rechenschaft ziehen würden. Starrten sie ihn in diesem Augenblick an? Ergötzten sich ihre rachsüchtigen Seelen an seinem Leid? Oder war in einer anderen Welt alles vergeben?

Als sich Flavius gerade mit dem Hinterkopf an die kalte Grabenwand gelehnt und die Augen geschlossen hatte, begann plötzlich sein Kommunikationsbote zu piepen. Verwirrt blickte er zu seinem Tornister, der in einem Meter Entfernung neben dem Schild lag. Seit einigen Minuten brüllten irgendwelche Soldaten in die Nacht hinaus, Princeps hörte Gelächter und regelrechte Freudenschreie von der Oberfläche in das Grabenloch dringen. Erst jetzt fielen ihm die lauten Geräusche auf.

Der Kohortenführer kroch zu seinem Tornister und holte den Kommunikationsboten heraus. Kurz darauf erblickte er das Gesicht von Zenturio Sachs, der ihn anlächelte, als ob sie bereits den Sieg errungen hätten.

„Flavius, du wirst es nicht glauben. Es gibt Hoffnung. Ich habe es soeben selbst erst erfahren", stieß Sachs aus.

„Hä? Was?", brummte Princeps und unterdrückte ein Gähnen.

„Wir sind nicht mehr allein!", rief der Zenturio mit sich überschlagender Stimme.

„Aha?"

„Die Thracanai sind da! Mit einer ganzen Flotte! Verstärkung, Flavius, alter Junge, Verstärkung kommt!"

Hunderte Männer der Flotte warteten in Reih und Glied in der Hangarhalle, um die unerwarteten Gäste aus dem Nachbarsystem zu begrüßen. Aswin Leukos und Throvald von Mockba standen nebeneinander und blickten zu dem schwarzgrauen Raumgleiter herüber, der am Ende der Halle gelandet war.

Zischend ging eine Rampe herunter und ein grelles Leuchten strahlte aus dem Inneren des Transporters heraus; die Konturen von Männern, gerüsteten Legionären und einer hochgewachsenen Gestalt mit einem langen Umhang, schälten sich aus dem Lichtschein. Auf dem Gesicht des Oberstrategos breitete sich ein überglückliches Lächeln aus, als er seinen alten Freund Magnus Shivas die Rampe herunterschreiten sah. Unzählige Augenpaare richteten sich auf den Statthalter des Proxima Centauri Systems, der auf die Lichtweg gekommen war, um seinen Verbündeten endlich wieder Hoffnung zu schenken.

„Der Göttliche muss unsere Gebete erhört haben", sagte Throvald von Mockba. Er sah Leukos an und bemerkte, dass dieser sich bemühte, die Fassung zu bewahren.

Zwei schwergepanzerte Thracanai in weißen Prunkrüstungen flankierten Shivas, als er majestätisch durch die Hangarhalle schritt, vorbei an den blau uniformierten Männern der terranischen Flotte, auf die er in diesem Moment wie ein Heilsbringer wirkte.

Langsamen Schrittes bewegte sich der weißhaarige Statthalter, dem Leukos so viel zu verdanken hatte, auf seinen jüngeren Gefährten zu. Er begann leicht zu schmunzeln, beinahe ein wenig verschmitzt lächelte er in Richtung des Oberstrategos, der sein Glück noch immer nicht fassen konnte. Mit ausgebreiteten Armen kam Shivas näher, dann fiel ihm Leukos um den Hals.

„Ich dachte, ich schaue bei den Terranern mal nach dem Rechten", sagte der Thracanos.

„Ihr wisst überhaupt nicht, wie froh ich bin, Euch wieder zu sehen, alter Freund. Damit hat sich alles geändert, zu unseren Gunsten", stieß Leukos euphorisch aus.

Shivas legte dem Oberstrategos die Hand auf die Schulter.

„Ab heute kämpfen wir wieder Seite an Seite. Wie wir es schon auf Thracan getan haben. Ich habe mich dazu entschlossen, den Rest meines Lebens unserer Sache zu widmen. Und ich bin sicher, dass ich meine Entscheidung nicht bereuen werde", sagte der Statthalter.

Daraufhin begrüßte er Throvald von Mockba und die anderen Legaten, die sich an Bord der Lichtweg befanden. Eine Abteilung thracanischer Legionäre kam aus dem Raumgleiter und nahm hinter dem Statthalter Aufstellung. Einer der Soldaten trug das Ehrenbanner der Hauptstadt Remay.

„Es sieht zwar nicht gut aus, aber Ihr gebt mir Hoffnung", sagte Leukos.

Shivas wölbte die Augenbrauen. „So?"

„Alles zu seiner Zeit. Heute wollen wir erst einmal Eure Ankunft feiern, mein Freund", antwortete von Mockba an Stelle seines Herrn.

„Ich habe auf dem Weg in Sol-System jedwelchen Funkkontakt mit Euch vermieden, denn die Abhörgefahr ist einfach zu groß gewesen. Aber dadurch ist die Überraschung nun umso größer, nicht wahr?", bemerkte Shivas schmunzelnd.

„Sie ist geradezu unbeschreiblich!", rief der Oberstrategos voller Freude.

„Ich habe Euch damals versprochen, dass ich alles dafür tun werde, Euch weitere Verstärkungen aus dem Proxima Centauri System zukommen zu lassen. Und ich bin ein Mann, der stets sein Wort hält."

„Bei Malogor, das weiß ich. Ich habe Euch sehr vermisst, Statthalter. Eure Weisheit und Euren Rat, Eure menschliche Güte. Ich danke dem Göttlichen, dass Ihr diese Reise angetreten habt", gestand Leukos unter Tränen.

„Aber Ihr seht nicht gut aus, mein Freund", sagte Shivas mit ernster Miene. „Ich kann erkennen, dass Euch der Krieg schon viel abverlangt hat."

„Wir hatten ihn bereits so gut wie verloren", erklärte der dronische Botschafter und nickte dem Thracanos zu.

„Dann kann ich nur hoffen, dass die von mir geführten Legionen ausreichen, um das Blatt noch einmal zu unseren Gunsten zu wenden."

„Magnus Shivas, mein Gefährte und Mentor, heute wollen wir den Krieg vergessen und uns an der Tatsache erfreuen, dass wir uns wiedersehen. Alles andere besprechen wir morgen. Ihr seid der Funke Hoffnung, auf den wir alle seit langem gewartet haben. Es ist ein Segen des Göttlichen, dass er Euch und Eure Soldaten in letzter Sekunde zu uns gesandt hat", gab Aswin Leukos zu.

Magnus Shivas hatte die Verwaltung über das Proxima Centauri System einem loyalistischen Rat übertragen, dem der treue Gefährte Trogan Macdron vorstand. Er selbst hatte sich dazu entschieden, die Reise ins Ungewisse anzutreten und Aswin Leukos zu folgen. Damit hatte der ehemalige Statthalter, der jahrzehntelang über Thracan geherrscht hatte und längst kein junger Mann mehr war, alles auf eine Karte gesetzt.

Auch die Tatsache, dass eine kleine Raumflotte aus dem Heel-System versucht hatte, auf Thracan zu landen, wie ihm kurz nach seinem Aufbruch zum Mars von Macdron mitgeteilt worden war, hatte Shivas nicht dazu bewegen können, zu seinem Heimatplaneten zurückzukehren.

Allerdings hatten die Loyalisten die feindlichen Raumschiffe, die aufgrund von Nero Poros Hilferuf entsandt worden waren, auch ohne Shivas Hilfe zurück ins All jagen können. Immerhin war Thracan inzwischen eine schwer befestigte Welt, die ganz im Zeichen der Aufrüstung für den kommenden Bürgerkrieg stand.

Am Ende war der thracanischen Raumflotte der Vorstoß ins Sol-System geglückt, so dass das loyalistische Heer, welches kurz vor der völligen Auslöschung gestanden hatte, nun mit 50 Legionen verstärkt werden konnte. Damit waren die Loyalisten vor dem Untergang gerettet worden, wenigstens für den Augenblick. Zwar war der Feind noch immer übermächtig, doch hatte ihn das plötzliche Auftauchen einer weiteren Kriegsflotte aus dem Proxima Centauri System überrascht.

Indes gingen die Loyalisten unverzüglich in die Offensive. Ihre mit Legionären gefüllten Raumschiffe griffen zusammen mit der von Leukos befehligten Flotte die terranischen Kampfkreuzer nahe des Uranus an. Es folgte eine kurze, aber sehr heftige Raumschlacht, bei der die Thracanai erneut ihre tollkühnen Entermanöver durchführten, um die feindlichen Verbände in Bedrängnis zu bringen. Zahlreiche Transportraumer voller Legionärstrupps stürzten sich auf die wild um sich feuernden Schlachtkreuzer, die im gesamten Sol-System gestanden und auf Leukos Flotte gelauert hatten.

Die nur mit gewöhnlichen Mannschaften besetzten Raumkreuzer hatten den wütenden Enterangriffen der Thracanai wenig entgegen zu setzen, sobald es die Legionäre einmal bis ins Innere der Raumriesen geschafft hatten. Schließlich gelang es den Loyalisten, drei Lictor Schlachtschiffe und beinahe ein Dutzend mittelschwere

Kreuzer zu entern. Eine Tatsache, die Antisthenes von Chausan kurzzeitig in Panik versetzte und ihn dazu veranlasste, den Rückzug aller im Sol-System verteilten Kampfschiffe in Richtung Terra zu befehlen.

Derweil nutzte die Entsatzflotte die Lücke in der feindlichen Raumabwehr, flog den Mars an und setzte die Legionen nahe des Nordpols auf der Oberfläche ab.

Nach ihrem kombinierten Angriff und dem Ausladen der Soldaten schlossen sich die thracanischen Raumschiffe mit der von Leukos befehligten Flotte zusammen, um sich anschließend im Bereich der Sonnenkorona zu verbergen.

Antisthenes ließ im Gegenzug einen gewaltigen Abwehrgürtel aus schweren Schlachtschiffen rund um Terra und den Mars legen. Ab sofort waren sämtliche Kampfkreuzer mit Legionären besetzt, um weitere Enteraktionen zu erschweren.

Doch diese Maßnahmen kamen erst einmal zu spät. Zehntausende von loyalistischen Legionären hatten den roten Planeten erreicht, wo sie sich mit den Resten von Leukos Armee zu einer einzigen Streitmacht zusammenschlossen. Ausgerüstet mit neuen Panzern und Kampfläufern war das Heer nun deutlich schlagkräftiger als zuvor, so dass es wieder einigermaßen handlungsfähig war.

Nicht nur Flavius hatte allen Grund, erleichtert aufzuatmen, als er die gewaltigen Verbände thracanischer Legionäre erblickte, die nun ihre Reihen verstärkten.

Die Männer, welche Magnus Shivas ins Sol-System gebracht hatte, waren zudem harte und bestens ausgebildete Soldaten. Aufgewachsen in den blutigen Wirren des thracanischen Bürgerkrieges und fanatisch im Glauben an die altaureanischen Tugenden waren sie äußerst wertvolle Verbündete.

So keimte wieder ein wenig Hoffnung in den Herzen derer auf, die bereits seit Monaten auf der Marsoberfläche geblutet und gelitten hatten. Selbst Flavius, der schon tief im Inneren aufgegeben hatte, fasste neuen Mut und war bereit, den Kampf fortzusetzen.

Der Ekel stand Juan Sobos ins Gesicht geschrieben, als er den auf einen medizinischen Untersuchungsstuhl geschnallten Außerirdischen durch das Sichtfenster eines Vollkörperanzuges musterte und dabei schwer zu atmen begann. Die grünhäutige Kreatur war bis auf die Knochen abgemagert und ihre hervorquellenden, rötlichen Augen starrten ins Leere.

Neben dem Xenoswesen stand ein Medicus, um dessen kahlen Schädel mehrere Mikrooculare schwebten; kleine, bläuliche Laserfelder huschten über den Kopf des Viridpelliden und lieferten ständig neue Hautstrukturanalysen. Der Arzt trug keinen Dekontaminationsanzug wie die hochrangigen Besucher, der Archon und der Statthalter des Mars, die heute persönlich gekommen waren, um die aktuellen Untersuchungs- und vor allem Verhörergebnisse zu erfahren.

„Dieses Exemplar ist noch halbwegs stabil, die anderen sind an Autoimmunkrankheiten, die wir nicht erfassen konnten, gestorben. Es war beinahe so, als ob sich die Xenomorphen selbst abgeschaltet hätten. Der hier ist auch krank, aber noch verhörfähig. Leider haben wir nach wie vor nur kleine Bruchstücke der Viridpelliden-sprache entschlüsseln können", erklärte der Medicus.

„Und diese Viecher reden nicht, selbst wenn man sie foltert?", knurrte der Imperator.

„Sie reden schon, wobei sie extrem schmerzresistent sind, aber wir müssen ja erst einmal wissen, was ihre Aussagen bedeuten. Wir haben wirklich viel versucht, aber unsere Ergebnisse sind weiterhin dürftig. Allerdings wissen wir inzwischen, dass diese Wesen aller Wahrscheinlichkeit nach aus dem Olbull-Segment kommen", fügte ein Mitarbeiter des terranischen Geheimdienstes hinzu, der hinter dem Untersuchungsstuhl stand.

„Dann kommen sie von sehr weit her. Wie haben sie die Strecke bis ins Sol-System zurücklegen können?", wunderte sich Misellus.

„Ihre Fluggeräte scheinen einen sehr fortschrittlichen Überlichtantrieb zu haben. Eine andere Möglichkeit gibt es ja nicht, Exzellenz", meinte der Medicus. Er leuchtete in das linke Auge des halb benommenen Virdipelliden, der daraufhin ein leises Brummen ausstieß.

„Eine wirklich fremdartige Zellstruktur. Schon seltsam…", murmelte der Wissenschaftler.

„Haben Sie keine Angst, sich mit irgendetwas zu infizieren, wenn Sie dieses Ding berühren?", fragte ihn Misellus skeptisch.

„Nein!", erhielt er als Antwort. „Ich arbeitete mit diesem Wesen schon seit Wochen zusammen. Wenn es mich mit irgendetwas angesteckt hätte, wäre ich bereits erkrankt. Zumindest glaube ich das. Außerdem kann ich in einem Schutzanzug einfach nicht arbeiten, diese Dinger nerven mich nach einer Weile."

Juan Sobos sah dem eifrigen Wissenschaftler unwillig zu. Welche Zellstrukturen die Augen des Xenomorphen hatten, interessierte ihn herzlich wenig.

„Wie groß ist die Anzahl der Viridpelliden, die ins Sol-System eingedrungen sind?", fragte er den Geheimdienst-mitarbeiter.

„Darüber können wir noch immer nur Vermutungen an-stellen. Einige Aussagen der inzwischen gestorbenen Au-ßerirdischen lauteten sinngemäß, dass sie eine weite Reise zu gutem Krieg unternommen haben, Eure Majestät."

„Was soll das bedeuten?", blaffte Misellus Sobos.

„Es spricht vieles dafür, dass wir es hier mit einer Art Ex-peditionskorps dieser Xenosspezies zu tun haben. Also keine Invasionsstreitmacht. Möge uns Malogor beschüt-zen, wenn die eines Tages nachkommt", sagte der Ge-heimdienstmann.

„Malogor?", wetterte der Imperator und warf die Arme in die Höhe. „Was hat Malogor damit zu tun? Das sind alles keine brauchbaren Informationen. Alles bloß Gerede ohne Beweiskraft. Ich hatte erwartet, dass Sie mir heute bahnbrechende Fakten präsentieren und keine Ausflüch-te."

Demütig verneigte sich der Mitarbeiter der terranischen Informationsbehörde und bat den Archon um Verge-bung. Sobos beschimpfte ihn noch eine Weile, um sich dann wieder an den Medicus zu wenden, der ganz in sei-ne Untersuchung vertieft war.

„Ich will vor allem wissen, warum diese Kreaturen mei-nen Feinden helfen. Entschlüsseln Sie die Sprache dieses Wesens und liefern Sie mir brauchbare Ergebnisse. Das gilt auch für den Rest Ihrer Mannschaft. Was haben Sie denn in den letzten Wochen hier gemacht? Ist das wirk-lich alles, was Sie Ihrem Archon präsentieren können?"

„Eure Majestät, es ist leider sehr schwierig, mit diesen Xenomorphen zu kommunizieren. Zudem halte ich Folter eher für kontraproduktiv", gab der Medicus zurück.

Sobos Wut brach aus seinem orangefarbenen Vollkörperanzug heraus wie eine Stampede losgelassener Büffel.

„Reden Sie keinen Unsinn, sonst sitzen Sie demnächst auf einem solchen Stuhl!", brüllte er den Arzt an. Dann schnappte er sich ein Gerät, das an eine mehrschwänzige Peitsche erinnerte, und hielt es drohend vor die Augen des Außerirdischen. Dieser fing an zu schnaufen und zu zischen, als er das Objekt erblickte, dessen Drahtfäden fühlerartig in die Luft hinaus griffen.

„Na, das kennst du schon, was?", flüsterte der Archon.

„Die neurophobische Krake fürchten sogar diese Viridpelliden, aber auch sie hat nicht dazu geführt, dass wir neue Informationen erhalten haben, ehrwürdige Exzellenz", versuchte sich der Medicus zu verteidigen.

„Ach?", knurrte der Herrscher des Goldenen Reiches.

Im nächsten Augenblick gruben sich die Enden der Drahtfäden durch die grüngraue Haut des Außerirdischen und entfachten einen Wirbelsturm neuroreaktiver Schmerzwellen. Die gepeinigte Kreatur brüllte auf und rüttelte wie wahnsinnig an ihren Fesseln. Sobos zog das Folterinstrument zurück, grimmig starrte er den Arzt an.

„Arbeiten Sie effektiver! Ich werde langsam ungeduldig! Wenn ich das nächste Mal komme, dann beten Sie dafür, dass mich Ihre Forschungsergebnisse überzeugen können", sagte er eisig.

Magnus Shivas Erscheinen hatte alles verändert. Er hatte Leukos in der letzten Sekunde den Hals gerettet und ihm nicht weniger als 50 Legionen aus dem Proxima Centauri

System zugeführt. Doch nicht nur das – der weißhaarige Thracanos war seinen Truppen sogar gefolgt und hatte seiner Heimatwelt für immer den Rücken gekehrt.

„Begrabt mich in der Erde unserer geliebten Mutter Terra, wie auch immer dieser Krieg ausgehen mag", hatte Shivas zu seinen Gefährten gesagt, die überglücklich waren, den weisen Politiker wieder an ihrer Seite zu haben.

Nachdem die thracanischen Raumschiffe die Soldaten auf der Marsoberfläche abgeladen und sich wieder in den Ortungsschutz der Sonne zurückgezogen hatten, begann die Gegenoffensive der Loyalisten. Südöstlich der Megastadt Gomre durchstießen Leukos Verbände den feindlichen Belagerungsgürtel, um die Streitkräfte der Optimaten daraufhin bis nach Reddcite zurück zu treiben. Von den ungestümen Angriffen der wiedererstarkten Loyalisten überrascht, zerbrach die Abwehrfront der Optimaten nach wenigen Tagen. Schließlich gab Antisthenes den Befehl, die Stellungen zu räumen und sich weiter südlich neu zu formieren.

Plötzlich hatte sich das Blatt gewendet, wenigstens für den Augenblick. Leukos Legionäre besetzten mehrere Ortschaften und sicherten das gewonnene Gebiet. Anschließend startete der Oberstrategos einen weiteren Aufruf, in welchem er alle Legionsführer im Sol-System dazu bewegen wollte, mit ihm zusammen gegen den Verräterarchon Juan Sobos und seine Armeen zu kämpfen. Erlösung könne jetzt nur noch im Angriff liegen, predigte Leukos seinen Soldaten, die langsam wieder Hoffnung schöpften.

Die Grushloggs jedoch hatten nicht mehr in die Kämpfe der Menschen eingegriffen. Sie waren spurlos verschwunden, warteten irgendwo ab und beobachteten das blutige

Treiben auf den Schlachtfeldern des Mars aus dem Hintergrund.

Rodmillas neuer Auftrag

„Die Hartnäckigkeit unseres Feindes ist durchaus beeindruckend, mein Sohn. Leukos hat selbst im Moment der absoluten Hoffnungslosigkeit nicht aufgegeben. Jetzt hat er sogar eine Gegenoffensive unternommen und unsere Streitkräfte an einigen Stellen zurückgedrängt. Leukos in der Offensive, nach wie vor nicht vernichtet.

Ich frage mich nur, woran es liegen könnte, dass dieses Loyalistenheer noch immer existiert? Liegt es an unseren Soldaten und Offizieren? Sind sie faul, dumm, unfähig? Oder liegt es gar am Statthalter des Mars, der nicht weiß, wie man führt?", bemerkte Juan Sobos mit drohendem Unterton.

„Vater, dieser altaureanische Hund hat Verstärkungen aus dem Proxima Centauri System bekommen. Damit habe auch ich nicht gerechnet. Dadurch hat sich eine Menge verändert. Eigentlich waren diese sogenannten Loyalisten bereits so gut wie ausgelöscht", antwortete Misellus unsicher.

„So gut wie?", kam zurück.

Antisthenes, der neben dem Statthalter des Mars stand und nervös auf den holographischen Bildschirm starrte, machte einen Schritt nach vorn. Dann erklärte er: „Ehrwürdige Majestät, die feindlichen Truppen waren ohne jede Hoffnung und Chance gewesen. Jetzt hat sich die Situation kurzfristig verändert. Allerdings werden auch die neuen Legionen von Thracan Leukos Untergang lediglich hinauszögern."

„Aber er hat mehrere Ortschaften besetzen können und Ihr habt die Front nach Süden zurückverlegt. Oder bin ich etwa falsch informiert, Oberstrategos?"

Antisthenes schluckte, sein bronzefarbenes Gesicht verzog sich. „Exzellenz, das ist richtig, aber dies war lediglich eine taktische Variante. Die kleineren Siedlungen und Ortschaften, die der Gegner hat einnehmen können, haben keine strategische Bedeutung."

Der Imperator rieb sich mit den Fingern das speckige Kinn, seine Augen wanderten zu Antisthenes und dann wieder zurück zu seinem ältesten Sohn.

„Ich habe mit Lupon und auch anderen Freunden aus dem terranischen Senat über das Leukos-Problem gesprochen, sehr lange und ausgiebig. Dieser Mann hat nämlich nicht nur Nachteile…"

„Ich wüsste nicht, welche Vorteile dieses Stück Scheiße haben sollte", rutschte es Misellus heraus. Daraufhin sah ihn sein Vater maßregelnd an.

„Wenn ich rede, dann hast du zu schweigen, Junge", fuhr seine Stimme wie ein Fallbeil auf den Statthalter des Mars herab. „Aswin Leukos kann diesen Krieg unmöglich gewinnen, er ist lediglich ein Bösewicht, der furchtbare Dinge tut, was uns wiederum eine Reihe von Vorteilen verschafft."

„Und welche?", brummte Misellus skeptisch.

„Leukos steht mit seiner Grausamkeit für alles, was wir Optimaten überwinden wollen. Und uns gehören die Transmitter, was bedeutet, dass wir den Massen alles so verkaufen können, wie wir es brauchen. Wir werden Leukos zu einem Monster stilisieren, wie es die Welt noch nicht gesehen hat. Sein Name wird bald nur noch für Massenmord, Unterdrückung, Despotie, Diskriminierung und den altaureanischen Hochmut stehen. Leukos ist die Verkörperung aller bösen Traditionen des Goldenen Reiches. Wir jedoch sind die gute Gegenkraft. Die Kraft der Menschlichkeit, der Freiheit, Gleichheit, Brüderlichkeit und so weiter. So lange Leukos militärisch und politisch chancenlos bleibt, ist es in meinen Augen sogar gut, wenn er uns weiterhin als Schreckgespenst erhalten bleibt."

„Ich würde diesem Drecksack am liebsten eine Flammenwand vor die Nase zaubern!", zischte der dickliche Spross des Archons, um sofort den Zorn seines Vaters auf sich zu ziehen.

„Das wirst du nicht tun, du verblödeter Kerl!", brüllte der Kaiser und zeigte mit dem Finger auf ihn. „Wenn du noch eine einzige Magmabombe werfen lässt, dann lasse ich dich mutilieren! Hast du das verstanden, Misellus? Ich meine das todernst!"

„Nein, ich meinte ja auch nur…", stammelte der älteste Sohn der Sobos-Sippe, entsetzt zurücktaumelnd.

„Wir können es uns nicht leisten, dass die Bürger des Imperiums noch mehr Angst bekommen. Wir wollen sie in dem Glauben leben lassen, dass wir ihnen noch mehr Freiheit und Wohlstand bringen können. Alle sollen gleich und glücklich werden – und da passen Kriege, die mit Massenvernichtungswaffen geführt werden, überhaupt nicht ins Konzept.

Was tust du denn, wenn dir Leukos dann selbst eine Magmabombe auf deinen Palast wirft, Misellus? Der Kerl hat doch schon einmal bewiesen, dass er kein Schwätzer ist und diese Waffen ebenfalls einsetzt, wenn es nicht mehr anders geht. Dieser Krieg wird auf konventionelle Weise fortgesetzt. Leukos Heer wird isoliert, ausgehungert und am Ende vernichtet."

„Sollten sich Leukos allerdings noch weitere Legaten mit ihren Truppen anschließen, dann könnte das nicht mehr so einfach werden", wagte Antisthenes anzumerken.

Juan Sobos machte eine abweisende Handbewegung und stieß ein Fauchen aus.

„Diese Sache mit den konservativen Legionsführern von der Venus, wie? Nun, ich habe bereits eine gründliche Säuberungsaktion in den Reihen des venusianischen Militärs vorbereiten lassen. Das wird nicht noch einmal vorkommen. Doch ich gebe zu, dass ich nicht damit gerechnet habe, dass es noch so viele Legionsführer gibt, die sich auf die Seite dieses altaureanischen Bastards schlagen. Aber ich habe mich wohl geirrt. Das alte Denken steckt offenbar tiefer in den Köpfen vieler Soldaten, als es nach außen hin den Anschein hat. Wie auch immer, es wird demnächst gesäubert. Auch im terranischen Militär. Wenn ein Offizier bekannt dafür ist, altaureanisches Gedankengut zu hegen, dann wird er ersetzt."

„Ich verstehe", antwortete Antisthenes.

„Also, isoliert Leukos Streitkräfte, haltet sie auf Distanz und sorgt dafür, dass sie ihren Einflussbereich nicht weiter ausdehnen können. Irgendwann wird diesen Hurensöhnen die Puste ausgehen, das ist nur eine Frage der Zeit", stellte Sobos noch einmal ausdrücklich klar.

Antisthenes nickte verständig und auch der Statthalter des Mars tat es ihm gleich. Dennoch richtete der Archon noch einmal das Wort an seinen ältesten Sohn.

„Und, Misellus, denke immer daran, was ich dir schon einmal in aller Deutlichkeit gesagt habe: Du wirst mein Lebenswerk nicht mit deiner Kleingeistigkeit zu Grunde richten, indem du eigenmächtig handelst. Enttäusche deinen Vater kein zweites Mal, sonst wirst du dir wünschen, niemals gezeugt worden zu sein."

„Es sind immer wieder diese Perioden der Unzufriedenheit, die meinen Geist belegen. Ich habe das Gefühl, dass es schlimmer wird", brummte Guntrogg, wobei er seinen Blick auf den Boden richtete.
Mittlerweile saß der junge Brüller schon seit Stunden in seiner Ruhekammer. Lediglich Craglakk hatte ihn besuchen dürfen, ansonsten wollte Guntrogg niemanden an sich heran lassen.
„Es ist doch nicht Eure Schuld, dass die Udantok immer wieder vor uns davonlaufen", meinte der narbengesichtige Leibwächter.
„Das wird Gorzhag völlig gleich sein, Craglakk. Er will grandiose Kämpfe sehen. Etwas, das ihn beeindruckt. Aber welche Bilder soll ich ihm zeigen? Zwar haben wir ein wenig gegen die Weichfleischigen gekämpft, doch kann ich keine großartigen Schlachten vorweisen", antwortete der Stammesführer deprimiert.
Craglakk sagte nichts. Nachdenklich fummelte er sich an einem seiner Fangzähne herum.
„Gorzhag hat mir dieses mächtige Sternenschiff gegeben, damit ich mich beweisen kann. Doch ich werde ihm nichts bieten können, das ihn zufriedenstellt", fuhr Guntrogg fort.
„Immerhin haben wir die Heimatwelt der Udantok entdeckt", sagte Craglakk.
Sein Gebieter knurrte unwillig. Dann erhob er sich von seinem Platz und breitete die Arme aus.
„Ulgar hat die Weichfleischigen entdeckt. Eigentlich sogar die Krieger der Grum-Stämme, wenn man es genau

nimmt. Wir haben gar nichts! Außerdem interessiert sich Gorzhag nicht für die Udantok, denn sie sind in seinen Augen eine vollkommen unwichtige und primitive Art.

Er will doch bloß sehen, ob ich eine Horde anführen kann. Aber wie soll ich jemals zum Ersten Brüller in Gorzhags Reich aufsteigen, wenn ich ihm nur langweilige Bilder biete?"

„Vielleicht wäre es doch besser gewesen, zu einer der Elbanwelten im Algur-Spiralarm zu fliegen. Die Grazilen sind immer harte Gegner", sagte Craglakk.

„Elban! Vergiss die Schmalen!", stieß Guntrogg aus. „Wenn ich Erster Brüller an Gorzhags Seite wäre, dann könnte ich Millionen Krieger und ganze Sternenflotten durch das Meer der Schwärze führen. Doch werde ich niemals zum Ersten Brüller ernannt, weil ich Gorzhag bloß enttäuschen werde."

„So düster würde ich meine Gedanken nicht färben", erwiderte der engste Kriegerfreund des Stammesführers.

„Mein Sprössling wird bald sieben Lebensperioden alt. Selbst er wird für den Rest seines Lebens entehrt sein, wenn ich meinen Status vor Gorzhag verliere. Wenn ich meinen Sprössling von den Weibchen zurückbekomme, dann wird er sich für seinen Erzeuger schämen müssen."

„Ihr seid ein mutiger Krieger…", wollte Craglakk gerade ansetzen, als ihm sein Gebieter ins Wort fiel.

„Nein! Ich bin unfähig! Wo sind denn meine Siege? Wo sind die Heldentaten, die ein Erster Brüller seinem Herrn bieten muss? Nicht einmal gegen diese Primitiven kann ich Krieg führen!"

„Aber Wütender…"

„Lass mich allein, Craglakk! Ich muss nachdenken, mir endlich etwas einfallen lassen! Lasst mich einfach alle in Ruhe!"

Guntrogg erhob sich und legte Craglakk die Klaue in den Nacken, was bedeutete, dass er den Raum verlassen sollte. Missmutig grummelnd drehte sich Craglakk um. Dann trottete er davon und ließ den jungen Brüller vor sich hin brüten.

Das Lächeln des Imperators war ebenso künstlich wie verstörend. Rodmilla Curow, die der Archon noch vor einiger Zeit liebevoll als seine „linke Hand" bezeichnet hatte, war verunsichert. Sobos hatte sie heute unerwartet in den Archontenpalast von Asaheim zitiert. Was er wollte, wusste die rotblonde Assassinin nicht. Allerdings konnte sie sich denken, dass der Anlass nicht unbedingt positiv war.

„Setzen Sie sich, Fräulein, Curow", sagte Juan Sobos gedehnt.

Der Kaiser trug eine feuerrote Toga, die mit großen, ovalen Smaragden verziert war. Die Füße des korpulenten Monarchen steckten in kniehohen Stiefeln aus schillerndem Kunstfell. Sobos Gesicht verzog sich, als Rodmilla langsam näher kam. Plötzlich wirkte seine Miene verächtlich.

„Ich stehe lieber", gab die Frau schließlich zurück.

„Aha? Ja, von mir aus!", knurrte Sobos.

Rodmilla senkte den Blick; sie vermied es, dem Archon in die Augen zu sehen.

„Credos   Platon   getötet...den   Archontenpalast infiltriert...alle Sicherheitsvorkehrungen überwunden...

am Ende ein totaler Sieg." Sobos klatschte theatralisch in die Hände.

Die Meuchelmörderin, um deren Augen sich kleine Krähenfüße gebildet hatten, blickte ausdruckslos zurück.

„Später dann", setzte Sobos seinen Vortrag fort, „lief es nicht mehr so gut. Verpatzte Aufträge. Gerede über mich und meine Freunde, weil Leute überlebten, die nicht hätten überleben sollen. Alles sehr unschön, sehr unbefriedigend."

„Ich gebe zu, dass ich in letzter Zeit…", antwortete Rodmilla, doch der Archon brachte sie mit einer eindeutigen Handbewegung zum Schweigen.

„Gemetzel auf der Venus…die halbe Sippe abgeschlachtet, doch nicht die verdammte Zielperson…"

„Es tut mir wirklich leid", hauchte die Meuchelmörderin.

„Dafür ist es leider zu spät. Dafür sind zu viele Dinge fehlgeschlagen. Ich bin sehr enttäuscht von Ihnen, Fräulein Curow. Und es ist nicht gut, wenn Juan Sobos enttäuscht ist."

„Ich werde keine Fehler mehr machen, Majestät", gelobte Rodmilla mit brüchiger Stimme.

„Sie arbeiten nicht für irgendeinen ungoldenen Schrotthändler, der auf einer Müllhalde haust, sondern für den Kaiser des Goldenen Reiches, den mächtigsten Mann im ganzen Sol-System. Haben Sie das kapiert, Fräulein Curow?"

„Ihr habt mit allem Recht, Exzellenz. Bitte vergebt mir."

„Sie haben in letzter Zeit zu oft versagt, Fräulein Curow. Warum sollte ich Sie nicht einfach töten lassen?"

Rodmilla war kreidebleich geworden. Sie kämpfte gegen ihre Furcht und die Nachwirkungen des letzten Drogenrausches an. Beinahe gaben ihre Beine nach, sie begann zu zittern.

Sobos lachte. „Kein Sorge, Sie sind viel zu schön, um Sie verschrotten zu lassen. Allerdings haben Sie schon frischer ausgesehen. Was ist es? Drogen? Alkohol?"

Die Assassinin antwortete nicht. Still ertrug sie die Demütigungen, die der Archon über ihrem Kopf ausgoss.

„Interessiert mich auch nicht, denn ich gebe Ihnen noch eine letzte Chance, mein Wohlwollen zurück zu erlangen, Fräulein Curow. Bin ich nicht barmherzig?"

„Ja! Vielen Dank, Eure Exzellenz!"

Ein feistes Grinsen breitete sich auf Sobos Gesicht aus. Dann hielt er sich den Kugelbauch und ließ sich auf einer breiten Liege nieder.

„Ich kann verzeihen, schöne Rodmilla, und ich weiß dich durchaus zu schätzen. Außerdem bin ich überzeugt davon, dass du bald wieder mein altes Mädchen sein wirst."

Rodmilla schluckte.

„Komm zu mir, böses Kind!", bemerkte der Archon zweideutig und klopfte mit der speckigen Hand auf den freien Platz neben sich.

Rodmilla stand mit versteinerter Miene da, sie hielt den Atem an, während ihr der Kaiser ein Nicken schenkte.

„Du wirst auf den Mars fliegen und Leukos töten. Erfülle diesen Auftrag zu meiner Zufriedenheit und alles wird vergessen sein. Und du wirst mir jetzt noch einen weiteren Wunsch erfüllen. Auf Letzteres warte ich schon eine ganze Weile."

Die schöne Meuchelmörderin schwieg. Dann ging sie langsamen Schrittes auf Sobos zu, ließ sich neben ihm auf der Liege nieder und zog die Beine an. Mit einem feisten

143

Grinsen legte ihr der Archon die Hand auf den Oberschenkel.

„Es kann sich alles wieder zum Guten für dich wenden, meine schöne Raubkatze. Aber dafür will ich mehr sehen, als das, was du in letzter Zeit abgeliefert hast", flüsterte der Imperator sanft in das Ohr seiner Assassinin.

Leukos Legionen hatten es bis nach Gomre geschafft. Die Metropole lag etwa 80 Kilometer südöstlich des von Misellus Sobos ausgelöschten Megastadt-Dreiecks und war von den Loyalisten kampflos eingenommen worden. Antisthenes Truppen hatten sich zunächst zurückgezogen und weiter südlich neu formiert. Gomre war somit in Leukos Hand, die Legionäre marschierten durch die titanischen Häuserschluchten der Megastadt, doch die Begeisterung der Bevölkerung hielt sich in Grenzen. Der Magistrat von Gomre war bereits geflohen, genau wie sein Beraterstab und fast der gesamte Stadtsenat. Dies war Leukos allerdings mehr als recht, denn dadurch konnte er die Metropole noch leichter in seine Gewalt bringen.

In den Augen des Oberstrategos hatte sein Gegenspieler Antisthenes einen schweren taktischen Fehler begangen, indem er Gomre nicht verteidigt hatte, doch dieser hatte sich für eine andere Strategie entschieden. Andererseits war Leukos nun für die eingenommene Megastadt und Millionen Bürger des Imperiums verantwortlich. Doch der Oberstrategos, der aus dem Proxima Centauri System zurückgekehrt war, war fest entschlossen, Gomre zu halten und zu einem loyalistischen Bollwerk auszubauen.

Für Flavius und seine Freunde Kleitos und Manilus war der Einmarsch in Gomre eine eher unangenehme Angelegenheit gewesen. Kaum jemand hatte den loyalistischen Legionären zugejubelt, denn in den Köpfen der Einwohner regierte vor allem die Angst. Zwar wandten sie sich nicht offen gegen die fremden Eindringlinge, doch zeigten sie Leukos Truppen deutlich ihre Abneigung und Verachtung.

Gomre war eine Megastadt mit nur wenig Industrie, dafür aber mit einem reichen Kulturleben und überdurchschnittlich vielen, alten Bauwerken. Glänzend weiße Prachtbauten wuchsen in der Innenstadt in den Himmel und Gleiterstraßen wandten sich in luftigen Höhen von einem Habitatsriesen zum anderen. In dieser Megastadt lebten zahlreiche Aureaner, die den höchsten Subkasten angehörten; Ungoldene wohnten hingegen nur am Stadtrand, abgeschieden von den übrigen Bewohnern Gomres. Rund um die Metropole erstreckten sich ausgedehnte Mischwälder, gewaltige Anbauflächen und zahlreiche Kunstseen von beeindruckender Größe. Hier hatten umfangreiche Terraformingprojekte die Planetenoberfläche bereits stark verändert. Im Gegensatz zu den weiter nördlich gelegenen Regionen, in denen der rote Mars noch in seinem Urzustand belassen worden war.

Flavius jedenfalls war froh, endlich einmal in einer weniger trostlosen Umgebung sein zu dürfen. Die wochenlangen Grabenkämpfe in den unwirtlichen Marswüsten hatten ihn extrem belastet. Und er war nicht der einzige Soldat, den die kalten Einöden fast in den Wahnsinn getrieben hatten.

Gomre dagegen war ein schöner Ort, an dem es wundervolle Prunkgebäude, eindrucksvolle Gartenstraßen – manche noch aus der dronischen Epoche – und blühende Parkanlagen zu bewundern gab. Kein Wunder, dass in

145

dieser Megastadt nicht gerade die ärmsten Aureaner lebten. Flavius erinnerte Gomre teilweise an seine Heimatstadt Vanatium, die mittlerweile nur noch ein schöner Traum in den vergessenen Nischen seines Verstandes war.

Allerdings waren die Legionäre nicht nach Gomre gekommen, um sich in Museen herum zu treiben oder antike Gebäude zu bewundern. Sie mussten die Stadt in ihrem eisernen Griff halten, was angesichts der offenen Abneigung der Bevölkerung eine schwierige Aufgabe war. Den in Gomre wohnenden Aureanern war die Präsenz der Loyalisten zuwider; sie machten keinen Hehl daraus, dass sie eher mit den Optimaten als mit den Rebellen sympathisierten. Viele der wohlhabenden Bürger betrachteten Juan Sobos als einen progressiven Reformer, der einen Lebensstil verkörperte, mit dem sie sich identifizieren konnten.

Die meisten Bewohner der Metropole standen allerdings noch immer unter Schock. Die Vernichtung des Megastadt-Dreiecks Dahl, Brisk und Crathum hatte sie zutiefst entsetzt und eingeschüchtert. Magmabomben und ähnliche Massenvernichtungswaffen waren im Sol-System seit Generationen nicht mehr eingesetzt worden. Der Gedanke an Krieg und Gewalt erschütterte die gebildeten und hedonistischen Bürger in den Mauern Gomres. Dass nun gerade ein als grausam geltender Kriegsherr wie Aswin Leukos mit seinen Horden in ihre Heimatstadt eingefallen war, betrachteten sie als großes Unglück.

Aber trotz ihrer Furcht vor den Eindringlingen verspürten viele Einwohner Gomres auch einen unterschwelligen Trotz. Vor allem die Aureaner aus den höchsten Subkasten betrachteten die loyalistischen Soldaten als unkultivierte Barbaren, an deren Rüstungen der Marsstaub und das Blut der Unschuldigen klebten. Nicht wenige von ihnen gehorchten zwar den Befehlen der Besatzer, doch zeigten sie ihren Unwillen, indem sie Leukos Soldaten mit einer subtilen Häme entgegentraten. Den Sinn des Kampfes, den der Oberstrategos seit Jahren führte, konnten oder wollten die wohlhabenden Leute von Gomre nicht begreifen. Die meisten von ihnen lebten in einem Dauerzustand des Überflusses, so dass sie nicht bereit waren, auch nur einen einzigen Tag auf ihren Luxus zu verzichten.

Flavius und Kleitos jedenfalls standen als einfache Legionäre in den Straßen Gomres und hatten den Befehl, die loyalistische Herrschaft über die Megastadt mit allen Mitteln aufrecht zu erhalten. Abneigung und Feindseligkeit umgaben sie wie ein allgegenwärtiger Gasnebel, egal in welchem Teil der Metropole sie sich auch aufhielten. Hinter ihren Rücken tuschelten die Leute, dass sie Banditen und Mörder seien, finstere Schergen eines wahnsinnig gewordenen Kriegsfürsten, der außer Gewalt und Terror nichts anzubieten hatte.

Die Blicke der Passanten, die an Flavius und Kleitos vorbeigingen, spiegelten eine Mischung aus arroganter Verachtung und unterschwelliger Furcht wider. Viele der Leute schenkten den am Straßenrand stehenden Legionären auch einen kurzen, hasserfüllten Blick. Flavius starrte dann stets ebenso grimmig zurück, während Jarostow den Eindruck machte, als würde ihm alles vollkommen gleich sein.

Allmählich hasste Princeps diese ganzen reichen, wohlstandsverwöhnten Hochkastengoldmenschen, die sich einen Dreck um die Zukunft des Imperiums scherten, so lange sie weiterhin ihren Luxus genießen konnten. Sie wollten bloß ihre Ruhe haben, um ungestört schlemmen und feiern zu können, dachte der Kohortenführer angewidert. Vor vielen Jahren war er ein ähnlich verwöhnter und ignoranter Kerl gewesen, doch das war schon lange her. Längst hatte ihn die bittere Realität zu einem anderen Menschen umgeformt. All die selbstherrliche Dekadenz hatte ihm der Krieg aus dem Schädel geprügelt, so dass ihm diese Gestalten in ihren noblen Kleidern und mit ihren hochgetragenen Nasen völlig fremd geworden waren.

Flavius sah die Leute, die auf dem Grund dieser Häuserschlucht herumliefen, mit der gleichen Verachtung an, die sie ihm selbst gegenüber zeigten. Am liebsten hätte er vor ihnen ausgespuckt, diesen hedonistischen Feiglingen, die nicht daran dachten, selbst für den Erhalt ihres schönen Lebens zu kämpfen.

„Was ist denn mit dem Kerl dort vorne los?", hörte Flavius plötzlich einen Milizsoldaten hinter sich murmeln.

Er drehte sich um und erblickte einen bärtigen Mann mit langen, weißgrauen Haaren. Der Bürger gestikulierte wild mit den Armen und bewegte sich quer über die Straße direkt auf Flavius und die anderen Soldaten zu. Verwundert schob Princeps die Augenbrauen nach oben, während der Fremde immer näher kam und sich sein unverständliches Gezeter in einen Schwall zorniger Wortfetzen verwandelte.

„Ich lehne ab, was euer Anführer tut! Aus tiefstem Herzen lehne ich diese scheußliche Brutalität ab! Und ich habe auch keine Angst, dies offen auszusprechen!", rief der Mann und kam mit wütendem Gesicht auf Flavius zu.

Die knochige Faust des sich ereifernden Alten fuhr nach oben, Princeps verzog keine Miene. Instinktiv hob er den Blaster.

„Was tut Leukos denn?", gab er dann zurück.

„Was er tut? Das wisst ihr alle doch genau! Erst hat er diese unschuldigen, armen Ungoldenen in San Favellas wie Tiere abschlachten lassen und jetzt mordet er hier auf dem Mars weiter!", schrie der erboste Senior.

Währenddessen blieben immer mehr Bürger am Straßenrand stehen. Verängstigt sahen sie zu dem Alten herüber, der die Legionäre mit Anschuldigungen überhäufte.

„Man hat uns auf Thracan in eine Falle gelockt. Der Verräterarchon Juan Sobos ist an allem schuld", erwiderte Jarostow, doch der aufgebrachte Greis fiel ihm ungehalten ins Wort.

„Ich habe die Bilder im Transmitter gesehen! Mit eigenen Augen! Wie der Sebotton von Innax ist euer Leukos, ein Wahnsinniger, ein geborener Massenmörder! Und ihr folgt diesem Verbrecher auch noch, kämpft für ihn! Beteiligt euch an den Massakern! Habt ihr alle auch schon Unschuldige getötet, weil sie minderwertige Gene haben oder weil euch die Farbe der Haut oder der Augen nicht gefällt? Tötet ihr auch gerne Frauen und Kinder, sperrt sie in Lager und knallt sie ab? Ja, wir Aureaner dürfen das, ich weiß! Wir sind ja die höchsten und besten Lebewesen von allen!", giftete der bärtige Mann und seine Miene wurde immer drohender.

Flavius umklammerte verkrampft seinen Blaster. Er spürte einen gewaltigen Zorn in sich aufkommen. Hatte er jahrelang für das Goldene Reich geblutet, um sich nun von diesem Kerl beschimpfen zu lassen?

„Der Transmitter lügt!", brüllte Kleitos in der nächsten Sekunde dazwischen. Er stieß seinen Freund zur Seite und stellte sich herausfordernd vor den keifenden Bürger. Dieser strich mit der Fingerkuppe über die Mündung von Jarostows Blaster.

„Damit fühlst du dich stark, was? Du hast zwar bloß Luft im Kopf, aber so ein dickes Ding zum Töten. Jetzt bist du der Größte, aber dumm bleibst du trotzdem", spie ihm der Graubart ins Gesicht.

„Pass besser auf, wie du mit mir redest, Alter!", knurrte Kleitos zurück.

„Am Massaker von San Favellas ist Juan Sobos schuld. Er hat den Befehl dazu gegeben", sagte Flavius.

Der Greis lachte bellend und hämisch. „Schwachkopf! Damals war noch dieser irre Credos Platon an der Macht. Also kann das gar nicht wahr sein. Für wie blöd hältst du mich, Bursche? Ich schaue seit Jahrzehnten Transmitter. Ich bekomme schon mit, was im Sol-System läuft. Also verkaufe mich nicht für dumm. Ich weiß genau, dass Aswin Leukos ein gefährlicher Verbrecher ist.

Wenn die richtigen Legionen hier wieder einmarschieren, dann landet ihr wegen eurer Taten alle am Kreuz. Darauf freue ich mich schon. Dann knallen sie euch nämlich ab wie Ungeziefer, genau wie ihr es mit den Ungoldenen getan habt", kreischte der störrische Mann, während seine beiden Fäuste durch die Luft flogen wie angriffslustige Falken.

„Ich habe auf Thracan gekämpft, um das Imperium und unsere Kaste zu retten. Jahr für Jahr. Ich bin durch das verdammte All geflogen, eine gefühlte Ewigkeit lang. Jetzt kämpfe ich hier auf dem Mars und blute noch immer. Meine Familie ist auf Terra, gleich um die Ecke,

150

doch werde ich sie vermutlich niemals mehr wiedersehen", sprach Flavius ruhig.

Verächtlich spuckte ihm der Alte auf die Beinschienen. „Du bist ein Verbrecher, ein dreckiger Renegat! Ich weiß, was ihr alle getan habt…"

Weiter kam der bärtige Mann nicht. Princeps gepanzerte Hand schoss ihm an die Kehle, dann schlossen sich seine Finger wie ein Schraubstock. Plötzlich begann der Mann zu keuchen und zu würgen, während ihm Flavius die Luft aus dem Körper presste. Die überall herumstehenden Passanten sahen dem Schauspiel entsetzt zu. Auf einmal hatten es die meisten von ihnen sehr eilig; schnellen Schrittes gingen sie in alle Richtungen davon, um dann in den Seitenstraßen zu verschwinden. Der Alte röchelte indes immer lauter, sein Gesicht war so rot wie eine Tomate geworden. Als er in die Knie sank, ließ ihn Flavius endlich los.

„Deine Identifikationsdaten! Gib sie mir!", schnaubte der Kohortenführer.

„Du kannst mich nicht einschüchtern. Auch nicht mit Gewalt", keuchte der Alte voll hasserfülltem Trotz. Er griff sich an die geschwollene Kehle.

Flavius durchsuchte derweil ungerührt sein Gewand. Schließlich fand er einen Kommunikationsboten. Er öffnete das Gerät und zog sich die Identifikationsdaten des Bürgers auf seinen eigenen Boten. Dann packte er ihn am Hinterkopf und starrte ihn mit eisigem Blick an.

„Hast du Kinder, alter Mann? Und Enkel?", flüsterte er.

„Ja!", antwortete der Greis, den langsam ein Gefühl der Furcht durchströmte.

„Gut!", gab Princeps zurück. „Ich habe jetzt deinen Namen und deine Adresse. Wenn ich will, werde ich die Namen und Adressen deiner Kinder und Enkel ebenfalls herausfinden. Höre ich dich noch ein einziges Mal so respektlos über Aswin Leukos sprechen, dann besuchen wir nicht nur dich, sondern auch deine Verwandten. Dann lassen wir euch alle einfach verschwinden – unter irgendeinem Vorwand. Verstehst du, was ich dir sage?"

„Bitte, meine Kinder haben damit nichts zu tun…", fing der Alte plötzlich zu jammern an.

„Dann halte von heute an besser dein großes Maul, denn ich kann jederzeit dafür sorgen, dass deine stinkende Sippe ausgerottet wird. Ich sage meinen Vorgesetzten einfach, dass ihr Kastenverräter seid. Dann holen wir euch ab, führen euch irgendwo in die Marswüste hinaus und jagen euch einen Blasterstrahl durch den Schädel. Deine Kinder und Enkel töten wir zuerst und du darfst beim Untergang deiner Nachkommen zusehen. Am Ende bist du dann dran. Na, ist das ein Angebot?", sagte Flavius mit kalter, gefährlicher Ruhe.

„In Ordnung!", gelobte der Alte, dessen Gesicht kreidebleich geworden war.

„Dann verschwinde jetzt, du Klugscheißer, bevor ich dir und deiner Sippe von Kastenverrätern sofort eine Todesschwadron auf den Hals hetze", zischte Flavius.

Langsam schlurfte der bärtige Greis über die Straße davon, ohne sich noch einmal zu den beiden Legionären umzudrehen. Kleitos, der den Helm vom Kopf genommen hatte, strich sich mit nachdenklicher Miene durch die Haare.

„Sollten wir die Leute nicht davon überzeugen, dass wir die Guten sind?", meinte er dann.

Daraufhin erntete er einen zornigen Blick von seinem Freund, der noch immer den Blaster verkrampft in den Händen hielt.

„So redet niemand mit mir, Jarostow. Außerdem steht dieser alte Bastard gänzlich auf der Seite unserer Feinde. Er ist so verbohrt, dass er nicht zuhört und auch nicht zu überzeugen ist. Also soll er wenigstens Angst vor uns haben. Wenn unsere Feinde zu unseren Freunden werden, dann ist das schön, doch wenn sie uns fürchten, ist das besser als nichts."

Mittlerweile war der bärtige Mann zwischen zwei Habitatsbauten verschwunden. Flavius hatte ihn die ganze Zeit über nicht aus den Augen gelassen. Am liebsten hätte er ihm die ignorante Visage mit dem Panzerhandschuh eingeschlagen, wie er sich selbst eingestehen musste.

„Der Alte hat gedacht, dass seine angeblich besseren Argumente ausreichen, um uns in die Knie zu zwingen. Aber im Notfall schneide ich ihm sein freches Wort einfach mit dem Gladius ab und scheiße auf das, was er von sich gibt", fauchte Flavius in Kleitos Richtung.

Blutige Säuberungen

Östlich von Gomre befand sich die Megastadt Moraville und etwa zweihundert Kilometer weiter südwestlich die Metropole Reddcite, eine nicht sonderlich schöne Industriestadt mit knapp zwanzig Millionen Einwohnern. Dies waren die nächsten Bevölkerungszentren, die von strategischer Wichtigkeit für die Loyalisten waren. Allerdings waren beide Megastädte fest in der Hand der Optimaten.

Somit galt es erst einmal, Gomre zu einem Zentrum loyalistischer Macht auszubauen und die Ordnung in der führerlos zurückgelassenen Stadt wiederherzustellen. In den Außenbezirken der Metropole befanden sich mehrere automatisierte Fabriken, die Leukos für die Herstellung von Waffen und Munition nutzen konnte. Zudem verfügte Gomre über einige Energieknoten, welche der gebeutelten Loyalistenarmee ebenfalls sehr zu Gute kamen.

Leukos Aufrufe an die jungen Männer von Gomre, sich seiner Armee und dem Freiheitskampf gegen Juan Sobos anzuschließen, stießen indes auf taube Ohren. Kaum einer der wohlstandsverwöhnten Einwohner der Megastadt verschwendete auch nur einen Gedanken daran, selbst für das Goldene Reich und die aureanische Kaste zu kämpfen. Dafür wären doch die Legionäre da, war die vorherrschende Meinung.

Zudem waren die loyalistischen Besatzer alles andere als beliebt. Die völlig dem Hedonismus verfallenen Einwohner Gomres verhielten sich demonstrativ passiv und unterstützten Aswin Leukos in keinster Weise. Im Gegenteil, sie sabotierten und behinderten seine Truppen, wo sie es nur vermochten. Den Oberstrategos, der aus dem Proxima Centauri System zurückgekehrt war, betrachteten sie als Störung ihrer beschaulichen Wohlstandsruhe; außerdem waren nicht wenige durch die ständige Hetze in den Simulations-Transmittern zu erklärten Feinden der Loyalisten geworden.

Im Gegenzug verstärkte auch Antisthenes von Chausan seine Abwehrfront mit neuen Legionen aus dem gesamten Sol-System. Hunderttausende von neuen Soldaten bezogen im Süden Stellung und machten die Frontlinie zu einem fast unüberwindlichen Bollwerk. Panzerschwadronen, Gleiterschwärme, Massen von Kampfläufern und Geschützbatterien wurden von den Optimaten aufgefahren, um den Loyalisten einen heißen Empfang zu bereiten, sollten sie es tatsächlich wagen, noch weiter nach Süden vorzustoßen.

Alles in allem blieb die Einnahme von Gomre ein Pyrrhussieg. Zwar nutzten den Loyalisten die Rohstoffe und Fabriken der Megastadt, doch musste selbige auch besetzt und gehalten werden. Nach wie vor war der Feind haushoch überlegen. In aller Ruhe sammelte er seine Kräfte nahe der Megastadtkette nördlich von Weitkrater.

Dass Gomre allerdings eine Loyalistenstadt war, zeigte dennoch, dass Aswin Leukos noch nicht besiegt war. Nach außen hin wirkte die Besetzung der Metropole beinahe wie ein frecher Beweis der nach wie vor ungebrochenen Kampfbereitschaft des Oberstrategos. Dies beeindruckte auch auf der Gegenseite nicht wenige Legionsführer und Soldaten, auch wenn diese ihre Meinungen lieber für sich behielten. Antisthenes von Chausan war bei vielen seiner Legionäre und vor allem bei den alteingesessenen Offizieren weiterhin unbeliebt. Hinter seinem Rücken lästerte man über ihn und nannte ihn einen „unreinen Bastard". Je länger Leukos Legionen standhielten, umso mehr rumorte es in den Reihen des Militärs auf der Gegenseite. Das alte Kastendenken war weiterhin allgegenwärtig. Von einem anaureanischen Halbblut Befehle entgegennehmen zu müssen, empfand eine große Anzahl von Legaten als unerträgliche Demütigung.

Was so manchen Legionär und Offizier davon abhielt, zu den Loyalisten überzulaufen, war in erster Linie die Tatsache, dass Aswin Leukos so gut wie chancenlos war. Und wer wollte schon mit einem Verlierer zusammen untergehen?

Des Weiteren wussten selbst die altaureanisch gesinnten Soldaten nicht mehr, was sie vom ehemaligen Oberbefehlshaber der imperialen Streitkräfte halten sollten. Juan Sobos und seine Optimaten hatten Leukos in den Medien bereits zu einem solchen Ungeheuer stilisiert, dass sogar jene, die politisch auf seiner Seite standen, unsicher geworden waren.

Waren die Anschuldigungen, die tagtäglich gegen Leukos vorgebracht wurden, tatsächlich wahr? Hatte sich der einst bei den Legionen so geachtete und beliebte Heerführer inzwischen in einen blutgierigen Irren verwandelt? Die pausenlose Wiederholung der Gräuelpropaganda drohte allmählich, selbst die Gehirne jener aufzuweichen, die Leukos noch mit Sympathie gegenüber standen. Dessen Gegenpropaganda, die sich in den virtuellen Netzwerken im gesamten Sol-System verbreitete, erreichte derweil nur einen Bruchteil der imperialen Bürger. Die Medienhoheit des optimatischen Netzwerkes war weiterhin erdrückend.

Somit gab es für den Oberstrategos auch in Zukunft nur die Flucht nach vorn. Angriff lautete die Devise, denn allein der Erfolg auf dem Schlachtfeld konnte das Blatt auf Dauer wenden.

Über Kleitos Kommunikationsboten schwebte ein dreidimensionales Bild durch die kalte Luft. Jarostow sah sich seit Stunden die Viso-Aufzeichnungen diverser Konzerte an. Aus dem Bildschirm brachen wütende Klangwellen heraus, eine tobende Menge prügelte sich vor einer schwarzen Bühne, auf der finster dreinschauende Gestalten ihre Instrumente quälten.

„Was tust du denn hier? Du sitzt schon den ganzen Tag in dieser dunklen Ecke und schaust dir Visoszenen an. Was ist das eigentlich für ein furchtbares Lärmzeug, das du da hörst?", wollte Flavius, der sich neben seinen Freund gestellt hatte und fragend auf ihn herabsah, wissen.

„Lärmzeug?" Kleitos grinste.

Flavius deutete auf den holographischen Bildwürfel. Ein glatzköpfiger Sänger in einem schwarzen Gewand brüllte wie ein Wahnsinniger in ein Vox-Modul, während diverse Instrumente durcheinander donnerten wie ein Plasmagranatengewitter.

„Das ist „Ananke"! Schmetterkrach!", brummte Kleitos.

„Schmetterkrach? Ja, so hört sich das auch an", meinte Flavius.

„Du musst es doch nicht hören. Schmetterkrach ist auf dem Mars recht populär", antwortete ihm Jarostow.

„Ja, vielleicht bei den Ungoldenen in ihren Slums."

„Du hast keine Ahnung davon, Princeps", entgegnete Kleitos ungehalten. „Anaureaner aus den Slums hören meistens Krimthan und keinen Schmetterkrach. Sie hassen Schmetterkrach, weil sie dieses Krimthan-Gehopse viel lieber haben."

„Wenn du meinst. Ich jedenfalls höre mir keinen Krach an."

„Ein paar meiner alten Kumpels aus Wittborg haben auch Schmetterkrach gehört. Ananke geht doch gut ab, findest du nicht?"

„Was soll ich von einer Musikgruppe halten, die sich nach einem Folterinstrument benannt hat?"

„Keine Ahnung, was du davon halten sollst, Alter. Hör du ruhig deine aureanische Klassik, wie es sich für einen echten Oberkastengoldmenschen gehört. Ich ziehe mir dafür Ananke rein. Aggressive Musik, die einfach auf alles scheißt. Genau wie ich."

„Verstehe!", brummte Flavius, während er plötzlich schmunzeln musste. Derweil kreischte der Sänger von Ananke wie ein angestochener Eber. Seine Texte spiegelten einen eisigen Hass auf die Gesellschaft und allgemeine Zerstörungswut wider. Kleitos stand auf und klappte seinen Kommunikationsboten zusammen. Anankes brutaler Schmetterkrach verstummte schlagartig.

Princeps machte Anstalten, wieder zurück in seinen Unterstand zu gehen, doch Kleitos kam ihm nach.

„Seit Jahren versuchen wir, diese Scheiße irgendwie zu überleben. Doch wovor kämpfen wir eigentlich?", wollte Jarostow wissen.

„Für Malogor! Für den heiligen Hasen! Keine Ahnung! Vielleicht ist Schmetterkrach doch die Lösung. Scheißen wir einfach auf die ganze Welt", antwortete Flavius mit einem sardonischen Grinsen.

Die beiden Freunde, die in letzter Zeit nicht immer einer Meinung gewesen waren, gingen durch das Frontlager, welches Leukos einige Kilometer südlich von Gomre hatte errichten lassen. Sie stiegen in das Grabensystem herab und setzten sich in ein von Wellblechteilen bedecktes Loch, in dem sich ein Thermostrahler und fünf weitere Legionäre befanden. Hier schlugen sie die Zeit tot, wie sie es sonst auch immer taten.

Die Euphorie, welche das Auftauchen der Entsatzstreitkräfte aus dem Proxima Centauri System ausgelöst hatte, war mittlerweile verflogen. Nach der Einnahme von Gomre hatte Leukos den Vormarsch seiner Armee stoppen müssen. Viel zu stark war der Feind im Süden, um ihn zum gegenwärtigen Zeitpunkt angreifen zu können.

Für Flavius, Kleitos und die gewöhnlichen Soldaten bedeutete dies wieder einmal abwarten. Nach wie vor war jedwelcher Kommunikationsbotenverkehr mit Familienangehörigen oder Freuden strengstens untersagt. Noch immer wussten Flavius Eltern nicht, dass er noch unter den Lebenden weilte. Nicht einmal Eugenia wusste es. Princeps fühlte sich wie ein Phantom, dessen Schicksal dem Rest der Welt vollkommen gleichgültig war. Und das war es auch, denn in diesem Krieg zählte ein einzelnes Leben noch weniger als ein Fingerhut voller Marsstaub.

„Ja, vielleicht haben die Schreihälse von Ananke doch Recht", flüsterte Flavius seinem Freund Kleitos zu.

Dieser war schon beinahe vor dem Thermostrahler eingenickt. Müde hob Jarostow den Kopf, seine blutunterlaufenen Augen glotzten stumpf durch das Halbdunkel.

„Sag ich doch, Princeps. Einfach auf alles scheißen…"

Flavius ließ seine Mundwinkel nach oben zucken. Er wunderte sich über die Grenzenlosigkeit seines eigenen

Lebenszynismus, der in den letzten Monaten gewaltig angewachsen war.

„Liegt die Lösung im Hass? In der Ignoranz? Ich kann es nicht sagen", murmelte der Kohortenführer vor sich hin. Dann kroch er in einen Schlafsack und versuchte, ein wenig zu ruhen.

„Kleitos, da ist er! Schnapp ihn dir!", gellte Flavius und deutete auf einen leicht untersetzten Mann in einer weißen Toga, der panisch aus einem Bioscanner-Portal stürzte und dann den Gang herunterrannte.

Kleitos, der am anderen Ende des Korridors zusammen mit zwei weiteren Legionären stand, sprintete augenblicklich los und empfing den Flüchtenden mit einem Kolbenstoß seines Blasters. Vor Schmerzen aufstöhnend taumelte die dickliche Gestalt nach hinten, während ihr das Blut aus der aufgeplatzten Unterlippe quoll. Einer der anderen Legionäre verpasste dem Mann noch einen Tritt mit dem Stiefel, so dass er heulend zu Boden fiel.

„Hier geblieben!", herrschte Jarostow den Fremden an. Flavius kam von hinten und packte den Mann an den Schultern.

Die untersetzte Person, die soeben hatte fliehen wollen, hatte einen hervorquellenden Kugelbauch, dicke Tränensäcke unter den Augen und strohiges, graues Haar. Der vollkommen fassungslose Gesichtsausdruck des Mannes ließ erahnen, dass er wohl mit vielem gerechnet hatte, doch nicht mit einem Hausbesuch loyalistischer Legionäre.

„Clajo Cadorno! Sind Sie das?", fragte Flavius gedehnt, wobei er auf den Mann in der Toga herabsah. Dieser krümmte sich zusammen, als ob er sich besonders klein machen wollte. Zunächst erhielt Princeps keine Antwort; also wiederholte er die Frage.

„Clajo Cadorno! Sind Sie das?"

„Ja!", kam leise zurück.

„Gut!", antwortete Flavius.

„Aber was habe ich denn verbrochen? Was wollt ihr denn von mir?", jammerte der untersetzte Mann, den die Legionäre umstellt hatten. Der Fremde raufte sich die Haare und stieß einen lauten Jammerlaut aus.

„Sie werden uns jetzt folgen!", erklärte Kleitos ungerührt. Flavius führte heute den kleinen Legionärstrupp an, der die Verhaftungsaktion in diesem Habiatskomplex durchgeführt hatte. Es war nicht schwer gewesen, Cadorno in seinem Luxusappartment ausfindig zu machen.

Langsam senkte Princeps den Blaster, ließ den Verhafteten auf dem Gang stehen und ging durch das Bioscanner-Portal, hinter welchem sich Cadornos Wohnung befand. Er betrat eine luxuriöse Behausung von gewaltigen Ausmaßen. Zuerst schritt Flavius durch ein wohlriechendes Meer aus Kräuterpflanzen, die überall in marmornen Vasen und Kübeln standen. Kleitos und die übrigen Legionäre folgten dem blonden Kohortenführer, einer der Männer hielt Cadorno an der zerrissenen Toga fest.

„Was habe ich denn nur getan? Ich bin doch nur ein harmloser Philosoph!", lamentierte der Gefangene.

Flavius drehte sich um. „Halten Sie sofort den Mund!"

„Sollen wir diese riesige Wohnung etwa durchsuchen? Die geht über drei Etagen, das wird ewig dauern", sagte Kleitos.

„Nein! Es genügt, dass wir den Kerl geschnappt haben. Das war unser Befehl", erwiderte Flavius.

Dennoch ging er in einen weiteren Raum, weil er einfach wissen wollte, wie eine der berühmtesten Medienpersönlichkeiten auf dem Mars lebte. Kurz darauf stand Princeps in einem prunkvollen Wohnzimmer, in welchem korinthische Säulen ein mit Mosaiken geschmücktes Deckengewölbe trugen. Überall standen mit Goldbeschlägen verschönerte Möbel aus schwarzem Edelholz, daneben Regale voller Datenverarbeitungsscheiben und sogar antiken Zierbüchern mit echten Blättern aus Papier. An der gegenüberliegenden Wand hing ein überdimensionales Ölgemälde, das eine Vielzahl von Frauen und Männern beim Geschlechtsverkehr zeigte. Es waren Aureaner und Anaureaner, die sich auf einer Wiese wie die Tiere paarten und dabei grotesk aussehende Masken trugen. Welcher Künstler das Bild auch immer angefertigt hatte, er musste eine Vorliebe für das Blasphemische und Verdrehte haben, dachte Flavius.

„Was geschieht denn jetzt mit mir? Sie können mich doch nicht einfach ohne jeden Grund festnehmen?", fing Cadorno plötzlich im Hintergrund zu wettern an.

Mit nachdenklichem Blick entfernte sich Princeps wieder von dem verstörenden Gemälde an der Wand, um sich daraufhin dem Gefangenen zuzuwenden.

„Sie sind doch Clajo Cadorno, oder nicht? Der bekannte Magister, Philosoph und so weiter. Sie sind doch der Autor vieler kluger Bücher und halten ständig Vorträge, sogar im Transmitter", rief er.

Der dickliche Mann in der Toga zappelte im Griff des ihn haltenden Legionärs wie ein Fisch am Haken. Schließlich antwortete er trotzig: „Ja! Ist das vielleicht verboten? Ich habe nichts Unrechtes getan! Ich bin Großmagister für Politik und Philosophie. Außerdem halte ich gelegentlich

Vorlesungen an diversen Universitäten und arbeite für eine Reihe großer Medienvereinigungen."

Flavius kratzte sich am Kinn. Für einen quälend langen Moment sagte er nichts. Dann erwiderte er: „Und von Ihnen stammen auch die Bücher „Die Überwindung des aureanischen Wahns in Politik, Philosophie und Kunst" und „Gutrim Malogor - Der falsche Götze", nicht wahr? Sie sind außerdem der Mann, den man ständig in den politischen Transmitter-Sendungen sieht, wo Sie dem einfachen Bürger des Goldenen Reiches die Welt erklären, oder?"

Der Trotz, der soeben in Cadornos Gesicht aufgekeimt war, wich so schnell, wie er gekommen war. Der Gefangene strich sich die struppigen Haare von seiner breiten Stirn, dann fing er nervös zu schnaufen an.

„In Ordnung, Großmagister, dann folgen Sie uns!", sagte Flavius und zeigte auf das Bioscanner-Portal, hinter dem sich der Korridor befand.

„Bitte, ich habe doch überhaupt nichts getan, gar nichts!", winselte Cadorno, doch Kleitos packte ihn am Kragen, um ihn daraufhin auf den Gang zu schleifen.

Kurz darauf hatten die Legionäre den Habitatskomplex verlassen und führten den Gefangenen zu einem großen Transportgleiter, vor dem weitere Soldaten standen. Im Inneren des Fliegers befanden sich bereits mehrere Dutzend Personen, die an stählerne Sitzbänke gekettet waren. Flavius warf Kleitos einen kurzen Blick zu, doch dieser zeigte keine Reaktion. Die beiden Legionäre hatten sich bisher von derartigen Verhaftungsaktionen fern gehalten, doch das war nun nicht mehr möglich. Leukos hatte die Befehle vor kurzem geändert. Inzwischen war jeder seiner Soldaten verpflichtet, sich an der Bekämpfung politischer

163

Gegner und der Aufrechterhaltung der imperialen Ordnung in den besetzten Städten zu beteiligen.

Nachdem Princeps den Gefangenen im Inneren des Gleiters an eine der eisernen Bänke gekettet hatte, drehte er sich um und ließ den leise wimmernden Cadorno in seiner Todesangst zurück. Wenig später hob der Gleiter ab. Flavius musste schlucken. Er dachte an Eugenia und versuchte zu vergessen, wo er sich gerade befand.

Es war noch früh am Morgen, als Flavius und Kleitos mit ihren Kameraden mehrere hundert als Kastenverräter verurteilte Personen hinaus in die Wüste führten. Unweit von Flavius trottete Clajo Cadorno in seiner zerfetzten Toga über den staubigen Boden. Von Zeit zu Zeit sah Princeps mit einer Mischung aus Abscheu und Hass zu ihm herüber. In der Gefangenenkolonne befanden sich zahlreiche Politiker aus der lokalen Optimatenfraktion von Gomre, ebenso Personen aus dem Bereich der planetaren Medien. Nicht wenige davon waren einflußreiche Gefolgsleute von Misellus Sobos gewesen, bevor man sie verhaftet und schließlich in diesen Zug aus abgerissenen Gestalten eingegliedert hatte. Clajo Cadorno war wegen mehrfachem Kastenverrates zum Tode verurteilt worden. Seine Vorträge und Werke, die Millionen aureanische Seelen vergiftet hatten, waren von dem loyalistischen Standgericht als blasphemische Zersetzung und Geistesverbrechen gebrandmarkt worden. Cadorno hatte die Kastenordnung des Goldenen Reiches verächtlich gemacht, die aureanische Menschenart und ihre Kultur in hochverräterischer Weise verhöhnt, auf Malogor und seine Gebote gespuckt. Er hatte die unzüchtige Paarung mit Ungoldenen zur Tugend erhoben, genau wie den Kastenverrat und die ausschweifende Dekadenz selbst. Cadornos Vorträge in den Simulations-Transmittern und seine jahrelangen Lesungen an den wichtigsten Universitäten des Sol-Systems hatten unzählige Hirne verseucht. Dies alles war mehr als Grund genug, ihn sofort zu töten. So sahen es nicht nur die von Leukos eingesetzten Richtertrupps, sondern auch Flavius und seine Kameraden von der Legion.

Allerdings hatte der ansonsten so arrogante und selbstherrliche Intellektuelle nicht damit gerechnet, dass sich die Loyalisten sofort an ihn erinnern würden, nachdem sie seine Heimatstadt Gomre besetzt hatten.

„Es ist besser, potentielle Hochverräter im Rücken der kämpfenden Front schnell und entschlossen zu beseitigen", hatte Aswin Leukos seinen Legaten gesagt.

Die Anaureaner, welche sich in Gomre niedergelassen hatten, waren indes wesentlich weitsichtiger gewesen als Cadorno. Sie hatten die Megastadt längst verlassen und waren frühzeitig nach Süden geflüchtet, wo sich die von den Optimaten kontrollierten Gebiete befanden.

„Der Feind im Inneren ist der schlimmste und heimtückischste Feind", hörte Flavius die Stimme von Manilus Sachs hinter sich.

Der hünenhafte Zenturio schritt in seiner schrammenübersäten Rüstung neben ihm her; Sachs Gesichtszüge waren hart und erbarmungslos.

„Trotzdem ist es einfacher, jemanden zu töten, wenn man sich mitten im Kampfgetümmel befindet", meinte Flavius.

„Das ist richtig, aber wir dürfen niemals vergessen, dass es solche Leute hier gewesen sind, die diesen Bürgerkrieg überhaupt erst möglich gemacht haben. Sie haben den ganzen Verrat unterstützt und ohne ihr Tun wären noch tausende unserer Kameraden am Leben", antwortete Sachs grimmig.

Kleitos stieß ein zustimmendes Brummen aus, während Flavius den langen Gefangenenzug betrachtete. Die Todgeweihten schlurften langsam und geisterhaft durch die rote Wüste. Ihre leeren Blicke wanderten über den Boden. Manche der Gefangenen weinten leise, andere flehten die Legionäre um Gnade an und versprachen ihnen eine Menge Geld, wenn sie sie gehen ließen. Doch sie alle stießen auf taube Ohren.

„Sterbt ehrenvoll! So wie unsere Brüder auf Thracan wegen euch auch ehrenvoll gestorben sind!", hörte Flavius einen Legionär weiter vorne brüllen. Der Soldat prügelte mit einem Elektroschlagstock auf einen panisch kreischenden Mann ein und stieß ihn zurück in die Todeskolonne.

Nach einem etwa halbstündigen Fußmarsch kamen die Legionäre und die Gefangenen an den Rand eines großen Kraters. Flavius betrachtete die vielen Verurteilten, die plötzlich sehr unruhig wurden. Manche von ihnen begannen laut zu jammern, andere lamentierten hysterisch und wieder andere verharrten einfach stumpfsinnig am Rande der riesigen Vertiefung.

Dann griffen die Legionäre die ersten Gefangenen aus der Kolonne heraus und führten sie an die Kraterkante. Sämtliche Verurteilte hatten die Hände hinter dem Rücken zusammengebunden, so dass sie sich nicht mehr wehren konnten. Princeps schnappte sich einen hageren Mann mittleren Alters, dem man die Zugehörigkeit zur wohlhabenden Oberschicht des Imperiums deutlich ansehen konnte, und schleifte ihn davon. Der Todgeweihte

166

bewegte sich wächsern, Flavius hatte den Eindruck, als ob die Seele den Körper des Fremden bereits verlassen hatte und nur noch eine leere Hülle zurückgeblieben war.

Am Kraterrand zwang der Kohortenführer den Gefangenen auf die Knie, während er sich hinter dessen Rücken postierte und den Blaster anlegte. Der Kopf des Mannes hing ein wenig nach unten, er sah hinunter in den Abgrund; Princeps zog die Augen zu einem dünnen Schlitz zusammen und hielt den Atem an. Sein Herz begann schneller zu schlagen und ein beißender Adrenalinstoß brannte sich durch seine Eingeweide. Einen Augenblick später schallte der Feuerbefehl durch die düstere Marswüste und Dutzende von Blastern blitzten auf. Die ersten Verurteilten kippten mit zerschossenen Köpfen über den Kraterrand.

Flavius ging einen Schritt zurück, er ließ das Gewehr sinken. Zwar hasste er die Optimaten aus tiefster Seele, doch musste er dennoch mit einer Flutwelle unangenehmer Gefühle ringen. Diese blutige Arbeit kostete ihn viel Überwindung; einen Wehrlosen zu töten, widerte ihn trotz all seines Hasses auf die Kastenverräter an.

„Es ist im Sinne Malogors…", flüsterte er sich selbst wie zum Trost zu, doch das änderte wenig an dem unangenehmen Gefühl in seiner Magengrube.

Nachdem die noch lebenden Gefangenen das Schicksal der anderen gesehen hatten und ihnen endgültig klar geworden war, dass sie als nächstes sterben würden, fingen viele von ihnen noch kläglicher zu lamentieren an. Manche der Verurteilten gaben sich in ihrer Verzweiflung der Illusion hin, dass sich Leukos Männer mit Verrechnungseinheiten oder wohlklingenden Versprechungen von

167

ihrem Exekutionsbefehl abbringen ließen, doch all das war vergeblich.

Schließlich nahm sich Flavius vor, seinen inneren Dämonen mannhaft gegenüber zu treten. Diese verdorbenen Hochverräter verdienten allesamt den Tod, sie auszuschalten war notwendig, damit das Goldene Reich und das Aureanertum nicht verrotteten. Jene Männer hier, die nun um ihr erbärmliches Leben winselten, hatten alles dafür getan, das höchste Menschentum seelisch und körperlich zu vergiften.

Entschlossen ging Princeps durch die Masse der Gefangenen, um sich Cadorno zu greifen, der irgendwo auf dem Boden hockte und leise vor sich hin weinte. Flavius richtete den Mann auf und trieb ihn dann in Richtung des Kraterrandes.

Als die nächste Gruppe der Todgeweihten auf die Knie gesunken war und sich die Legionäre bereit machten, kauerte der verräterische Großmagister vor Flavius Blaster. Entsetzt blickte Cadorno auf die Toten, die den Kraterrand heruntergerutscht waren, und schon auf ihn zu warten schienen. Flavius beugte sich herunter, er drückte die Blastermündung gegen das Hinterhaupt des Verurteilten.

„Ich habe jahrelang auf vielen Schlachtfeldern gekämpft und es gab einige Männer, die ich nicht gerne getötet habe. Sie hatten sich mir ehrenhaft im Kampf gestellt, auch wenn sie für die falsche Sache gestritten haben. Aber du, Cadorno, bist nur ein dekadenter Giftpilz, eine Krebszelle im Inneren unserer Kaste, die geglaubt hat, dass sie mit ihrer Zersetzungsarbeit durchkommen und dabei sogar noch gut leben wird.

Du wolltest am Untergang deiner Kastenbrüder verdienen und hast auf alles gespuckt, was unsere Ahnen über Jahrtausende aufgebaut haben. Jetzt sieh nach unten, Cadorno, dort bei den anderen verfaulst du gleich", zischte Flavius grimmig.

Seine letzten Worte gingen im Gebrüll eines Zenturios unter, der den Feuerbefehl gab. Princeps biss auf die Zähne; dann drückte er ab. Ein rötlicher Strahl durchschlug Cadornos Schädelknochen und blutige Fetzen wurden durch die Luft gewirbelt. Der Getroffene sackte zusammen wie ein Ballon, aus dem man die Luft heraus gelassen hatte. Flavius drückte die Spitze seines gepanzerten Soldatenstiefels gegen den blutbesprenkelten Oberkörper des Hingerichteten. Anschließend beförderte er Cadornos reglose Überreste in die Grube.

Die vorläufige Zurückhaltung der Optimatenstreitkräfte und Leukos für alle sichtbare Kampfentschlossenheit führten schließlich dazu, dass sich seiner Armee weitere Kampfverbände aus dem Sol-System anschlossen. Nicht weniger als 60 Legionen von der Venus schlugen sich auf die Seite der Loyalisten. Leukos, der dort vor vielen Jahren als junger Offizier einen Banditenaufstand niedergeschlagen hatte, genoss bei vielen Venusianern trotz aller Hetze noch immer ein hohes Ansehen. Zudem hatte es Juan Sobos bisher versäumt, die altaureanisch gesinnten Offiziere in den Venuslegionen gänzlich gegen linientreue Legaten auszutauschen. Eine Nachlässigkeit, die sich jetzt bitter rächte.

Die Auflösung der Kastenordnung und die Aufnahme ungoldener Soldaten in die Reihen der Legion lehnten die altaureanisch eingestellten Legaten kategorisch ab. Sie hatte Sobos niemals für sich gewinnen können.

Und jetzt, da Leukos wieder militärische Erfolge vorweisen konnte, trauten sie sich endlich, zu den Loyalisten überzulaufen. Somit verschob sich das Pendel ein wenig in Leukos Richtung, was jedoch nicht viel an der erdrückenden Übermacht seiner Feinde änderte. Nach wie vor standen Juan Sobos unzählige Soldaten zur Verfügung, was bedeutete, dass die venusianischen Hilfstruppen lediglich ein Tropfen auf den heißen Stein waren.

Nichtsdestotrotz machte es nicht nur Leukos Mut, dass sich weitere Legionsoffiziere auf seine Seite geschlagen hatten. Vor allem seine Soldaten, die seit vielen Jahren im Kampf standen, schöpften neue Hoffnung, als sie die Tausenden sahen, die sich ihrer Revolte anschlossen. Nun jedoch musste Leukos neue Erfolge erringen, denn sie allein waren die Grundlage dafür, dass ihm die Offiziere des Imperiums Vertrauen entgegen brachten.

Flavius, Kleitos und Zentruio Sachs marschierten indes immer weiter nach Süden, wo sich die riesigen Ballungszentren Weitkrater und Marksbury befanden. Eine ganze Kette von Megastädten, in der viele Millionen imperiale Bürger lebten, lag nördlich dieser wichtigen Metropolregion. Hier sollte eine neue Front aufgebaut werden, was bedeutete, dass es über kurz oder lang zu einem zermürbenden Grabenkrieg kommen würde.

Währenddessen versuchte der Oberstrategos mit seinen begrenzten Mitteln, seine eigene Propaganda in den Kommunikationsnetzwerken des Sol-Systems zu verbreiten. Die wenigen Transmitterknoten, die seine Soldaten in Beschlag genommen hatten, sendeten pausenlos Kampfaufrufe an die aureanischen Kastenbrüder, wobei

Leukos als legitimer Archon des Goldenen Reiches ange-priesen wurde.

Er wäre der rechtmäßige Nachfolger Credos Platons, lau-tete die Botschaft der Loyalisten. Es galt, einen Personen-kult um den terranischen General aufzubauen und ihn vom gefürchteten Schlächter zum Heilsbringer werden zu lassen. Immerhin benötigte der Widerstand gegen das Optimatenregime ein Gesicht, mit dem sich der einfache Bürger identifizieren konnte. Und dieses Gesicht konnte nur Aswin Leukos sein, denn seinen Namen kannte in-zwischen jedes Kind im gesamten Sol-System.

Allerdings hatten die von den Optimaten beherrschten Massenmedien in den letzten Jahren kein gutes Haar an ihrem politischen Feind gelassen. Leukos war zu einem wahnsinnigen Ungeheuer stilisiert worden und die Furcht vor ihm wurde noch immer eifrig geschürt. Der blonde Oberstrategos, der einst ausgezogen war, um den Anaure-aneraufstand auf Thracan niederzuschlagen, stand in den Augen des einfachen Aureaners für Massenmord und grausamen Despotismus.

Allerdings waren die Massen seit jeher instinkthaft und launisch. Schnell konnten sie einen Mann, den sie zuvor noch verteufelt hatten, plötzlich wie einen Erlöser anbe-ten. Dafür aber musste Leukos vor allem auf dem Schlachtfeld siegen, denn dem Sieg des Schwertes folgten stets die Macht und damit auch das Recht.

Wiedersehen mit Eugenia

Die Legionäre standen so stramm, als ob der Oberstrategos persönlich vor ihnen stehen würde. Und das tat er in gewisser Weise, wenn auch nur als dreidimensionales Abbild. Aus Sicherheitsgründen verweilte Leukos noch immer auf der Lichtweg nahe der Sonne. Zu groß war die Angst vor Attentaten und Bombenangriffen im Vorfeld dieser wichtigen Großoffensive. Aswin Leukos durfte unter keinen Umständen sterben, denn er war das Herz und das Gesicht des loyalistischen Widerstandes.

Inzwischen waren der terranische General und sein Führungsstab darüber informiert, dass das Offizierskorps mit Verrätern durchsetzt war. Die Optimaten wussten über fast jede militärische Operation ihrer Gegner Bescheid; irgendwo war eine undichte Stelle, die Leukos bereits seit Wochen fieberhaft suchte.

Doch unabhängig davon führte nichts an der nun kommenden Offensive vorbei. Es gab schlichtweg keine andere Möglichkeit, wenn die Loyalisten noch eine Chance haben wollten. Das wusste Leukos genau wie die einfachen Legionäre, die mittlerweile genug vom Verharren und Warten in den Stellungen hatten.

Im Augenwinkel sah Flavius das Konterfei des Oberstrategos aufleuchten. Er befand sich in der ersten Reihe eines Blocks gepanzerter Legionäre, die ihre Schilde vor sich abgestellt und die Blaster geschultert hatten. Wie immer stand Kleitos neben seinem besten Freund, in geputzter Rüstung und mit verkniffenem Gesicht.

„Die feindlichen Soldaten haben nicht den Glauben wie wir ihn in uns tragen. Sie befolgen bloß Befehle, wissen aber nicht, wofür sie ihr Leben überhaupt riskieren sollen. Für den Geldbeutel des Verräterarchons Juan Sobos? Für die Profite der Bankiers und Großgrundbesitzer im Senat von Asaheim? Für die Rechte der Ungoldenen?

Hinter uns, meine tapferen Krieger, stehen Jahrhunderte des Aufstieges. Unsere ehrwürdigen Ahnen, die die aureanische Art zu den Sternen geführt haben, schauen auf uns herab. Sie sehen den unglaublichen Verrat, den unsere Feinde gerade in diesen Tagen an unseren Nachkommen begehen. Wir sind die Helden, die sich gegen den Zerfall des Imperiums stemmen, wir sind die kühnen Streiter, die alles dafür tun, dass die aureanische Zivilisation vor dem Untergang bewahrt wird.

Ob uns heute kleine und dekadente Geister dafür bewundern oder nicht, ob sie uns danken oder ablehnen, lieben oder hassen – das soll für uns keine Rolle spielen. Die Zukunft allein wird uns Recht geben. Es wird die Zeit kommen, daran habe ich niemals gezweifelt, da wird man unsere Taten und Blutopfer voller Dankbarkeit besingen", predigte Leukos mit schmetternder Stimme.

Flavius hielt den Atem an, er presste die Brust heraus und versuchte, aus den Worten des Oberstrategos Kraft zu schöpfen.

„Vielleicht wird man uns eines Tages danken, aber wohl nicht in dieser fauligen Gegenwart", schoss es dem Kohortenführer durch den Kopf, der darüber nachdachte, wie tief ihn die Ablehnung seiner Kastengenossen getroffen hatte.

„Eines muss euch klar sein, meine Soldaten: Wenn wir die nächsten Schlachten gewinnen, dann werden weitere

Legionen zu unserer Armee stoßen. Die Herrschaft des Kaisermörders Juan Sobos ist nämlich keineswegs so gefestigt, wie es uns die optimatische Lügenpropaganda weismachen will.

Es gibt, gerade in den Reihen der Offiziere und der anständigen Legionäre, noch zahlreiche Männer, die den Kastenzersetzer Sobos und sein Gefolge von geldgierigen Speichelleckern ablehnen. Noch zweifeln sie daran, dass unser Kampf eine Zukunft hat, doch wenn wir den Feind zurückschlagen und aller Welt beweisen, dass man unseren Stolz nicht brechen kann, dann werden sie plötzlich von allen Seiten kommen…"

„Dein Wort des Göttlichen Ohr, großer Mann", nuschelte Kleitos so leise, dass es nur Flavius hören konnte. Dieser grinste verhalten.

„Der letzte große Krieg im Sol-System war der Konflikt zwischen dem Imperium von Cathay, welches sich in Ost-Ajan gebildet hatte, und dem Goldenen Reich. Dieser Krieg ist lange her und unsere Kastenbrüder haben ihn längst vergessen. Damals verteidigten unsere Vorfahren ihre Stellung auf Terra gegen ein fremdes Reich, in dem goldene Verräterfürsten und ungoldene Vasallen eine unheilige Allianz geschlossen hatten.

Am Ende wurde das Imperium von Cathay vernichtet und die Aureaner blieben die Herren über das Sol-System. Wäre der Kampf damals anders verlaufen, dann würden wir heute alle in Trümmern und Ruinen hausen. Dann wäre unsere Sternenzivilisation von fremden Horden überrannt und im Inneren vergiftet worden."

Nachdenklich kratzte sich Flavius am Kinn, nachdem er sein Helmvisier geöffnet hatte. Anschließend stellte er sich wieder mit durchgedrücktem Rücken und ernstem

Gesicht hin, um Aswin Leukos zuzuhören. Ein kurzer Blick zur Seite zeigte einen recht gelangweilt dreinschauenden Kleitos. Es war unschwer zu erkennen, dass Jarostow wenig auf die feurigen Worte des Oberstrategos gab. Leukos in seiner Prunkrüstung aus Weißgold, den großen Schulterpanzern und dem roten Feldherrenmantel predigte noch eine Weile zu seinen Soldaten wie ein Priester des Malogorkultes zu den Gläubigen. Die Geschichte rechtfertige diesen heiligen Krieg, sie verlangte ihn geradezu, sprach er.

Irgendwann hörte auch Princeps nicht mehr hin. Er versank in Gedanken und stellte sich vor, an Eugenias Seite durch einen blühenden Park im Hochsommer zu spazieren. Was Leukos auch immer sagte und versprach, die kommende Offensive würde wieder ebenso schrecklich, blutig und entbehrungsreich werden wie die anderen zuvor. Der Tod ließ sich von schönen Worten leider nicht beeindrucken, dachte Flavius. Wie viele Legionäre würden diesmal auf dem Schlachtfeld bleiben?

Seit sich Flavius Kommunikationsbote gestern Abend eingeschaltet und ihm die erste Nachricht von Eugenia seit Wochen übermittelt hatte, befand sich der junge Kohortenführer in einem geradezu euphorischen Zustand. Endlich hatte das Oberkommando die Kommunikationssperre, die zwischen den Angehörigen der Sternenflotte und den Legionären auf dem Mars bestanden hatte, aufgehoben. Zumindest teilweise, denn selbstverständlich war Eugenias visuelle Nachricht zuvor überprüft und erst dann freigegeben worden.

Wie auch immer, meinte Flavius, sie hatte sich endlich, nach einer gefühlten Ewigkeit, wieder bei ihm gemeldet. Und das war das Einzige, was von Bedeutung war!

Aufgeregt, mit hämmerndem Herzen und einem Kribbeln im Bauch, wartete Flavius auf einem großen Landefeld, das sich außerhalb des Heerlagers bei Gomre befand. Hier standen bereits Dutzende von Gleitern, Bombern und Transportraumern. Eine Gruppe von Legionären und Milizsoldaten hatte sich inmitten des Landesfeldes versammelt. Princeps musste schmunzeln, als er in die Gesichter seiner Kameraden sah; nur wenige Meter neben ihm stand ein Dekurio, der sehnsüchtig gen Himmel blickte. Der Mann hielt einen Strauß Blumen in den Händen. Vielleicht wartete er auch auf eine Flottenbedienstete, die der jeden Moment von den Sternen kommende Transporter bringen würde.

Gedankenverloren kramte Flavius seinen Kommunikationsboten aus der Tasche, klappte ihn auf und spielte Eugenias Viso-Botschaft noch einmal ab. Er hatte sich ihr Gesicht in der letzten Nacht schon unzählige Mal angesehen, doch hatte er noch immer nicht genug von ihrem hübschen Lächeln und diesen Augen, die so hell und blau leuchten konnten wie ein terranischer Sommerhimmel.

Nach ein paar Minuten steckte er das röhrenförmige Gerät wieder weg und richtete den Blick auf den leicht bewölkten, schwach rötlich schimmernden Himmel.

Es dauerte nicht lange, da fuhr ein kaum hörbares Raunen durch die Gruppe der Legionäre. Der Dekurio neben Flavius grinste bis über beide Ohren - und Princeps wusste warum. Zwischen den Wolken waren die Konturen eines Transportraumers sichtbar geworden. Grüne Lichter blitzten unter dem Bauch des Fliegers auf, als wolle der

Pilot des Raumschiffes die unter ihm wartenden Männer begrüßen. Flavius lächelte glücklich und genoss das befreiende Gefühl, welches ihn in diesem Augenblick durchströmte.

Schneller und immer aufgeregter begann das Herz des blonden Legionärs zu schlagen. Die Unterseite wurde größer, erst war der Flieger bloß ein kleiner Punkt am rötlichen Marshimmel gewesen, doch allmählich wurden seine Umrisse klarer. Mit einem lauten Zischen tauchte er durch die Wolkenwände und glitt herab. Inzwischen konnte Flavius seine freudige Erregung kaum noch im Zaum halten; Eugenia kam – nach so langer Zeit. Princeps hatte das Gefühl, die dunkelhaarige Krankenschwester seit Äonen nicht mehr in den Armen gehalten zu haben.

Schließlich setzte der Transportraumer inmitten des Landefeldes auf. Erwartungsvoll starrte Flavius in Richtung der gewaltigen Staubwolke, die der Gleiter aufgewirbelt hatte. Rumpelnd öffnete sich ein Zugangsschott und eine Ausstiegsrampe wurde ausgefahren. Flavius hielt es nicht länger an seinem Platz, er stürmte los, genau wie die anderen Legionäre.

Schnellen Schrittes hielt Princeps auf den Transporter zu. Aus dem Raumschiff strömten derweil ebenso die erwartungsvollen Passagiere, das Ausgangsschott regelrecht verstopfend. Es dauerte nur noch einen kurzen Augenblick, da hatte Flavius seine geliebte Eugenia schon in der Schar der Aussteigenden ausgemacht. Er riss die Arme mit einem lauten Ruf in die Höhe, raste durch den Pulk der Legionäre und warf sich Eugenia um den Hals.

Er drückte sie fest an sich, übersäte sie mit Küssen und dabei strahlten seine Augen voller Glück. Sie lächelte und strich Flavius durch das Haar.

„Bei Malogor, wie lange habe ich auf diesen Augenblick gewartet. Du warst der einzige Mensch in diesem Universum, der mich hier unten vor dem Wahnsinn bewahrt hat", sagte Princeps.

„Es gibt mir Kraft, dass du wieder bei mir bist. Du kannst dir überhaupt nicht vorstellen, wie viel Kraft du mir gibst", sagte Flavius und ergriff Eugenias Hand.

Ihre zwei himmelblauen Augen sahen ihn müde an. Eugenia hatte viel gelitten, ebenso wie er. Während Flavius auf dem Schlachtfeld gestanden hatte, war sie in der Polemos eingesperrt gewesen.

„Ich werde erst wieder ins Schiff zurückkehren, wenn ihr morgen ausrückt", versprach Eugenia. Flavius lächelte sie selig an.

„Ich glaube fest daran, dass wir eines Tages wieder auf Terra sein werden und unser Leben leben können", fügte sie hinzu.

Sanft strich ihr Flavius mit dem Handrücken über die Wange, diese Worte waren Balsam für seine geschundene Seele. Selbst wenn sie nicht mehr waren als eine Durchhalteparole. Allerdings waren sie weniger aggressiv und aufpeitschend wie die donnernden Reden der Legionsoffiziere, die den Soldaten einzuhämmern versuchten, dass sie doch noch eine Chance hätten, diesen Krieg zu gewinnen.

„Ich denke in letzter Zeit wieder oft an Vanatium. An die schönen Sommertage, die vielen Gleiter oben am Himmel. In Gedanken gehe ich durch den großen Zentralpark im Herzen der Stadt, dort hört man Chöre singen und überall spielen Kinder. Manchmal versuche ich mich daran zu erinnern, wie es dort gerochen hat. Nach allen möglichen Blüten hat es geduftet, es gab unzählige bunte Pflanzen in allen nur denkbaren Formen und Farben. Es war wie ein paradiesischer Garten – aber es ist schon so lange her, dass ich mich einfach nicht mehr richtig erinnern kann."

Eugenia wischte sich eine Träne aus dem Auge, dann küsste sie Flavius.

„Dieser Wahnsinn kann nicht mehr ewig dauern", sagte sie.

„Doch!", antwortete ihr Flavius. „Natürlich kann er das. Dieser Krieg kann noch Jahrzehnte wüten. Und wir können nicht raus, nicht weg. Sie werfen Magmabomben und setzen Biophagingas ein. Und wenn wir Pech haben, dann wird es immer extremer. Dann erwischt es irgendwann auch mich oder dich. Ich wünschte, ich hätte mehr Hoffnung im Herzen, doch da ist nichts mehr. Nur noch Schwärze."

Die Gesichtszüge der Krankenschwester verkrampften sich, sie biss auf die Zähne und zwang sich, nicht noch einmal in Tränen auszubrechen. Tief im Inneren schien sie jedoch zu wissen, dass Flavius mit seiner grausam rationalen Analyse richtig lag. Es gab in diesen Tagen wenig Anlass, auf ein gutes Ende zu hoffen.

Egal wie viele Millionen Menschenleben dieser Krieg noch forderte, sie zwei würde niemand vermissen. Sie waren vollkommen bedeutungslos in diesem Milliardengewimmel auf dem Mars und auf Terra.

„Ich dachte damals, dass ich es irgendwie überstanden hätte, nachdem ich es heil bis ins Sol-System zurück geschafft hatte. Doch das ist nichts als eine Illusion gewesen, nichts hat es bedeutet. Es ist bloß die Hoffnung eines dummen, kleinen Legionärs gewesen."

„Wenn dieser Krieg vorüber ist, dann will ich, dass wir für immer zusammen sind, Flavius. Also wirst du mir hier nicht einfach sterben", sagte Eugenia und ergriff Flavius im Nacken. „Ich hoffe, dass ich es dir wert bin, dass du noch leben willst."

Princeps schüttelte den Kopf. „Vergiss meine Worte. Ich kann einfach nicht mehr, das ist alles. Und das Gleiche gilt für Kleitos und Manilus. Niemand von uns hat mehr Kraft.

Einst war ich stolz, als sie mich zum Kohortenführer ernannt haben. Mich, den entbehrlichen Rekruten. Und vielleicht werde ich eines Tages sogar Legatus, aber das bedeutet mir nichts mehr. Wofür das Ganze? Das Schlimmste ist doch, dass uns unsere eigenen Kastenbrüder verachten und hassen. Sie wollen einfach nichts mit uns zu tun haben, wir sind für sie bloß Störenfriede."

„Weil sie nicht begreifen, dass der Ausgang dieses Krieges auch über ihre Zukunft entscheiden wird", zischte Eugnia wütend.

„Ach, welche Rolle spielt das schon? So lange es diesen Idioten gut geht, ist ihnen doch alles gleich. Und es geht Milliarden Aureanern noch verdammt gut.

Ich frage mich nur, warum es immer nur das Materielle ist, was die Leute heute noch interessiert. Wo sind die großen Ideale der Vergangenheit? Die Tugenden, die Malogor einst zum Leben erweckt hat."

Eugenia rang sich ein gequältes Lächeln ab. Dann sah sie Flavius ernst in die Augen.

„Wir hatten diese Tugenden am Anfang auch nicht. Das, was wir erlebt haben, hat uns zu anderen Menschen gemacht. Vorher waren wir genauso wie die dort draußen: genußsüchtig, dekadent und lethargisch."

„Da hast du Recht", sagte Flavius leise, um Eugenia schließlich behutsam an sich heran zu ziehen. Er küsste ihren Kopf und genoss den Geruch ihres Haares.

Die beiden saßen in einer halbdunklen Ecke auf einer Klappliege, die schon arg ramponiert aussah. In einiger Entfernung hockten drei Legionäre auf dem Boden; sie unterhielten sich, während sie mit einem digitalen Spiel beschäftigt waren.

Ab und zu versank einer der Soldaten im Kommunikationsnetzwerk ab und verkündete den anderen irgendwelche Nachrichten. Meistens waren es Sportergebnisse. Nach einer Weile nahm Flavius das Geschwätz der drei nur noch als monotones Gemurmel wahr. Flavius und Eugenia schenkten die Legionäre hingegen keine Aufmerksamkeit.

„Morgen beginnt die Offensive. Bei Malogor, wie oft habe ich so etwas schon mitgemacht", brummte Princeps.

Er versuchte, es sich auf der Liege halbwegs bequem zu machen. Eugenia streckte ihre Hände in Richtung der Wärmewellen, die der in der Mitte des Unterstandes aufgestellte Thermostrahler aussendete.

„Vielleicht sollte ich mich bemühen, nur noch die positiven Dinge zu sehen und alles andere einfach zu ignorieren. Was morgen sein wird, kann ich sowieso nicht wissen. Eugenia ist heute Nacht hier. Das ist alles, was zählt", dachte Flavius, ohne dass dies seine Stimmung verbessern konnte.

Ein nebelverhangener und ungewöhnlich trüber Morgen zog am Horizont herauf. Flavius, Kleitos und mit ihnen Zehntausende von Legionären marschierten auf breiter Front nach Süden. Die Großoffensive hatte begonnen, das Chronometer zeigte 5:20 Uhr.

Princeps, der heute eine ganze Kohorte anführte und von allen Seiten mit Informationen und Befehlen überhäuft wurde, unterdrückte ein Gähnen. Auf der einen Seite war er noch immer entsetzlich erschöpft, fühlte sich ausgebrannt und innerlich wie versteinert; andererseits jedoch peitschte ihn das Adrenalin aus seiner Lethargie und trieb ihn unbarmherzig voran.

In der letzten Nacht hatte er wieder einmal kaum ein Auge zu getan, doch an chronischen Schlafmangel und einen knurrenden Magen hatte er sich längst gewöhnt.

Flavius blickte zur Seite und sah eine gewaltige Phalanx aus Legionären, hunderte von eckigen Schilden, blitzende Helme im Morgenlicht, ein ganzer Teppich aus schwergepanzerten Kriegern.

Die Masse der Soldaten, die allein an diesem Frontabschnitt aufgebrochen waren, um gegen die feindlichen Linien anzurennen, erschien endlos. Mann für Mann rückten die Männer vor, wobei die Panzer- und Kampfläuferverbände schon in einiger Entfernung in Stellung gegangen waren und warteten.

„Bin gespannt, ob die mit uns rechnen", funkte Manilus Sachs seinen Freund Flavius über den persönlichen Vox-Kanal an.

„Davon kannst du ausgehen. Du glaubst doch nicht, dass unsere Offensivbemühungen geheim geblieben sind", brummte Princeps.

„Leukos hat uns Legionsführern den Befehl gegeben, verstärkt auf Verräter zu achten. Offenbar gibt es kaum eine
Information, die nicht an die Optimaten weitergegeben
wird. Wer weiß, ob die ganzen Offiziere, die sich unserem
Heer angeschlossen haben, auch wirklich alle sauber
sind“, meinte Sachs.

„Keine Ahnung…“, kam von Flavius zurück.

„Wer militärische Geheimnisse verrät, der wird sofort er-
schossen. Aber dafür müssen wir die undichten Stellen
erst einmal finden. Kreuzigen müsste man diese
Verräter“, hörte Flavius den hünenhaften Zenturio
schimpfen.

„Ja, sehe ich ähnlich“, antwortete Flavius ein wenig genervt. Dann schaltete er die Voxverbindung zu Sachs ab,
um sich wieder auf seine Umgebung zu konzentrieren.
Mit entsichertem Blaster bewegte sich Flavius in geduckter Haltung vorwärts.

„Drei Kilometer westlich von hier ist ein großer, künstli-
cher See, nördlich davon ein Waldstück von beträchtli-
chen Ausmaßen. Westlich dieses Waldes befindet sich ein
Stück Wüste, keine Vegetation, völlig freies Feld, Kohortenführer“, vernahm Flavius die Stimme eines Pioniers.

„Aha, verstehe…“, murmelte er nachdenklich.

„Ihre Befehle, Kohortenführer?“

Flavius blieb stehen, gedankenverloren betrachtete er seinen Blaster. Dann rief er einige Kartendaten auf seinem
Helmdisplay ab, um schließlich zu erklären: „Wir werden
uns durch den Wald bewegen.“

„Sind Sie sicher, Kohortenführer? Was ist, wenn dort irgendwo der Feind lauert? Wir haben zwar bisher niemanden ausmachen können, denn die Stellungen der Optima-

ten befinden sich weiter südlich, aber das muss ja nicht unbedingt etwas heißen."

„Also ist der Wald sauber?", hakte Flavius ungeduldig nach.

„Da kann alles voller Minen sein. Er wirkt sauber, aber ich kann nicht ausschließen, dass es…", erklärte der Pionier, doch Princeps fiel ihm ins Wort.

„Wir marschieren durch das Waldstück!"

„Wenn Sie das sagen, Kohortenführer."

„Die Gefahr eines Hinterhaltes besteht immer. Andererseits haben wir im Wald wesentlich mehr Deckung als auf freiem Feld. Dort wären wir ein gutes Ziel für feindliche Bomber oder Artilleriefeuer", ergänzte Flavius mit ernster Stimme.

In der nächsten Sekunde schaltete Princeps die Verbindung zu dem Pionier vorübergehend ab und funkte Zenturio Sachs an. Er unterbreitete ihm seinen Vorschlag. Der Legionsführer stimmte Flavius nach kurzem Gespräch zu. Sowohl der Wald als auch das freie Feld hatten ihre Vor- und Nachteile.

Als sich Flavius gerade wieder in Bewegung setzen wollte, spürte er eine Hand auf seiner Schulter. Es war Jarostow. Mit einem leisen Surren fuhr das Helmvisier des bulligen Legionärs aus Skantlandt nach oben.

„Ist alles in Ordnung? Alles klar, Herr Kohortenführer?", wollte Kleitos, der sich stets in Flavius Nähe aufhielt, mit einem zynischen Grinsen im Gesicht wissen.

„Ja, immerhin stehst du noch, und ich auch, Jarostow."

Kleitos hatte Angst, auch wenn er sie mit aller Macht zu verbergen versuchte. Er hatte seit Tagen nicht mehr richtig geschlafen und litt unter entsetzlichen Nackenschmerzen.

Dieser Krieg war ein zermürbender Alptraum, der selbst den stärksten Mann irgendwann in ein zitterndes Nervenbündel verwandelte. Als Princeps seinem besten Freund gerade eine Antwort geben wollte, wurde er durch das Piepen des Vox-Moduls unterbrochen. Mit einem genervten „Ja?" öffnete er den Sprechkanal.

„Also rücken wir jetzt durch dieses Waldstück vor, Kohortenführer, oder was?", fragte ein recht ungehalten klingender Dekurio.

„Ja, das tun wir! Auf jeden Fall!", antwortete Flavius. Er drehte sich zu den wartenden Männern um und ließ seine gepanzerte Hand über dem Kopf durch die Luft kreisen. In geduckter Haltung setzten sich die Legionäre in Bewegung.

Nach einem kurzen Marsch über ein freies Feld, auf dem sich lediglich ein paar Geröllhaufen und eine zusammengestürzte Lagerhalle befanden, erreichten sie den Rand des künstlichen Sees. Jenseits der Anlage erstreckte sich der Waldrand. Flavius biss auf die Zähne, er hoffte, dass er keinen Fehler gemacht hatte. Auch er musste sich auf die Aussagen der Späher verlassen, die bisher keine Feindpräsenz ausgemacht hatten.

„In diesem Krieg gibt es ohnehin nicht viel zu berechnen", dachte sich Princeps mit einem Anflug von Resignation. Er bewegte sich auf den Waldrand zu, um dann zwischen den Bäumen im düsteren Dickicht zu verschwinden.

Mit dem Rücken zur Wand

Aufgeregt spähte Flavius durch einen Spalt zwischen den Legionärsschilden. Er befand sich im vorderen Teil einer Schildkrötenformation und marschierte mit seinen Kameraden vorwärts, während um ihn herum Granaten vom Himmel regneten und Stürme aus Laserfeuer auf das die Legionäre umgebende Schutzfeld einprasselten.

In einigen hundert Metern Entfernung stampften drei befreundete Kriegselefanten voraus; sie feuerten auf die zahllosen Anaureaner, die der Feind als Hilfssoldaten der Marslegionen in die Schlacht geworfen hatte. Es waren Tausende; die meisten von ihnen trugen bloß einfache Lasergewehre und waren kaum gerüstet.

„Halt!", brach Manilus Sachs raue Stimme aus der Vox-Kapsel.

Flavius und seine Kameraden stoppten ihren Vormarsch, rumpelnd und klirrend hielt der Block aus gepanzerten Legionären an.

„Lasst die Anaureaner erst einmal näher kommen! Pila bereithalten!", fuhr Sachs fort.

Vier Kohorten, inmitten der gerüsteten Soldatenkarrees auch die Überlebenden der 592. Legion von Terra, verharrten regungslos auf einer langen Linie. Schildkröte reihte sich an Schildkröte; wie graue Felsen standen die Legionärsblöcke da, während ihnen eine wahre Flut aus feindlichen Hilfssoldaten entgegenbrandete.

Die Kriegselefanten stampften indes zurück zur Infanterie. Große Schwärme aus Leichtbewaffneten konnten für die schwerfälligen Stahlriesen sehr gefährlich werden. Pausenlos feuernd zogen sich die Läufer zurück. Flavius war froh, dass die mächtigen Kriegsmaschinen diesmal nicht auf der Gegenseite standen.

„Was machen wir denn jetzt?", hörte Princeps seinen Freund Kleitos über das Vox-Netzwerk fragen.

„Ich bin zwar offiziell Kohortenführer, aber heute gebe ich keine Befehle. Mit anderen Worten, ich stehe nur als einfacher Soldat in diesem Block", antwortete Flavius genervt.

„War ja auch nur eine Frage!", brüllte Jarostow durch den Lärm der überall detonierenden Granaten. Die gegnerische Artillerie hatte wieder mit ihrem Trommelfeuer begonnen. Hier länger herum zu stehen, war glatter Selbstmord, dachte Flavius.

Jenseits des Spaltes zwischen den Schilden näherten sich die feindlichen Hilfstruppen mit lautem Gekreische. Die Anaureaner waren mit Kampfdrogen vollgepumpt worden und befanden sich in einem Zustand blutrünstiger Raserei.

Währenddessen warteten die Legionäre weiterhin reglos in Schildkrötenformation. Um sie herum erzitterte der Boden, Granatenbeschuss regnete unbarmherzig vom Himmel, die Ungoldenen kamen mit jeder Sekunde näher.

„Nerven behalten! Ruhig bleiben, Männer! Gleich sind sie nah genug dran! Macht euch bereit!", rief Zenturio Sachs. Die gegnerischen Soldaten schossen auf die Legionäre, doch ihr Laserfeuer erwies sich als nutzlos, so dass sie im Nahkampf angreifen mussten, um durch die Abwehrfront zu brechen. Sie kamen unbeirrt näher. Zweihundert Meter…einhundertfünfzig…einhundert…

„Pilumsalve! Blasterfeuer hinterher!"

Flavius schleuderte seinen ersten Wurfspeer; das Geschoss landete inmitten der Anaureanerhorde und die Explosion schleuderte blutige Fleischfetzen in alle Richtungen. Blasterstrahlen schlugen schon in der nächsten Sekunde in der gegnerischen Meute ein, zahlreiche Ungoldene brachen tödlich getroffen zusammen.

Mit einem gellenden Schrei auf den Lippen warf Flavius ein weiteres Pilum. Es folgte ein fürchterlicher Schlag in unmittelbarer Nähe der Schildkröte. Ein irrsinniges Getöse folgte, dann sprangen die ersten Anaureaner auf den Schildwall der Legionäre. Energiehämmer und Schwertklingen hagelten auf die Wand aus Flexstahl ein, doch der starr dastehende Block rührte sich nicht. Plötzlich öffnete sich die undurchdringliche Formation jedoch und die Legionäre schlugen zurück. Flavius stach den ersten Feind mit seinem Kurzschwert nieder, um sofort wieder in der Schildkröte zu verschwinden.

„Jetzt gilt es, Kleitos! Auf sie!", schrie er in Richtung seines Freundes, der wie ein schnaubender Bulle mit erhobenem Schild lospreschte.

Princeps warf sich ein vor Zorn rasender Angreifer in den Weg. Der Anaureaner riss einen Energiehammer in die Höhe und drosch damit auf ihn ein. Flavius jedoch parierte geschickt, behielt die Nerven und schlitzte dem Ungoldenen im Gegenzug die Hand mit dem Gladius auf. Der verwundete Gegner brüllte vor Schmerzen und zog seinen Hammer zurück.

Derweil machte Princeps einen großen Schritt zur Seite, bewegte sich dann flink nach vorne und stach zu. Unterhalb des linken Armes drang die pulsierende Klinge in das Fleisch des Anaureaners. Das braune Gesicht des getroffenen Gegners verzog sich auf bizarre Weise, als der Schmerz die Auswirkungen der Kampfdrogen überflügelte. Geradezu panisch warf der Hilfssoldat den Energiehammer zu Boden. Raubtiergleich setzte Flavius nach; er stach dem Fremden in die Brust, zog das Schwert heraus, drehte es in der Luft und schlug dem Ungoldenen mit einem weiteren Hieb den Kopf von den Schultern.

Um Flavius herum metzelten die Legionäre die Hilfssoldaten aus der unteren Kaste in Massen nieder. Sie hackten und schossen sich durch ganze Schwärme von Anaureanern, doch die Heerführer der Optimaten hatten nicht umsonst allein an diesem Frontabschnitt Tausende der entbehrlichen Hilfskrieger eingesetzt. Für jeden Anaureaner, der fiel, sprangen zwei weitere in die Bresche.

Flavius rang nach Luft, sein Herz hämmerte in einem sich überschlagenden Stakkato, während sein Organismus durch Chemikalien aus seiner Rüstung stimuliert wurde. Doch selbst die erfahrenen und bestens ausgebildeten Legionäre wankten unter dem endlos erscheinenden Ansturm ungoldener Hilfstruppen. Es waren so viele Feinde, dass sie das Schlachtfeld bis zum Horizont bedeckten.

Ein breitschultriger Anaueraner in einer primitiven Rüstung aus Schrottstücken krachte mit seiner ganzen Körpermasse gegen Flavius Schild. Dabei drückte er ihn nach hinten und brachte ihn für einen Moment aus dem Gleichgewicht. Kleitos jedoch reagierte sofort – er hatte seinen besten Freund nicht aus den Augen gelassen. Blitzartig ließ er sein Gladius auf das Gesicht des feindlichen Soldaten niedersausen und spaltete es. Blutspritzer flogen gegen Flavius Helmvisier, er suchte auf dem zertretenen Boden Halt.

Mittlerweile waren die ersten Legionäre gefallen. Erschlagen von rasenden Anaureanern, deren Geister so von Drogen vernebelt waren, dass sie sich ohne zu zögern in den Tod warfen.

„Sie kreisen uns ein! Es sind einfach viel zu viele!", hörte Flavius einen Legionär durch das Getümmel kreischen.

Ungezählte Schläge hämmerten auf die gepanzerte Schlachtlinie ein; immer neue Massen von Ungoldenen strömten aus dem Hintergrund nach vorne und umspülten die Legionärstrupps von allen Seiten.

Allmählich ergriff Flavius eine furchtbare Angst. Er glaubte, unter seinem Visier ersticken zu müssen. Die Übermacht der Feinde war erdrückend – tödlich!

„Diesmal erwischt es mich…", schoss es Princeps durch den Kopf, während er mit der immer mächtiger werdenden Furcht ringen musste.

Flavius spürte, wie seine Kräfte allmählich zu erlahmten begannen. Schließlich ging er zurück in die zweite und dritte Reihe, sich durch einen Pulk gerüsteter Kameraden wühlend, um irgendwo einen Platz zu finden, wo er einen Augenblick lang verschnaufen konnte.

Die Masse der Feinde erschien plötzlich unüberwindlich. Wie ein Teppich aus wütenden Treiberameisen kamen die Anaureaner über die dicht gedrängt stehenden Legionäre. Außerdem begann nun auch die gegnerische Artillerie, die ihren Beschuss vorübergehend eingestellt hatte, wieder aus allen Rohren zu feuern. Das machte die Katastrophe perfekt.

Irgendwo brüllte Kleitos auf, als ihn eine Druckwelle von den Füßen riss. Direkt hinter der Schildkrötenformation war eine Plasmagranate vom Himmel gekommen. Das Geschoss hatte zwei Dutzend Anaureanern und mehreren Legionären den Tod gebracht. Panisch schreiend kroch Jarostow durch den Schlamm, vorbei an den gepanzerten Beinen seiner Kameraden, die von den feindlichen Hilfssoldaten bedrängt wurden.

Von allen Seiten sprangen nun Ungoldene in die Lücken in der Formation, um wie von Sinnen auf die Legionäre einzuschlagen. Princeps hatte in den letzten Jahren genug blutige Kämpfe erlebt, doch ein solches Chaos brachte selbst einen Veteranen wie ihn an den Rand des Nervenzusammenbruchs. Ungeachtet der Tatsache, dass sie ihre eigenen Hilfssoldaten in Massen töteten, feuerten die feindlichen Geschütze mitten in das riesige Nahkampfgetümmel.

Bläulich leuchtende Säulen stiegen überall in die Höhe; ihnen folgte in der nächsten Sekunde stets eine verheerende Explosion, die alles in Reichweite in Stücke riss.

„Versucht euch irgendwie geordnet zurück zu ziehen!", kam der Befehl von Zenturio Sachs.

Die Legionäre bemühten sich, wieder eine Formation einzunehmen, doch die Anaureaner waren schon überall in die Löcher in der Abwehrfront eingedrungen.

Flavius sprang einen noch jungen Feind an und rammte ihn mit dem Schild zu Boden. Der Ungoldene, dessen pockennarbige Haut lediglich von schmutzigem Stoff bedeckt wurde, schlug mit einer primitiven Axt auf Princeps ein. Dieser jedoch wehrte den Schlag ab, fegte die Waffe zu Seite und schlitzte dem Anaureaner mit einem schwungvollen Streich die Kehle auf. Keuchend und Blut herauswürgend brach der Getroffene zusammen, während Flavius auch schon über ihn hinwegsprang, um sich dem nächsten Gegner zu widmen.

Direkt vor ihm kämpfte Kleitos gegen gleich drei Ungoldene, die ihn immer mehr in die Zange nahmen. Princeps aber griff den ersten von hinten an. Er stieß dem überraschten Feind die Schwertklinge zwischen den Schulterblättern in den Rücken und drehte sie um. Knirschend arbeitete sich der energetisch aufgeladene Stahl durch Wirbelknochen und Muskeln. Jarostow, selbst zu Tode erschöpft und vollkommen verzweifelt, erkannte im Augenwinkel, wer ihm soeben zu Hilfe gekommen war.

„Wir müssen uns sofort zurück ziehen!", rief Flavius, von dessen Gladius ein dunkelroter Rinnsaal auf den Boden floss.

Mehrere bläuliche Säulen erhoben sich im Hintergrund. Instinktiv riss Flavius seinen Freund Kleitos mit sich zu Boden, als auch schon eine Kaskade furchtbarer Explosionen über ihn hinwegbrauste.

„Bloß weg von hier! Nur weg!", keuchte Jarostow, der sich mit letzter Kraft aufrichtete, um dann in Richtung der noch lebenden Legionäre zu humpeln. Flavius warf sein Schild in den Dreck und folgte ihm so schnell er konnte.

Von den Geschützen der Udantok waren nur noch qualmende Wracks übrig geblieben. Das Sternenschiff der Grushloggs hatte Dutzende Kanonen und Panzer mit seinen fremdartigen Waffen vernichtet. Nun wäre es an der Zeit, Ruhm und Ehre auf dem Schlachtfeld zu ernten, sagte Guntrogg zu seinem Gefolge.

Der ehrgeizige Stammesführer war mit seiner Leibgarde aus Grauaugenkriegern und kampferprobten Veteranen inmitten eines gewaltigen Heeres aus menschlichen Soldaten gelandet. Die grünhäutigen Außerirdischen in ihren bizarren, stachelübersäten Rüstungen aus schwarzem Metall sprangen sternförmig auseinander und fielen über die fassungslosen Hilfssoldaten der Optimaten her.

Guntrogg feuerte seine Desintegratorwaffe ab und ein greller Blitz flog auf einen großen Pulk panisch schreiender Udantok zu. Wo der Energiestrahl auf Metall und Fleisch traf, da verdampfte er die Materie wie eine sonnenheiße Schwertklinge. Längst befand sich Guntrogg in einem Zustand manischen Tatendrangs. Der Feind war zahlenmäßig weit überlegen. Die Grushloggtrupps, welche überall in dem riesenhaften Meer aus angreifenden Menschenkriegern gelandet waren, waren allesamt von einer gegnerischen Übermacht umringt. Ehrenvoller konnte ein Grushlogg einem Feind nicht gegenübertreten.

Guntrogg rannte los, machte einen weiten Satz und landete vor zwei Udantok, die ihre Lasergewehre verstört in die Höhe rissen. Euphorisch aufbrüllend schwang der Anführer der Grünhäute seine brutale Axt, ließ sie herniederfahren und spaltete den Körper des rechtsstehenden Feindes. Eine blutige Fontäne ergoß sich auf den vor Schreck erstarrten Krieger daneben. Guntrogg riss die Axtklinge wieder aus dem getöteten Fremden heraus, wobei rosafarbene Eingeweide aus diesem herauspurzelten.

Jene Udantok gehörten zu einer anderen Art als die, gegen die der Stammesführer bisher gekämpft hatte. Ihr Aussehen unterschied sich in vielerlei Hinsicht von den Weichfleischigen, die sich selbst als „Aureaner" bezeichneten. Doch darüber wollte sich Guntrogg später Gedanken machen. Jetzt galt es, Blut zu vergießen und Trophäen zu sammeln.

Eine Vielzahl hastig abgeschossener Laserstrahlen flog den stürmisch angreifenden Außerirdischen entgegen und ein paar Grushloggkrieger wurden zu Boden geschickt. Aber dies hielt den wuchtigen Ansturm der Nichtmenschen nicht auf. Guntrogg knurrte und brüllte, getrieben von einer ekstatischen Kampfeswut und versessen darauf, den Gegner im Nahkampf zu zerreissen. Die Strahlenwaffen der Udantok konnten das schützende Energiefeld, welches Guntrogg einhüllte, nicht durchdringen. Wenn sie ihn töten wollten, dann mussten sie es Auge in Auge tun.

Doch die Hoffnung auf eine grandiose Schlacht sollte nicht mehr lange währen. Sie zerplatzte schlagartig, als die Soldaten der Weichfleischigen auf einmal mit entsetzten Gesichtern zu flüchten begannen. Guntrogg konnte es nicht glauben, er ließ die Axt sinken. Neben ihm hielten die Grauaugen, darunter auch Craglakk, mitten in ihrem Angriff inne. Verdutzt sahen sie dabei zu, wie die Horde der fremden Soldaten auseinanderstob.

Wo die Grushloggs gelandet waren, ergriff die Udantok eine unbeschreibliche Panik. Sie warfen ihre Waffen in den Staub, kreischten wie von Sinnen durcheinander und rannten sich dabei gegenseitig über den Haufen. Viele der Udantok deuteten zum Himmel, wo das gewaltige Raumschiff der Grushloggs sichtbar geworden war und nun wie ein schwebendes Gebirge über dem Schlachtfeld stand.

„Kämpft! Was soll das?", ärgerte sich Guntrogg. Doch die ungoldenen Hilfssoldaten dachten nicht daran, sich den furchteinflößenden Kreaturen aus dem All zu stellen. Die Raserei, welche die injizierten Kampfdrogen ausgelöst hatten, schien sich schlagartig verflüchtigt zu haben. Sie war einer entsetzlichen Furcht vor den unbekannten

Wesen gewichen, die die Ungoldenen heute zum ersten Mal erblickten.

Zunächst waren es nur einige hundert Anaureaner, die sich zur Flucht wandten, doch bald schon hatten sie Tausende weitere mit sich gerissen, so dass die gesamte Riesenhorde aus Sklavensoldaten plötzlich Hals über Kopf davonrannte.

„Das kann doch nicht wahr sein! So etwas hätte ich nicht erwartet!", wetterte Craglakk, der sich neben seinen Herrn gestellt hatte.

Guntrogg starrte den fliehenden Weichfleischigen indes mit weit aufgerissenem Maul nach, wobei ihm die lilafarbene Zunge wie ein nasser Lappen herunterhing.

Der Stammesführer konnte es einfach nicht glauben. Er stieß einen verneinenden Würgelaut aus und stampfte danach bekräftigend auf. Diese Udantokart schien zahlreich, aber nicht besonders mutig zu sein. Eine solche Enttäuschung schmerzte.

„Wahrscheinlich haben sie noch nie zuvor einen von uns gesehen", meinte ein hünenhafter Leibwächter zu Guntroggs Linken.

„Das ist keine Entschuldigung! Sie waren uns zahlenmäßig weit überlegen! Was sollen wir denn noch tun? Mir fehlen die Worte, dieses Verhalten ist unglaublich!", ereiferte sich Craglakk.

Guntrogg knurrte langgezogen. Er war ebenso wütend wie traurig. Enttäuscht öffnete er eine Klappe an seinem Brustpanzer und zog ein stabförmiges, gelblich leuchtendes Gebilde heraus, um es sich dann vor das reißzahnbewehrte Maul zu halten.

„Ja, ich bin es", sagte er nach ein paar Sekunden. „Wir kommen zurück, denn die Udantok wollen nicht gegen uns kämpfen. Heute sollte mir besser jeder aus dem Weg gehen, denn ich bin wirklich sehr schlecht gelaunt."

„Diese idiotischen Xenobiologen haben noch immer keine bedeutenden Erkenntnisse über die Fremdwesen gewinnen können, obwohl sie inzwischen mehre Dutzend lebende Exemplare untersucht haben. Was soll ich davon halten?", schimpfte Juan Sobos.
Lupon von Sevapolo nickte. „Sie sind also nicht fort, sondern nach wie vor im Sol-System, diese Viridpelliden. Und sie helfen weiterhin Leukos Soldaten."
Der Archon, der hinter einem barocken Schreibtisch aus venusianischem Grellholz saß, ließ die speckige Faust donnernd niedersausen.
„Langsam lässt sich die Präsenz dieser Kreaturen kaum noch vertuschen! Tausende von Soldaten haben die Viecher gesehen, illegale Viso-Aufzeichnungen schwirren durch die Kommunikationsnetzwerke! Diese verfluchten Viridpelliden treiben mich noch in den Wahnsinn! Wenn ich doch nur wüsste, was sie vorhaben, Lupon!"
Der hagere Senator, der Sobos Herrschaft in den letzten Jahren maßgeblich mitgetragen hatte, strich sich mit den Fingerkuppen über das spitze Kinn. Sobos sprang indes aus seinem Sessel und begann, durch den Raum zu toben.
„Diese Wesen haben uns im Blick, und das offenbar schon seit einiger Zeit. Sie tauchen auf und verschwinden wie Phantome. Was ist, wenn irgendwann eine ganze Flotte außerirdischer Raumschiffe auftaucht, Lupon? Was tun wir dann?"
Es folgte ein Achselzucken. Auch von Sevapolo wusste, dass kein Terraner diese heikle Frage beantworten konnte.

196

„Unseren Raumschiffen fehlt der Überlichtantrieb. Es ist uns in Jahrhunderten nicht gelungen, einen solchen Antrieb zu entwickeln. Trotz aller Versuche – wobei die letzten drei Jahrhunderte bekanntlich nicht von sonderlichem Fortschritt geprägt gewesen sind", sagte der Senator mit den hohlen Wangen und dem stets überheblich wirkenden Blick. Juan Sobos schnellte herum, er starrte seinen Stellvertreter wütend an.

„Keinen Fortschritt? Was meinst du damit, Lupon?", giftete er und riss die Arme in die Höhe.

„Keinen sonderlichen technologischen Fortschritt. Die letzte große Erfindungswelle gab es in der Zeit nach Malogor. Damals wurden Unsummen in die Entwicklung neuer Antriebe, Waffen und so weiter gesteckt. Das ist nun einmal eine historische Tatsache."

„Malogor?", knurrte der Archon abfällig. „Pah! Dieser Verrückte wollte ja auch ein Sternenimperium errichten, doch ohne Überlichtantrieb ist das nicht möglich. Wie diese Viridpelliden die Entfernungen im All auch immer überwinden mögen, wir können das nicht."

Lupon von Sevapolo sah nachdenklich zur Decke hinauf. Er bemühte sich, seine Worte so zu wählen, dass Sobos nicht noch einen Tobsuchtsanfall bekam.

„Wir sind nicht mehr unter uns, in dem kleinen Raumsektor, den wir als Goldenes Reich bezeichnen. Das ist das eigentliche Problem. Wenn uns diese Viridpelliden entdecken können, dann gilt das auch für die anderen Xenosarten. Vielleicht sollten wir die Entwicklung neuer Technologien vorantreiben. Vielleicht ist es gerade jetzt an der Zeit", merkte von Sevapolo vorsichtig an.

„Unsinn! Das würde Abermilliarden VEs verschlingen. Sämtliche Gelder sind längst verplant. Technologische

197

Großprojekte stehen nicht auf unserer Agenda, Lupon. Das müsstest du doch besser wissen, als jeder andere im Senat von Asaheim", ereiferte sich der Imperator.

„Unsere politischen Verbündeten verschlingen die Gelder. Und wir nehmen wiederum die Gelder unserer politischen Verbündeten an. Das Goldene Reich wird zerfallen und wir werden die gewaltigen Vermögen und Reichtümer untereinander aufteilen. Wo soll da noch Geld für die Forschung übrig bleiben, nicht wahr?"

Plötzlich rief Juan Sobos rot an. Den unterschwelligen Sarkasmus in den Worten seines engsten Vertrauten hatte er wohl bemerkt.

„Wir beide haben Verpflichtungen, Lupon! Reiche und mächtige Gönner haben uns geholfen, an die Macht zu kommen! Und diese Leute erwarten, dass wir ihnen das geben, was wir ihnen versprochen haben! Ihre Beute!"

„Selbst Kreaturen wie Malix Yussam, nicht wahr?", zischte von Sevapolo und rümpfte die Nase auf eine Weise, wie es nur ein echter Nobile vermochte.

„Außerirdische Lebewesen waren und sind eben ein Unsicherheitsfaktor, den wir weiterhin ignorieren müssen. Mir genügt es, wenn wir wissen, warum diese Viridpelliden hier sind und weshalb sie Leukos helfen.

Was erwartest du denn von noch von mir, Lupon? Soll ich die Erforschung eines Überlichtantriebes vorantreiben und das Vermögen des Reiches in solche Dinge pumpen?"

„Besser als in die Taschen gewisser Gestalten aus der Wirtschaft", meinte von Sevapolo knapp.

Juan Sobos fletschte die Zähne; zornig kam er auf seinen Stellvertreter zu und ballte die Fäuste.

„Soll ich das für die aureanische Menschheit tun? Ja? Für den Fortschritt? Für die beschissene Zukunft des Goldmenschentums? Fängst du gleich auch noch mit Gutrim Malogors verrückten Visionen an?

Wir beide kontrollieren nicht nur ein Netzwerk – das Netzwerk kontrolliert uns genauso. Wie oft muss ich dir das noch klarmachen? Selbst wenn wir wollten, könnten wir unsere Politik nicht mehr ändern. Das geht längst nicht mehr."

„Die Vorstellung, dass wir einer außerirdischen Spezies schutzlos ausgeliefert sind, gefällt mir einfach nicht", sagte von Sevapolo verägert.

Der Archon lachte bellend. „Tatsächlich? Wem gefällt diese Vorstellung wohl? Natürlich niemandem! Aber wir müssen weitermachen wie bisher, Lupon. Es gibt für mich und auch für dich kein Zurück mehr. Lerne endlich, die politische Realität zu akzeptieren."

Es fiel Rodmilla Curow nicht sonderlich schwer, die Rolle der angetrunkenen, wohlhabenden und leicht gelangweilten Hausfrau zu spielen. Und ganz nüchtern war sie ohnehin nicht, denn sie hatte, einfach um es glaubhafter zu machen, bereits mehrere Syntha-Tränke genossen. So war alles noch einfacher, es lief fast automatisch ab.

„Also ich finde es gut, dass ihr drei hier Wache schiebt. Ganz ehrlich, ich weiß gar nicht, warum hier so manche Leute rummeckern wegen der bösen Legionäre. Ich finde, dass Aswin Leukos in vielen Punkten Recht hat", sagte Rodmilla, die einen teuren Pelzmantel und einen mit bunten Federn geschmückten Hochhut trug.

Sie lächelte einen noch recht jungen Thracanos an, der recht interessiert an den langen Beinen der rotblonden

Frau zu sein schien, die soeben aus dem Stadtpark gekommen war.

Der Bursche blickte zu seinen zwei älteren Kameraden herüber, die ihn wiederum vielsagend angrinsten.

„Wir tun bloß unsere Pflicht, werte Dame", meinte einer der Soldaten.

Rodmilla wandte sich gezielt an den noch jungen, wortlos vor sich hin gaffenden Legionär. Er hatte ein kantiges Gesicht und war unrasiert. Verlegen nestelte er an einem Verschlussknopf seiner Brustpanzerplatte herum, während Rodmilla kichernd auf ihn einredete.

„Ist da hinten im Stadtpark wieder was los?", fragte er die Assassinin schließlich.

Rodmilla strich sich die lange Haarmähne zurück, ihr rechtes Bein lugte zwischen dem Fell ihres Mantels heraus.

„Ich bin mir sicher, dass die Alte einen reinhaben will, Coomthil. Und ganz nüchtern ist die auch nicht mehr", hörte Rodmilla einen der Legionäre ins Ohr des jungen Kameraden flüstern. Sie lächelte.

„Da hinten ist doch immer was los. Überall stehen solche Chöre rum und singen Lieder. Da schaue ich mir lieber die Straßenmaler an, das gefällt mir wesentlich besser als immer die gleichen Arien", schwatzte Rodmilla.

„Ja, mit diesem Kunstzeug haben die es in Gomre ganz besonders. Die stehen total drauf", sagte der jüngste der drei Soldaten.

„Als ob es hier sonst nichts zu sehen gäbe, was?", lachte Rodmilla mit zweideutigem Nachklang.

„Schöne Prunkbauten haben sie hier. Überall sind so große, nackte Statuen an den Fassaden. Und lange Beine haben die, der Wahnsinn", antwortete einer der Legionäre.

Es war ein etwa fünfzig Jahre alter Mann mit zerfurchtem Gesicht und sehr schlechten Zähnen.

Rodmilla hielt sich kichernd die Hand vor den Mund. Ihre langen Finger waren mit blitzenden Diamantringen geschmückt. Um den schlanken Hals der rotblonden Schönheit hing ein mehrschichtiges Collier aus Edelsteinen.

„Sind Sie eine Nobile?", wollte der jüngste der drei Soldaten wissen.

„Sehe ich denn aus wie eine?", gab Rodmilla verschmitzt zurück.

„Naja, eigentlich schon. So edel gekleidet, meine ich."

„Ach, das ist in Gomre nichts Ungewöhnliches, denn hier wohnt jede Menge Geld. Viele hochrangige Persönlichkeiten, die weiter unten im Süden arbeiten, leben hier. In dieser sauberen, stets gepflegten und verdammt langweiligen Stadt", stöhnte die Assassinin.

„Wieso denn langweilig? Habt ihr keine anständigen Kerle vor Ort?", sagte der neben dem Jungen stehende Soldat. Laut lachte er auf.

Rodmilla antwortete ihm mit einem Augenaufschlag. Dann strich sie mit der Hand über den Oberarmschutz seiner Rüstung.

„Also mir hat es gefallen, dass ein paar echte Legionäre in unsere Stadt einmarschiert sind. Ja, ihr seid durchaus echte Kerle, ganz im Gegensatz zu diesen weichen Intellektuellen, die hier sonst die Einkaufsmeile unsicher machen", meinte die Meuchelmörderin.

„He, he!", machte der Soldat. Dann nickte er, als ob er Rodmilla in jedem Punkt zustimmte.

„Wir waren Jahre im All. Da oben gibt es gar nichts. In so einem Raumschiff, ne? Man hängt über Monate nur rum oder man ist in so einem Kälteschlafding. Aber wir sind ja jetzt hier, um diese verdammten Optimaten fertig zu machen, denn die haben Thracan verwüstet", sagte der junge Soldat.

„So lange im All. Isoliert, zusammengepfercht nur mit anderen Legionären. Schrecklich!" Rodmilla schloss die Augen und spielte betroffen.

„Keine Frauen da oben. Das ist das Schlimmste", fügte der ältere Legionär mit dem faltigen Gesicht hinzu. Er entblößte seine gelblichen Zähne.

„Ihr armen Kerlchen, ihr! Am liebsten würde ich mit euch was trinken gehen, aber das wäre sicherlich gegen eure Befehle, nicht wahr?", säuselte Rodmilla wie die Unschuld höchstpersönlich.

Zwei der Legionäre blickten sich verstohlen um. Mehrere Passanten beobachteten die fein gekleidete Dame, die sich mit den drei Loyalisten unterhielt. Ihre Blicke spiegelten Verachtung und Missmut wider, doch das störte Rodmilla nicht. Sie war nicht nach Gomre gekommen, um die Sympathien irgendwelcher Hochkastenaureaner zu erlangen.

„Mein Mann ist auf dem Titan. Er ist Plattformkonstrukteur und ständig unterwegs. Manchmal komme ich mir auch wie eine Gefangene vor", klagte Rodmilla.

„Dann wäre es sicher gut, wenn du ein paar starke Kerle an deiner Seite hättest", kam zurück.

Der junge Soldat lachte meckernd. Sanft strich ihm Rodmilla mit dem Handrücken über die Wange.

„Hier im Park passiert doch sowieso nie etwas. Alles ruhig in den Häuserschluchten von Gomre. Ihr könnt also guten Gewissens mit Xenia etwas trinken gehen", flachste die Meuchelmörderin und schmunzelte.

„Wir können nicht einfach unseren Posten verlassen, auch wenn wir mit dir wirklich gerne was machen würden. Xenia? Schöner Name! Echt!", sagte einer der Soldaten sichtbar enttäuscht.

„Ich bin noch die ganze Nacht im „Baccium", das ist das Vergnügungszentrum mitten im Stadtpark. Ihr findet mich in einer Bar namens „Berions Krater". Baccium, Berions Krater. Könnt ihr euch das merken?"

Die drei Wachsoldaten grinsten bis über beide Ohren. Schließlich nahm der jüngste von ihnen den Helm vom Kopf, so dass Rodmilla seine zerzausten Haare bewundern konnte.

„Klar, wir können uns das auf jeden Fall merken!", antwortete er.

„Am besten wir kommen einer nach dem anderen. Dann fällt das nicht so auf, weißt du?", ergänzte sein Kamerad.

Erneut kicherte Rodmilla, während sie einen eindeutig unanständigen Gesichtsausdruck aufsetzte.

„Dann gehe ich jetzt mal ins „Baccium". Ich hoffe, dass ich gleich mal einen von euch Helden sehe."

„Ja, auf jeden Fall. Ich komme auf jeden Fall!", gelobte der jüngste der drei Legionäre und hob die Hand zum Abschiedsgruß.

Rodmilla machte auf dem Absatz kehrt und ging langsam zurück in Richtung Stadtpark. Sie würde mit jedem dieser drei Narren leichtes Spiel haben, wobei ein Legionär ausreiche, um an die notwendigen Zugangsdaten und Informationen zu kommen. Dass ihre Opfer später ins „Baccium" kommen würden, stand für Rodmilla außer Frage.

Die Schlange kommt näher

Mit einem leisen Brummen erhob sich Zenturio Sachs von seinem Platz und trottete zu dem Thermostrahler, an den er seinen Teezubereiter gehängt hatte. Inzwischen kochte das Wasser und Dampfschwaden quollen aus einem Schlitz an der Seite des Behälters.

„Wer auch einen synthetischen Tee möchte, sollte jetzt die Hand heben", rief Sachs in Richtung von Flavius und Eugenia, die auf einer Pritsche saßen und ihn mit müden Augen anblickten.

„Äh, nein danke! Eigentlich wollte ich nichts trinken", antwortete Princeps, während er spürte, wie sich sein Magen umdrehte.

„Ich auch nicht...glaube ich", kam von Eugenia, die die Augen verdrehte.

„Keinen synthetischen Tee? Das leckerste Getränk aus dem gesamten Repertoir der Legionärsverpflegung?"

Ein wenig gekünstelt streckte Manilus Sachs den beiden die Handflächen entgegen.

„Noch ekelhafter ist nur das wiederaufbereitete Wasser in der Solon gewesen", meinte Flavius mit einem sardonischen Grinsen.

„Das war eher Pisse als Wasser", erinnerte sich Sachs. Dann wandte er sich Eugenia zu.

„Bitte entschuldigen Sie die vulgäre Ausdrucksweise, Fräulein Gotlandt. Hier draußen an der Front verroht man nach einer Weile."

Die Krankenschwester nickte. „Ich glaube, ich werde es überleben."

Eugenia hatte kaum die Kraft, ein Lächeln aufzusetzen. Sie litt ebenso unter chronischem Schlafmangel wie die Legionäre, die bei Gomre die Front zu halten versuchten.

Zenturio Sachs kam zu den beiden zurück und hockte sich auf eine Metallkiste. Er ließ die muskulösen Arme nach unten baumeln, seine Fingerkuppen tanzten schabend auf seinem blonden Dreitagebart. Auch der hünenhafte Offizier hatte in den letzten Jahren viele Federn gelassen – in einem Krieg, der einfach nicht enden wollte.

„Ihr zwei", sagte er schließlich, den Blick auf Flavius und Eugenia richtend, „seht aus wie zwei verliebte Vögelchen, die sich aneinander kuscheln. Federchen an Federchen. Süß!"

„Der hier ist auch mein Ein und Alles", erwiderte Eugenia und gab Flavius einen Kuss auf die Wange.

„Soll jetzt nicht klingen, als ob ich neidisch bin, aber ihr beiden habt es schon gut. Dass ihr euch gefunden habt, meine ich. Die letzte Beziehung, die ich hatte, war ein reines Debakel. Meine Ex-Frau, dieses verlogene Miststück, ist mit den Kindern nach Vasta abgehauen. Seit wir nach Thracan geflogen sind, habe ich nichts mehr von ihr gehört. Naja, vielleicht auch besser so. Diese miese Schlampe hat mir ohnehin von Anfang an nur die VEs aus der Tasche gezogen, hat mich bloß ausgenutzt und ich habe es nicht bemerkt", grummelte Sachs.

Schweigend nippte der Zenturio an der dampfenden Teetasse.

„Ach, Manilus, irgendwann lernst du sicherlich auch noch eine nette Frau kennen", tröstete Flavius seinen Freund.

Sachs wölbte eine Augenbraue. „Wo denn? Bei der Flotte? Ich habe gehört, dass die hübschen Krankenschwestern und Flottenbediensteten schon alle vergeben sind."

„Ein paar gibt es sicherlich noch", meinte Eugenia schmunzelnd.

„Ja, aber die sehen aus wie ein Mann und haben einen Oberlippenbart. Nein, danke!", murrte Sachs. Dann grinste er gequält.

„Ach, du musst einfach positiv denken. Wir werden diesen Krieg überleben und ihn gewinnen. Und am Ende erblüht unser Imperium so wundervoll wie noch niemals zuvor", sagte Princeps.

„Ich glaube, ich nehme jetzt doch einen Tee", merkte Eugenia an.

„Selbstverständlich, die Dame! Das Beste, was die Front zu bieten hat", antwortete Manilus Sachs und erhob sich von der Metallkiste. Er ging zu dem Thermostrahler und kam kurz darauf mit einer verschrammten Teetasse zurück. Beinahe ehrfürchtig überreichte er sie der dunkelhaarigen Schönheit, als würde er ihr einen venusianischen Importwein anbieten.

„Werte Dame, ich hoffe, das edle Getränk weiß Euren Gaumen zu erfreuen", sagte der Zenturio.

Flavius und Eugenia lachten. Sachs Miene wurde jedoch sogleich wieder finster.

„Man hat nur Ärger mit Weibern", knurrte er. „Du bist natürlich eine Ausnahme, Eugenia, nichts für ungut. Aber insgesamt gibt das immer nur Stress. Ist bei mir jedenfalls ständig so gewesen."

„Du hast mir damals auf der Solon häufig von deinen Kindern erzählt. Denkst du noch oft an sie?", wollte Flavius wissen.

206

Sein Freund winkte ab und verzog den Mund. Schließlich zuckte Manilus mit den Achseln.

„Das Thema habe ich mittlerweile abgehakt. Hat ja doch keinen Sinn, sich ständig mit diesen Dingen zu befassen. Vergangenheit, alles Vergangenheit, Princeps."

„Irgendwann kommen auch wieder bessere Zeiten", versuchte Eugenia den traurigen Hünen aufzuheitern.

Sachs stieß ein leises Zischen aus. „Ja, wenn wir tot in der Erde liegen. Dann ist Ruhe."

Für eine Weile sagte niemand mehr etwas. Sowohl Flavius und Eugenia als auch Zenturio Sachs schwiegen sich an. Plötzlich war die Stimmung gedrückt.

„Wäre doch schön, wenn ihr beiden irgendwann auch mal Nachwuchs hättet", sagte Manilus irgendwann.

Eugenia räusperte sich. „Naja, wenn dieser Krieg vorbei ist, bin ich bestimmt schon sechzig. Dann wird es schwierig mit dem Nachwuchs."

„Wenn wir Pech haben, dann wächst die nächste Generation in den Trümmern Terras auf", ergänzte Flavius mit einem Anflug tiefer Verbitterung.

„Wohl wahr", brummte Sachs in sich hinein. Er hielt sich die Teetasse vor das Gesicht, so dass seine Augen hinter einem Schleier aus Dampf verschwanden. Wortlos blieb der Zenturio auf der Metallkiste sitzen. Und ebenso still wie er blieben auch Flavius und Eugenia, deren Gemüter sich genauso verdunkelt hatten.

„Du bist mir die ganze Zeit schon aufgefallen", säuselte Rodmilla in das Ohr des weißhaarigen Optios, der neben ihr an der Theke saß und an einem Schnapsgläschen nippte. Der in die Jahre gekommene Offizier reagierte mit einem breiten Grinsen, das zeigte, wie sehr er sich darauf freute, die hübsche Frau mit den rötlichen Haaren und den langen, schlanken Beinen näher kennen zu lernen. Er unterhielt sich bereits seit einer Stunde mit Rodmilla, die sich neben ihm auf einem Barhocker niedergelassen hatte.

Im Hintergrund erklang leise Tanzmusik. Der Optio bestellte Rodmilla noch ein synthetisches Getränk; dann sah er ihr in die wasserblauen Augen.

„Ganz schön forsch bist du, Süße, wobei ich zugeben muss, dass mir deine Worte sehr schmeicheln. Und ich hoffe, dass ich nicht zu alt für dich bin", antwortete der Offizier.

Mehrere verwachsene Narben verliefen quer durch sein Gesicht, der Mann hatte dunkle Augenringe und ein kantiges, leicht brutal wirkendes Gesicht. Dennoch schenkte ihm Rodmilla ein so mädchenhaft liebliches Lächeln, dass sich der Optio mit einem unsicheren Brummen durch die Haare strich und angestrengt überlegte, was er der schönen Frau antworten sollte.

„Ich habe das Sol-System nie verlassen. Schade eigentlich, denn ich hätte mir Thracan gerne einmal angesehen. Und vor allem Glacialis soll ja eine wundervolle Eiswelt sein", sagte die Meuchelmörderin, die sich heute als Krankenschwester von der Venus ausgab.

Der Optio winkte schmunzelnd ab. „Ach, so toll ist Thracan nicht. Wirklich nicht. Terra ist wesentlich schöner. Auch Glacialis ist nicht so sehenswert, wie manche glauben. Außer vielleicht die kilometerhohen Eisfälle von Glubarr, die sind schon schön."

„Meine Heimatwelt ist ebenfalls sehr schön. Und vor allem heiß. Die venusianischen Sommer sind manchmal eine echte Gluthölle, trotz des Terraformings und der Klimawandler", sagte Rodmilla.

Ein wenig verschmitzt sah sich der Optio zu einer Gruppe rangniederer Offiziere um. Die Männer hockten an einem runden Tisch an der gegenüberliegenden Wand und unterhielten sich lautstark.

„Du bist auch verdammt heiß, wenn ich das mal so sagen darf, Claana."

Rodmilla antwortete mit einem Aufschlag ihrer dezent geschminkten Augen. Sie schlug die Beine übereinander und kicherte wie eine noch junge, schüchterne Maid.

„Findest du wirklich?"

„Auf jeden Fall! Wenn sie mich mal anschießen, dann verlange ich, dass ich von dir gesund gepflegt werde", sagte der grauhaarige Soldat und lachte dann. Er legte seine Hand auf Rodmillas Unterarm.

„Noch zwei kleine Gerotränke! Geht auf mich!", rief er in Richtung eines kaum zwanzig Jahre alten Mannes, der die Offiziere bediente.

Rodmilla hatte dem Optio zuvor erzählt, dass sie ihrem Bruder, einem venusianischen Legionär, auf den Mars gefolgt sei. So viele Legaten und imperiale Soldaten von der Venus hatten sich Aswin Leukos in letzter Zeit angeschlossen - da war es durchaus möglich, dass auch eine schöne Krankenschwester mit dabei gewesen war.

Doch was Rodmilla dem in die Jahre gekommenen Optio an der Theke auch erzählte, es war kaum noch relevant. Sie hätte dem Mann auch sagen können, dass sie eine Außerirdische aus dem Andromeda-Nebel sei; längst war der Offizier von mehreren Schnäpsen und besonders von Rodmillas Schönheit berauscht.

Die beiden tranken die wohlriechenden Getränke mit dem Gerowurzelgeschmack, während der Offizier noch etwas näher an Rodmilla heranrückte und schließlich ihre Hand ergriff.

„Was hältst du davon, wenn wir noch einen kleinen Abendspaziergang durch das Lager machen?", schlug der vierschrötige Optio mit unzweideutigem Blick vor.

„Kennst du ein Plätzchen, wo wir ungestört plaudern können?", fragte Rodmilla.

Er überlegte kurz, um dann zu antworten: „Naja, irgendwo finden wir schon was, denke ich."

Die Assassinin legte den Kopf schief. Sie sah zu dem Offizier auf wie ein kleines Mädchen zu ihrem vergötterten Vater.

„Wenn wir nur einen Gleiter hätten. Dann könnten wir ein wenig raus fliegen. Ich meine, raus aus dem ganzen Trubel, Gollath."

„Ich könnte mir einen Gleiter ausleihen. Ein paar haben wir ja hier. Das wird schon irgendwie gehen, ich kriege das schon hin, meine kleine Claana."

Obwohl Rodmilla eine hochgewachsene, schlanke Frau war, gelang es ihr in diesem Moment, ganz das liebreizende Mäuschen zu spielen. Sie strich dem Offizier sanft über den Oberschenkel und flüsterte ihm etwas ins Ohr, das sofort ein erwartungsvolles Lächeln in sein Gesicht zauberte.

„Du bist total süß", sagte er und drückte Rodmilla einen Kuss auf die Wange.

„Komm, Gollath! Lass uns einen Gleiter suchen und ein wenig raus fliegen, damit wir für uns sind. Was hältst du davon?"

„Klar!" Der Optio sprang regelrecht von seinem Barhocker und legte die Hand um Rodmillas Taille.

Kurz darauf hatten die beiden die Offiziersbar verlassen, und Gollath, der in die Jahre gekommene Optio, besorgte einen Gleiter für sich und seine langbeinige Begleitung. Es dauerte nicht lange, da spazierte Rodmilla mit ihrer neuen Bekanntschaft durch einen halbdunklen Wald.

Irgendwann kamen die beiden am Rande eines kleinen Kraters zum Stehen. Rodmilla sah sich um. Inzwischen hatte die Abenddämmerung eingesetzt und düstere Schatten hatten sich über die Baumwipfel geschoben. Die Meuchelmörderin setzte sich an den Rand des Kraters, dessen Innenseiten voller Sträucher und Büsche waren. Sie zog ihre hochhackigen Schuhe aus und legte sie neben sich auf den sandigen Boden. Gollath ließ sich neben ihr nieder. Er küsste Rodmillas langen Hals, gierig schnaufend wie ein ausgehungerter Wolf. Der Blick der schönen Assassinin wurde starr, während der ergraute Offizier noch lauter zu schnaufen begann und ihr die Lippen auf den Mund presste.

Plötzlich jedoch schrie er auf, während sich Rodmilla blitzartig von ihm losriss, aufsprang und eine Blastpistole zückte.

Vor ihr hockte der Optio, der sich mit entsetzt aufgerissenen Augen an den Hals packte. Blut tropfte aus einer winzigen Öffnung unter dem Kinn; Rodmilla hatte ihm eine vergiftete Nadel in die Schlagader gerammt.

„Was ist passiert? Was hast du getan?", keuchte Gollath, dessen Gesicht zuerst rot und dann blau anlief.

„Es tut mir leid für dich, aber es wird schnell vorbei sein. Das Nervengift wird dich erstarren lassen, bis du erstickt

211

bist. War nichts Persönliches. Du bist eigentlich ein netter Kerl, obwohl du nicht mein Typ bist", sagte Rodmilla.

Der Optio brach zusammen und wand sich auf dem Boden wie eine Schlange. Er hustete und röchelte, spuckte Blut und griff sich mit beiden Händen an den Hals, den das Lähmgift zuschnürte wie eine Garotte.

„Es ist wirklich nicht persönlich gemeint. Ganz ehrlich. Und eigentlich tut es mir auch leid", flüsterte Rodmilla und sah ihrem Opfer beim Sterben zu.

„Das Goldene Reich steht vor einem entscheidenden Umbruch. Viele von euch, meine Kastenbrüder und Kastenschwestern, werden dies bereits erkannt haben, während andere noch immer glauben, dass sie dieser Krieg nichts angeht. Das jedoch ist falsch, denn dieser Kampf entscheidet über unser aller Schicksal.

Ich, Aswin Leukos, bin zurückgekehrt, um die großartigen politischen und sozialen Vorhaben des ermordeten Imperators, des ehrwürdigen Credos Platon, doch noch wahr werden zu lassen. Platon, dieser junge, ambitionierte und zutiefst ehrliche Archon, der die aureanische Kaste vor dem Zerfall hatte retten wollen, ist von Juan Sobos und seinen goldgierigen Schergen hinterrücks gemeuchelt worden.

Credos Platon wollte das Imperium reformieren und erneuern. Er wollte Millionen aureanische Familien aus den überfüllten Megastädten aussiedeln und ihnen neues Land zum Leben geben. Doch dieses Land halten die Großgrundbesitzer und die Bankiers noch immer in ihren schmierigen, blutbesudelten Händen.

Juan Sobos und sein Gefolge, diese ewig hungrige Rotte von skrupellosen Ausbeutern, haben Platon ermorden lassen, weil er aureanischen Frauen und Kindern hatte helfen wollen. Das ist die Wahrheit und ich werde sie so lange verkünden, wie ich atme!

Bürger des goldenen Reiches, was euch über mich in den Simulations-Transmittern auch erzählt wird, es sind Lügen, hinter denen die Optimaten stehen. Und unter einem Schleier der Lügen hat man mich und meine Soldaten damals auch ins Proxima Centauri System geschickt, um einen Anaureaneraufstand niederzuschlagen, den es niemals gegeben hat. Mittlerweile weiß ich jedoch, dass hinter diesem Verbrechen ebenfalls Juan Sobos, der falsche Archon, gesteckt hat.

Pausenlos wird gegen mich gehetzt, weil ich nicht nur die drohenden Zeichen des Zerfalls erkannt habe, sondern weil ich auch dafür sorgen will, dass jede aureanische Familie in Zukunft wieder Lebensraum für ihre Kinder hat. Man bekämpft mich mit giftiger Lügenhetze, weil ich durchsetzen will, dass Milliarden Aureaner ohne Aufgabe morgen wieder einen Arbeitsplatz haben.

Wenn ich der neue Archon des Goldenen Reiches bin, dann werde ich dafür sorgen, dass die Megastädte nicht noch weiter verfaulen und vor Bewohnern überquellen. Dann werde ich alles dafür tun, dass ein jeder Aureaner wieder eine Lebensaufgabe bekommt, die ihn erfüllt und glücklich macht. Und ich werde ebenso dafür sorgen, dass in den Grenzen des Goldenen Reiches nur jene wohnen und leben dürfen, die es auch aufgebaut haben und aufrecht erhalten – die Aureaner.

Der goldene Mensch hat diese Sternenzivilisation vor langer Zeit geboren und ich werde nicht zulassen, dass ein geldgieriger Verbrecher und Mörder wie Juan Sobos unsere Zukunft zu Grunde richtet.

Allerdings möchte ich den Anaureanern nichts tun, sondern sie lediglich aus unserem Lebensraum heraushaben, denn sie sind nicht wie wir und werden es auch niemals sein. So haben es unsere weisen Ahnen bereits im Codex Varna festgelegt, und ich werde dieses heilige Gesetz, das der Verräterkaiser abgeschafft hat, wieder einführen und mit Leben erfüllen…"

„Das reicht!", knurrte der Archon und wischte den holographischen Bildschirm mit einer mürrischen Handbewegung aus der Luft.

„Leukos neuester Propagandaaufruf. Er kursiert seit einigen Tagen in den Kommunikationsnetzwerken und ist bereits von Abermillionen Bürgern gesehen worden", erklärte ein untersetzter Würdenträger mit tiefen Geheimratsecken und einem ausgeprägten Doppelkinn.

„Wie ehrlich und vertrauenswürdig er aussieht. Ein echter Held", zischte Sobos. „Dadurch wird Leukos eine Menge erreichen, denn er ist in der Lage, die Instinkte der breiten Masse zu durchschauen und seine Propaganda dementsprechend abzustimmen. Das macht ihn sehr gefährlich. Diese visuelle Präsentation ist eine Meisterleistung."

„Wir kontrollieren die Transmitterknoten und können unsere Botschaften rund um die Uhr wiederholen. Uns gehören die Gehirne der Masse und nicht Leukos, denn wir haben ganz andere Mittel in den Händen. Selbst wenn dieser Propagandaaufruf von ein paar Millionen gesehen wird, wird das nicht das Geringste verändern", meinte Antisthenes.

Juan Sobos schoss wie eine dickbäuchige Rakete aus seinem Sessel.

„Ach? Seit wann ist der Oberstrategos von Terra auch noch ein Experte für Psychologie und Propaganda?", wetterte er in Richtung des bronzehäutigen Generals.

„Außerdem sind es nicht nur ein paar Millionen Bürger, sondern fast drei Milliarden, die Leukos Ansprache inzwischen gesehen haben. Und sie ist erst seit fünf Tagen abrufbar", sagte Lupon von Sevapolo.

„Leukos Vorgehensweise wird zunehmend besser, er scheint gute Berater zu haben. Das Problem an diesem Mann ist, dass er Charisma hat. Er ist nicht bloß ein guter Heerführer, sondern auch ein Politiker mit Talent. Ich frage mich nur, warum eine gewisse Person noch nicht geantwortet hat", sagte Sobos.

„Verstehe ich nicht", kam von Antisthenes.

„Das ist auch gar nicht notwendig", blaffte ihn der Archon an. „Ich habe vor einiger Zeit jemanden auf den Mars geschickt, doch diese Person erreiche ich nicht mehr. Besagte Person sollte sich um Leukos kümmern. Doch ich habe inzwischen die Vermutung, dass ihr Auftrag fehlgeschlagen ist, sonst hätte sie sich längst bei mir gemeldet."

„So?", brummte Antisthenes.

Sobos schickte die anwesenden Würdenträger und den Oberstrategos hinaus. Lupon von Sevapolo blieb indes bei ihm. Mit verkniffener Miene sah der hagere Senator zum Kaiser herüber und dieser wandte ihm seinen finsteren Blick zu, um zu bemerken: „Was glaubst du, was in der Geschichte gefährlicher gewesen ist: Der Blaster oder das Wort?"

„Die endgültige Entscheidung bringt immer die blutige Gewalt", erwiderte der Senator.

„Ja, vielleicht, aber das Wort bereitet die Gewalt stets vor, die Gewalt kann ohne das Wort nicht existieren, denn es gewinnt die Massen. Für einen endgültigen Akt der Gewalt, der wiederum die Macht bringt, bedarf es also im Vorfeld des Wortes", philosophierte der Archon.

„Was ist denn nun mit Rodmilla?", wollte von Sevapolo wissen.

„Ihr Kommunikationsbote ist abgeschaltet, ich kann sie einfach nicht erreichen. Schon seit Wochen! So etwas ist noch niemals zuvor vorgekommen."

„Dann sollten wir schnellstens einen neuen Attentäter losschicken. Oder am besten mehrere."

Der korpulente Imperator winkte unwillig ab, seine Mundwinkel schoben sich nach unten.

„Ich habe Rodmilla Curow nicht umsonst auf den Mars geschickt. Sie ist nach wie vor die Beste. Ein dilletantischer Schwachkopf würde uns nur Probleme bereiten und nicht einmal in Leukos Nähe gelangen", schnappte er.

Lupon von Sevapolo schwieg. Nervös nestelte er an einem der Goldknöpfe seiner Toga herum, während der Archon in sich zusammensank und düster brütend ins Leere starrte.

„Ich will endlich wissen, was auf dem roten Planeten los ist. Wieso meldet sich diese verdammte Hure nicht?", fauchte Sobos.

Sein Stellvertreter wartete einen Augenblick, in der Hoffnung, dass sich die Laune des Imperators wieder bessern würde, doch sie blieb schlecht. Schließlich sagte er: „Es gibt leider noch eine andere Sache, über die ich mit dir sprechen wollte."

„Was denn noch, Lupon?"

„Es geht um Malix Yussam."

„Yussam? Fängst du schon wieder damit an?"

„Ja, ich halte es nämlich für meine Pflicht, dich auf gewisse Dinge hin zu weisen. Das von Malix Yussam geführte Bankhaus ist zu einer regelrechten Hydra geworden. Ich habe einen unglaublich klingenden Bericht vom terranischen Amt für Pekuniärwesen erhalten. Du solltest dir dringend ein paar Dokumente ansehen", sprach von Sevapolo. Dann zog er eine Datenverarbeitungsscheibe aus der Tasche.

Das Regiment der Optimaten hatte im Goldenen Reich bereits tiefgreifende Spuren hinterlassen. Die Abschaffung der Kastenordnung und einer Vielzahl altehrwürdiger Gesetze war erst der Anfang gewesen. Inzwischen hatten Juan Sobos und seine politischen Gefolgsleute alles dafür getan, die juristischen Beschränkungen, welche den Handlungsspielraum privater Großgrundbesitzer, Fabrikkomplexinhaber und Bankiers jahrhundertelang beschnitten hatten, auszuhöhlen und abzuschaffen.

Nicht nur Malix Yussam, dessen Finanzmacht geradezu explodiert war, hatte davon profitiert, sondern das gesamte Netzwerk der Optimaten. Unter der Parole des systemweiten Freihandels begannen die großen Wirtschaftsriesen die kleineren Unternehmen zu schlucken. Ebenso fraßen die finanzstarken Bankhäuser die schwächeren, um sich nach und nach in immer größere Moloche zu verwandeln.

Yussam, der mittlerweile an der Spitze einer einflussreichen Bankiersvereinigung stand, verhandelte mit Sobos seit einiger Zeit über die Umstrukturierung der imperialen Reichsbank, was bedeutete, dass er bei der Geldwertbestimmung und Geldfreigabe einen noch größeren Einfluss haben wollte. Sobos, der bereits mehrere Kredite des Yussam-Bankhauses angenommen hatte, war kurz davor, den Forderungen der Bankiersvereinigung zuzustimmen.

Lediglich Lupon von Sevapolo, der Malix Yussam und der von ihm vertretenen Organisation misstraute, ermahnte den Archon immer wieder, dem dreisten Verlangen des Finanztycoons nicht nachzugeben. Doch Sobos schien keine Bedenken zu haben und betrachtete den anaureanerstämmigen Yussam weiterhin als nützlichen Verbündeten. Immerhin unterstützten die Kredite des Bankiers die Politik des Kaisers und dessen politische Fraktion. Welchen Grund gab es da, einen Mann wie ihn nicht an seiner Seite haben zu wollen?

Währenddessen trieben die Optimaten, welche den terranischen Senat und auch alle anderen planetaren Senate im Sol-System uneingeschränkt beherrschten, die Auflösung des imperialen Sozialsystems weiter voran. Hier waren sie besonders eifrig, denn sie kürzten die staatlichen Zahlungen, von denen mehrere Milliarden Unterkastenaureaner lebten, auf immer drastischere Weise.

Zugleich hielten sie die Grenzen des Imperiums offen, so dass sich immer größere Massen von Ungoldenen aus ihren Heimatgebieten aufmachten, um Glück und vor allem Wohlstand im Goldenen Reich zu finden.

Die mit dem Zustrom der Anaureaner und dem Schrumpfen des Sozialsystems verbundenen Spannungen nahmen die Optimaten billigend in Kauf. Auf Dauer wollten sie ohnehin eine kastenlose Bevölkerung haben, die zugleich ein gewaltiges Reservoir billiger Arbeitskräften darstellte. Schon jetzt arbeiteten Millionen von lobotomisierten Arbeitern an Stelle teurer Maschinen in den Produktionskomplexen. Und in Zukunft sollte ihre Anzahl noch gehörig anwachsen. Waren es zunächst hauptsächlich Ungoldene, die sich der Industrie als neurochemisch veränderte Arbeiter zur Verfügung stellen, so kamen inzwischen auch immer mehr Unterkastenaureaner hinzu.

Derartige Veränderung hatte es im Goldenen Reich seit Jahrhunderten nicht gegeben. Doch Juan Sobos, der sich selbst als den großen Reformator bezeichnete, war fest entschlossen, das gesamte Imperium nach seinen Vorstellungen umzuformen.

Unmut im Hinterland

Guntrogg und sein Kriegergefährte Craglakk standen bereits seit mehreren Stunden auf einer der pompösen Ein-
kaufsstraßen im Herzen von Asaheim. Heute hatten sie
den Nachbarplaneten jener roten Welt, die von den
Udantok „Mars" genannt wurde, besucht. Dies war zugleich die Heimatwelt der Weichfleischigen, für die sich
Guntrogg außerordentlich interessierte. Dort war ihre Art
entstanden, wie Gartha dem Stammesführer vor einigen
Tagen erklärt hatte.
Nun standen die beiden Außerirdischen, deren Existenz
von den Mächtigen auf Terra einfach verleugnet wurde,
inmitten zahlloser Menschen. Vor allem Guntrogg war
von der fremdartigen Pracht der Udantokhauptstadt beeindruckt. Hier lebten Abermillionen Weichfleischige und
überall erhoben sich gewaltige Bauten aus weißem Stein.
Hoch in den Himmel hinaufragende Pracht bestimmte
das Bild der Asaheimer Innenstadt. Wälder aus korinthi-
schen Säulen, Gewölbe mit kunstvoll bemalten Decken
und zahllose Statuen und Brunnen. An jeder Ecke blitzte
und blinkte es, holographische Bildschirme schimmerten
vor altehrwürdigen Häuserfassaden, die mit barocken
Verzierungen und Edelsteinen geschmückt waren.
War die Architektur der meisten Grushloggrassen eher
brachial und oft geradezu zyklopisch, so wirkte die der
Weichfleischigen dagegen fast filigran. Mit offenem Maul
stand Guntrogg an eine Mauer gelehnt am Rande der
breiten Einkaufsstraße, auf der Schwärme von Udantok

an Craglakk und ihm vorbeigingen. Fasziniert starrte der junge Brüller die fremdartigen Kreaturen an.

Diese Welt war ein sehr schöner Planet. Blau, mit gewaltigen Ozeanen und grünen Wäldern aus Bäumen verschiedenster Art. Dazu kamen hohe Gebirge, deren Spitzen sich in grauweißen Wolkenbänken verloren. Guntrogg war, obwohl er dies niemals vor seinen Kriegerfreunden zugegeben hätte, sehr von diesem Planeten angetan. „Terra" oder „Erde" nannten die Udantok ihre Heimatwelt.

Seit die Grushloggs das Sol-System erreicht hatten, hatte Guntrogg schon einiges über die Kultur der Udantok gelernt. Inzwischen wusste er, woran die Weichfleischigen glaubten und welche großen Herrscher sie verehrten. Und er wusste auch, dass es bis vor kurzem zwei voneinander getrennt lebende Udantokarten gegeben hatte, die der neue Herrscher der Fremden jedoch wieder zu einer einzigen verschmelzen wollte.

Mit einem Spähflieger hatte Guntrogg bereits mehrere Orte auf Terra besucht. Er hatte auf dem Gipfel des höchsten Gebirges dieser Welt gestanden, ebenso wie an einem weißen Strand auf einer kleinen Dschungelinsel. Die Luft auf dieser Welt war auch für Grushloggs atembar. Eine Tatsache, die Guntrogg sehr erfreute, weil er dadurch den blauen Planeten ungehindert durchstreifen und sich an seiner Schönheit laben konnte. Dies tat er nun schon seit einigen Tagen, während ihn Craglakk stets auf seinen Reisen begleiten musste. Heute hatte es beide Nichtmenschen nach Asaheim verschlagen – mitten in eine der größten und eindrucksvollsten Städte der Udantok.

„Diese Welt wäre eine großartige Kulisse für einen Krieg", sagte Craglakk, der neben seinem Gebieter auf der Einkaufsstraße stand und die Weichfleischigen skeptisch beäugte.

Guntrogg antwortete ihm mit einem verneinenden Würgelaut. „Mir gefällt diese Welt so viel besser. Mir gefällt sie sehr gut."

Craglakk brummte überrascht. „Aber wäre es nicht toll, eine solche Welt mit einer richtig großen Flotte anzugreifen und zu erobern?"

Nach einer kurzen Denkpause schob Guntrogg den Unterkiefer leicht nach vorne.

„So hatte ich das auch nicht gemeint, aber im Moment gefällt mir dieser Planet auch so."

„Also wäre es nicht gut, wenn wir eines Tages die Heimatwelt dieser Rasse mit einer echten Horde angreifen?"

„Gorzhag hat kein Interesse daran, eine große Horde aufzustellen, um sie so weit in die Leere hinaus zu führen."

„Aber es wäre erhebend, nicht wahr?"

„Weiß nicht! Er wird es ohnehin nicht tun. Die Udantok interessieren ihn nicht. Mich aber schon", sagte Guntrogg.

„Und du würdest auch nicht gerne selbst eine große Horde zu dieser Welt führen, um sie zu erobern?"

„Ich habe nicht gesagt, dass ich nicht kämpfen will!", wehrte sich Guntrogg und stieß ein langgezogenes Knurren aus. Craglakks ständige Nachfragerei ging ihm allmählich auf die Nerven. Dachte der narbengesichtige Untergeordnete vielleicht, dass Guntrogg bloß hier war, um die Kultur der Udantok zu studieren?

„Ich will mir erst einmal alles genau ansehen. Keine weiteren Fragen mehr!", sagte der junge Brüller mit drohendem Unterton.

Die beiden Grushloggs, welche durch ihre Tarnfelder vor den Blicken der Weichfleischigen geschützt waren, hatten sich derart laut unterhalten, dass sich mehrere Menschen umgedreht hatten. Mit fragenden Gesichtern blickten sie sich um. Dann verstummte das seltsam klingende, gutturale Grollen wieder. Guntrogg schaute eine größere Gruppe von Männern und Frauen an, die auf der Straße standen und aufgeregt zu tuscheln begannen. Nach einer Weile gingen sie jedoch wieder davon und verschwanden in der Masse ihrer Artgenossen.

„So, jetzt wirst du schweigen!", brummte Guntrogg in Craglakks Richtung.

Die beiden Nichtmenschen konnten einander sehen. Schemenhaft wurden ihre Konturen aufgrund eines brillenartigen Sichtgerätes vor den Augen angezeigt. Guntrogg blickte zu seinem Gefährten herüber, dessen orangerotes Körperschema sich vor der Wand abzeichnete. Craglakk hob seine Klaue, er deutete auf ein junges Udantokpärchen mit einem weißgewandeten Kind, welches ein Dutzend Meter entfernt an ihnen vorbeiging.

„Männchen und Weibchen kümmern sich gemeinsam um ihre Brut. Offenbar leben sie ständig zusammen und haben auch außerhalb der Paarungszeit viel miteinander zu tun. Sehr seltsam, diese Weichfleischigen", meinte der narbengesichtige Krieger.

„So sind sie eben. Wir Grushloggs sind eine ganz andere Art", gab Guntrogg kaum hörbar zurück.

„Hier sind keine Krieger. Die Männchen in dieser Stadt sehen eher wie Schwächlinge aus. Sie interessieren sich nur für diese Bilder, die überall blinken", sagte Craglakk, wobei er auf eine holographische Werbetafel zeigte.

Der junge Brüller schwieg. Interessiert betrachtete er die titanischen Gebäude und hohen Glasfassaden, die marmornen Verzierungen, die Säulengänge, die ungezählten Udantok auf der Straße.

„Kaufen und fressen wollen sie lieber als kämpfen. Diese Udantok wirken schwach und…", nörgelte Craglakk weiter vor sich hin.

„Mir gefallen die Fremden. Ich finde ihre Heimatwelt faszinierend. Alles sieht so vollkommen anders aus als bei uns auf Murrak. Schau dir bloß diese merkwürdigen Gebäude an", antwortete Guntrogg.

„Eine Rasse von Schwächlingen!", kam von der Seite.

„Aber nicht alle…", meinte der Stammesführer.

„Wir wären besser zu einer Welt der Elban geflogen und hätten dort den Kampf gesucht. Die freuen sich zwar auch nie, wenn wir kommen, aber wenigstens haben sie gefährliche Waffen."

„Sind wir aber nicht, Craglakk!"

„Wäre mir aber lieber gewesen, Gebieter. Diese Udantok kämpfen nicht gut…"

„Einige ihrer Krieger haben durchaus tapfer gegen uns gekämpft", erwiderte Guntrogg.

„Tapfer? Mittelmäßig tapfer, wenn überhaupt. Können wir diesen Ort jetzt endlich wieder verlassen? Ich finde, dass wir uns nicht mehr als nötig mit der Kultur dieser Primitiven befassen sollten. Mich interessiert sie sowieso nicht."

„Mich aber…", knurrte Guntrogg zurück.

„Sind wir jetzt so weit durch die Leere geflogen, nur um uns diese Rosahäute anzusehen? Wir sind doch Krieger und keine Tiefdenker", meckerte Caglakk unbeirrt vor sich hin.

Doch kam er nicht mehr dazu, die Laune seines Gebieters noch weiter zu verderben. Blitzartig fuhr Guntrogg herum und schmetterte seinem Untergebenen die Faust ins Gesicht. Craglakk torkelte getroffen nach hinten und krachte durch eine Glaswand, die lautstark zerbarst. Für ein paar Sekunden fiel das Tarnfeld des Außerirdischen aus und entblößte eine Kreatur mit enormen Muskeln, einer bizarren Rüstung und einem vernarbten Monstergesicht.

„Kein Wort mehr!", brüllte Guntrogg zornig und verpasste seinem Kriegerfreund noch einen heftigen Tritt.

Craglakk stöhnte vor Schmerzen auf. Erneut fing sein Tarnfeld zu flackern an. Schließlich fiel es endgültig aus und die überall durch die Einkaufsmeile laufenden Udantok konnten ihn plötzlich sehen.

Direkt vor den verstört aufschreienden Weichfleischigen lag ein nie gesehenes Wesen auf dem Rücken, das von einer Serie unsichtbarer Faustschläge traktiert wurde. Kehliges Gebrüll kam aus dem Nichts. Dann wurde das auf dem Boden liegende Wesen einige Meter weit fortgeschleift. Dutzende Udantok kreischten panisch auf, die Weibchen hielten ihren Jungen die Hände vor die Augen, während diese ängstlich zu weinen begannen.

Schließlich half Guntrogg seinem Begleiter wieder auf die Beine. Er aktivierte Craglakks Tarnfeld und dieser verschwand in der nächsten Sekunde vor den aufgerissenen Augen der Passanten.

„Geht es wieder?", wollte Guntrogg wissen.

„Ich wollte wirklich nicht unhöflich sein, mächtigster aller Brüller", keuchte Craglakk, machte eine Vielzahl von Demutsgesten und wischte sich ein wenig dunkles Blut von der zerschlagenen Lippe.

„Ja, ist schon gut. Alles in Ordnung. Komm, wir fliegen zurück zum Mutterschiff", schlug der Stammesführer vor.

„Ehrwürdiger Statthalter, ganze Wohnzonen erhalten seit Wochen nur noch wiederaufbereitetes Wasser. Seit vier Tagen streiken die Arbeiter, die bei den Müllräumdiensten beschäftigt sind. Wenn sich die Lage nicht verbessert, werden wir mit immer schlimmeren Unruhen rechnen müssen", erklärte ein Würdenträger dem ältesten Sohn des Archons.

„Dieses Pack macht also weiterhin Ärger, was?", knurrte dieser bloß.

Der hohlwangige Palastdiener, der dem Statthalter soeben die neuesten Nachrichten aus Weitkrater vorgetragen hatte, blickte den korpulenten Thronerben fragend an. Dann bemühte er sich freundlich zu lächeln.

„Wieso sind die Stauanlagen noch nicht wieder hergestellt worden?", bellte ihn Misellus Sobos an.

Aufgeregt rang der Würdenträger mit den Händen. Er tippelte auf und ab, denn er fürchtete, den launischen Statthalter durch unbefriedigende Antworten in Rage zu versetzen.

„Was ist denn jetzt, Gorian?", hakte Misellus nach, während er seinen Diener mit mürrischem Blick fixierte.

„Es wird wohl noch Monate dauern, bis alles wieder so ist, wie es vor den Bombenangriffen der Loyalisten war. Natürlich sind die Bautrupps Tag und Nacht im Einsatz, aber die Stauanlagen rund um Weitkrater und Marksbury sind die größten auf dem ganzen Mars."

226

„Das weiß ich alles! Verflucht! Diesem Unterkastenge-
socks das Wasser zu nehmen war ein geschickter Zug.
Das muss ich Leukos lassen. Jetzt droht uns der Abschaum der aureanischen Großkaste aus dem Ruder zu
laufen. Das kann ich auf keinen Fall zulassen", antwortete
der Statthalter mit einem Hauch von Besorgnis.
„Ich habe mir gestern ein Bild von den Verhältnissen in
den unterirdischen Wohnzonen und den überdachten
Habitatsbereichen Sperrheim und Rottpool gemacht.
Überall brodelt es in den Straßen. Nur gepanzerte Polizei-
einheiten wagen sich noch in diese Bereiche. Unterkas-
tenaureaner und Ungoldene kämpfen in den Straßen gegeneinander, es gibt stündlich neue Tote und Verletzte.
Zudem türmen sich gigantische Berge von Müll und Unrat überall auf, was den Gestank unerträglich macht. Der
Streik der Abfallbeseitiger wird das Fass endgültig zum
Überlaufen bringen, Eure Exzellenz."
Misellus Gesichtszüge verkrampften sich, angestrengt
grübelte er nach, während sich sein Diener ereiferte.
„Unbekannte haben eine Antigravbahnstrecke sabotiert.
Dadurch sind die Verbindungen zu den Wohnbezirken
an der Oberfläche zeitweise blockiert gewesen. Außerdem
gab es einen Sprengstoffanschlag auf einen Energieknoten. Mehrere Kunstsonnen sind ausgefallen. Die Wohnzonen CG-45 bis CG-67 wurden dabei verdunkelt."
„Und was sagt die Stadtpolizei? Wer steckt dahinter? Leukos Agenten vielleicht?", rief Misellus.
„Es können ebenso gut Kriminelle aus diesen widerwärtigen Vierteln gewesen sein. Seit die Ungoldenen ebenfalls
in diese Bereiche strömen, herrschen bürgerkriegsähnliche Zustände, Exzellenz."

„Die Aureaner sind das Problem!", ärgerte sich der Statthalter. „Die halten sich für etwas besseres, dabei sind sie bloß minderwertige Proletennachfahren aus der untersten Subkaste! Abschaum, der auf Staatskosten durchgefüttert wird!"

„Das mag alles sein, ehrwürdiger Statthalter, aber es bleibt Tatsache, dass sich das gesamte Ballungszentrum Weitkrater in ein gewaltiges Pulverfass verwandeln wird, wenn sich nichts ändert. Bald werden wir Abermillionen Unzufriedene haben, die sich vielleicht auch noch auf Leukos Seite schlagen."

„Leukos Seite?", spie Misellus verächtlich aus. „Pah! Mit wem die Proleten in Weitkrater sympathisieren, ist vollkommen unwichtig, denn sie haben keine politische Bedeutung. Sie sind Pack, sonst nichts!"

„Zahlreiches Pack, Herr! Leider!", ergänzte der Diener demütig lächelnd.

Misellus riss die Arme in die Höhe und seine Stimme wurde eindringlich und laut. Er durchbohrte den Würdenträger regelrecht mit seinem Blick und zischte: „Antisthenes soll bewaffnete Legionäre in die problematischen Wohnzonen führen und dort die Aufrührer verhaften. Anschließend werden sie öffentlich hingerichtet, damit dort jeder weiß, was es bedeutet, die Reichsordnung zu gefährden."

„Sehr wohl, Eure Exzellenz!" Der Palastdiener verbeugte sich.

Derweil begann Misellus Sobos hämisch zu grinsen. Die Vorstellung, dass gerade die niedersten Aureaner einem Mann wie Leukos zujubelten, amüsierte ihn.

„Ich werde Antisthenes den Befehl geben, ein paar dieser Gewölberatten ans Kreuz zu schlagen. Dann wird ihnen schnell wieder klar werden, wo ihr Platz auf dieser Welt ist. Und der edle Leukos wird ihnen nicht helfen können, diesen erbärmlichen Degenerierten."

Aswin Leukos, Magnus Shivas und Sylcor Adalsang von Thrimia saßen in einem spartanisch eingerichteten Raum und hatten soeben eine ermüdende Lagebesprechung hinter sich gebracht. Während die übrigen Legionsführer bereits gegangen waren, waren Shivas und von Thrimia noch geblieben, um mit dem Oberstrategos über ein anderes, beunruhigendes Thema zu sprechen: Die Viridpelliden.

„Ich frage mich, wie weit diese Spezies in der Galaxis verbreitet ist. Von den dokumentierten Xenoskontakten, also Tausenden von Berichten, vor allem jedoch Funksignalen unbekannter Herkunft und Sichtung mysteriöser Raumschiffe, wird ein beträchtlicher Teil diesen grünhäutigen Kreaturen zugeschrieben. Wir im dronischen Reich führen darüber sehr genau Buch und haben, wie ihr Terraner auch, bestimmte Stellen, die sich mit diesen Dingen befassen", sagte von Thrimia.

Leukos sah den eigensinnigen Dronos, der ihm längst zu einem treuen Gefährten geworden war, nachdenklich an. Dann erwiderte er: „Uns ist die Ehre zuteil geworden, den ersten Kontakt von Angesicht zu Angesicht erlebt zu haben. Eine Tatsache, die in den allgemeinen Wirren dieses zermürbenden Krieges leider untergegangen ist."

Shivas, der ein weinrotes Gewand trug und sich standesgemäß edel gekleidet hatte, lächelte auf die ihm eigene, väterliche Art.

„Damals, als ich Euch gebeten habe, eine Eurer Legionen ins Nachbarsystem nach Colod zu schicken, hatte ich bereits die Vermutung gehabt, dass es auch dort zu einem Xenoskontakt gekommen war. Sämtliche Berichte, die wir erhalten hatten, hörten sich danach an, wobei wir wie immer alles geheimgehalten haben", sagte er.

„Die Mission der 592. Legion hatte am Ende weitreichende Folgen", meinte Leukos.

„Sie hat Euch ein paar neue Freunde beschert, Oberstrategos", merkte Shivas mit sardonischem Unterton an.

„Neue Freunde, die auf das Sol-System aufmerksam geworden sind. Wie schön!", brummte von Thrimia und verzog den Mund. „Imperator Hawalghast III. hat es vor einiger Zeit durch eine Bulle offiziell untersagt, in der Öffentlichkeit über Außerirdische zu sprechen. Xenoskontakte gibt es einfach nicht. Und wie ihr euch denken könnt, wird das im dronischen Reich sehr streng gehandhabt.

Die Frage ist nur, ob es wirklich sinnvoll ist, die breite Masse noch länger im Unklaren zu lassen. Vielleicht wäre es auf Dauer doch besser, wenn man endlich öffentlich zugeben würde, dass es dort draußen noch zahlreiche Xenosarten gibt."

„Ein zweischneidiges Schwert", fand Leukos, „denn diese Viridpelliden sind uns, was die Raumfahrt betrifft, weit überlegen. Wir können uns also kaum gegen sie wehren. Wir sind weder in der Lage, ihre Tarnschirme zu orten, noch können wir es mit der Schnelligkeit und Reichweite ihrer Sternenschiffe aufnehmen.

Was wäre also der Sinn, wenn Milliarden imperiale Bürger wüssten, dass wir eventuellen Angriffen durch Außerirdische schutzlos ausgeliefert sind. Die andere Frage ist zudem, was die gegenwärtig im Sol-System operierenden Xenoswesen tatsächlich wollen. Sie beobachten uns, greifen in diesen Bürgerkrieg ein und verschwinden dann wieder spurlos, um nach einer Weile erneut aufzutauchen. Eine Invasion unseres Imperiums planen sie offenbar nicht, wobei sich das natürlich jederzeit ändern kann. Und was für das Goldene Reich gilt, gilt auch für das dronische Imperium und jede andere Menschenkolonie dort draußen", sagte Leukos zerknirscht.

„Ich habe vor Jahren einmal einen Bericht gelesen, in dem Siedler aus den äußeren Ringen, also weit weg von Dron, von einem Xenoskontakt mit einer sehr menschenähnlichen Spezies berichtet haben. Sie sprachen von hellhäutigen, hochgewachsenen und schlanken Wesen mit auffälligen Mandelaugen und zarter Kopfbehaarung. Sehr menschenähnlich und dennoch äußerst fremdartig. Angeblich waren diese Xenomorphen auf ihrer Koloniewelt gelandet, um dort Bohrungen vorzunehmen.

Ich würde gerne wissen, um was für eine Spezies es sich dabei gehandelt hat. Damals habe ich den Bericht nicht sonderlich ernst genommen, doch heute denke ich anders darüber", bemerkte der dronische Botschafter.

Leukos gähnte verhalten; er hatte seit Tagen kaum geschlafen und endlose Stunden still grübelnd vor holographischen Marskarten verbracht. Als oberster Befehlshaber der Loyalisten versank er in einem Meer aus Arbeit, die stets nachwuchs wie ein abgeschlagener Hydrakopf.

Was oder wer auch immer in den Weiten des Alls lauerte, dem Oberstrategos waren die Hände gebunden, genau wie jedem anderen Politiker oder General des Goldenen Reiches. Selbst der unglaubliche Kontakt mit den Viridpelliden, den Leukos erlebt hatte, war kaum mehr als ein flüchtiger Blick auf die Geheimnisse der Galaxis gewesen. Im Grunde hatte die Begegnung lediglich Angst und Unsicherheit hinterlassen, auch wenn die Nichtmenschen vorgaben, seinen Soldaten helfen zu wollen.

„Wie gerne hätte ich auf diesen Xenoskontakt verzichtet. Es ist selten gut ausgegangen, wenn ein technisch weit überlegenes Volk mit einem primitiven Volk Kontakt aufgenommen hat, um ihm angeblich zu helfen. Die Tatsache, dass sich diese Fremdwesen so frei im Herzen unseres Reiches bewegen können, ist eine Katastrophe schlimmster Art. Und wir stehen daneben, hilflos wie die Kinder", sagte Leukos.

„Glaubt Ihr denn, dass sich dieser Guntrogg noch einmal melden wird?", fragte ihn Shivas.

Sein jüngerer Freund nickte. „Das halte ich für sehr wahrscheinlich, auch wenn sich diese Viridpelliden in letzter Zeit ruhig verhalten haben, so bin ich doch davon überzeugt, dass sie noch immer hier sind und uns genau im Blick haben."

„Vor zwanzig Jahren ist es uns im dronischen Imperium beinahe gelungen, einen Überlichtantrieb zu entwickeln. Angeblich, ich kann mich ja nur auf offizielle Berichte berufen, hatten es unsere Wissenschaftler geschafft, ein kleines Frachtraumschiff auf dreifache Lichtgeschwindigkeit zu beschleunigen. Allerdings kam es zu einem bedauernswerten Unfall, bei dem der neuartige Antriebsreaktor explodierte. Dabei wurde nicht nur das Testgelände, sondern auch eine halbe Megastadt in Schutt und Asche gelegt. Mehrere Millionen Menschen sind damals eingeäschert worden.

Ich weiß nicht, welche hyperphysikalischen Ansätze die Wissenschaftler verfolgt haben, doch am Ende wurden die Experimente eingestellt. Es war ein schwerer Rückschlag für Dron, ein sehr schwerer", sprach Sylcor Adalsang von Thrimia, von dessen Hoplitenleibwache kaum mehr 500 Mann am Leben waren.

Shivas Mundwinkel umspielte ein müdes Lächeln.

„Sollte es jemals ein Denker vollbringen, einen Antrieb zu entwickeln, der es unseren Raumschiffen ermöglicht, die gewaltigen Entfernungen zwischen den Sternen zu überbrücken, dann wird er die gesamte aureanische Zivilisation auf eine neue Stufe erheben. Doch dieser Mann muss wohl erst noch geboren werden."

„Schon vor Jahrhunderten haben es große Geister versucht, diese Grenze zu überwinden, doch sind sie alle gescheitert. Wie weit könnten wir schon sein, wenn wir Raumschiffe mit Überlichtgeschwindigkeit hätten?", philosophierte der Oberstrategos.

„Diese Frage sollte man sich nicht stellen, denn sie führt nur zu Frustration und Angst", meinte Shivas und winkte ab.

Der Himmel war bewölkt; er wirkte düster, beinahe bedrohlich. Juan Sobos stand neben Antisthenes von Chausan inmitten eines riesigen Heeres von Legionären. Drei Millionen Soldaten, frisch ausgebildet, viele von ihnen Anaureaner, präsentierten sich in Reih und Glied, wobei sie das gigantische Aufmarschfeld vollkommen ausfüllten.

Im Hintergrund wuchsen die blaugrauen Gipfel einer Bergkette, die in der terranischen Vorgeschichte als Uralgebirge bezeichnet worden war, in die Höhe. Zahllose Arbeiter hatten die Aufmarschzone am Fuße des Bergmassivs mit Hilfe riesiger Baumaschinen planiert, um dem Archon dieses grandiose Schauspiel bieten zu können. Ganze Schwärme von Bildaufzeichnern und Archivatoren huschten zwischen den Blöcken aus gepanzerten Soldaten hin und her, unaufhörlich die Eindrücke dieses denkwürdigen Tages für die Nachwelt einfangend.

Sobos ging langsamen Schrittes an den Soldatenrängen vorbei; er blickte in die Gesichter der Männer und lächelte dabei, eher aus einem Reflex heraus, denn wer hier stand, um in Zukunft auf dem Mars zu kämpfen, war ihm vollkommen gleich.

Aureaner und Anaureaner, verschiedenste Hautfarben, Gesichter, Körperformen; zusammen standen sie auf diesem Feld, als wollten sie den neuen Charakter des Goldenen Reiches demonstrieren.

Alle waren sie sich einig, wenn es darum ging, die loyalistischen Feinde zu vernichten. Ansonsten jedoch gab es noch viel zu tun, wenn man die Angehörigen der verschiedenen Kasten zu einer Einheit verschmelzen wollte.

„Unter den hier anwesenden Legionären befinden sich mehr als zwei Millionen sogenannte Anaureaner. Sie sind durch bestimmte neurochemische Verfahren und Genstimulatoren verändert worden", erklärte Antisthenes.

„Genstimulatoren! So, so!", murmelte der Kaiser nachdenklich.

„Bisher habe ich die Soldaten, deren Metabolismen verändert wurden, zurückgehalten. Nun wird es Zeit, sie endlich an die Front zu werfen", fuhr der Oberstrategos fort.

Sobos blieb stehen, dann wandte er sich Antisthenes zu und betrachtete den General in seiner Prunkrüstung aus Weißgold, dem roten Mantel und den mit barocken Verzierungen verschönerten Schulterpanzern. Antisthenes war ein Hüne, groß und breitschultrig – und wieder einmal bemüht, seinen Herrn und Gönner mit dieser gewaltigen Machtdemonstration zufrieden zu stellen.

Lupon von Sevapolo, Sobos Stellvertreter und engster Berater, war heute nicht anwesend. Eine Tatsache, die Antisthenes erleichterte. Hasste er den überheblichen Nobilen mit dem schmalen Gesicht und den weißen Haaren doch aus tiefster Seele.

„Das habt Ihr gut gemacht. Eine nette Ansammlung grimmiger Krieger", sagte der Imperator, während er ein leises Gähnen unterdrücken musste.

„Diese Armee ist nur eine von vielen. Ich werde jetzt damit beginnen, unsere Sturmheere auf dem Mars in Position zu bringen, damit wir Leukos Streitkräfte von mehreren Seiten angreifen können", erklärte der Oberstrategos.

„Ja, ja, verstehe!", kam von Sobos zurück. Schließlich ging der Kaiser weiter durch die Reihen und verschenkte sein Lächeln an die Soldaten.

„Ich bin sehr gespannt, wie sich unsere verbesserten Anaureaner schlagen werden. Ihr Schmerzempfinden wurde fast vollständig abgetötet, ebenso ihre Angstgefühle. Sie werden kämpfen bis zum Tod, davon bin ich überzeugt, Eure Majestät."

„Es gibt keine Anaureaner mehr, Oberstrategos."

„Wie meinen, Exzellenz?"

„Ich sagte, dass es keine Anaureaner mehr gibt. Keine Kasten, keine Anaureaner."

„Ja, natürlich nicht, Majestät."

Sobos blieb erneut stehen. Er stieß einen Seufzer aus. Dann hielt es sich den Handrücken vor den Mund und gähnte.

„Ich habe alles gesehen. Sehr schön, Oberstrategos. Eine beeindruckende Armee, die Leukos sicherlich vernichten wird."

„Diese Heerschau wollte ich Euch zum Geschenk machen, ehrwürdiger Imperator", schmeichelte Antisthenes. Juan Sobos trottete wortlos an ihm vorbei, er winkte einigen Soldaten zu.

„Vielen Dank, Antisthenes. Wie gesagt, ich bin sehr beeindruckt. Allerdings habe ich letzte Nacht verdammt schlecht geschlafen und möchte nicht den Rest des Tages damit verbringen, durch endlose Reihen von Legionären zu laufen."

Antisthenes stutzte. „Selbstverständlich wird es in Kürze ein leckeres Mittagessen geben. Nach Eurer Ansprache an die Soldaten…"

„Ansprache? Ich hatte nie vor, eine Ansprache zu halten, Antisthenes. Ich halte doch ständig Ansprachen. Heute bin ich nicht in Form. Von mir aus können wir jetzt einen Happen essen, aber dann muss ich zurück nach Asaheim."

„Aber Herr, ich verstehe nicht ganz. Wollt Ihr denn nicht bleiben? Ich habe noch eine Parade vorbereiten lassen und eine Reihe von…"

„Nein!" Die Hand des Archons schoss nach oben. „Nicht heute! Tut mir leid, Oberstrategos. Ich habe noch im Palast zu tun. Eine beeindruckende Heerschau, aber ich möchte nicht den ganzen Tag hier herumstehen und mir diese Soldaten ansehen."

„Ihr wollt wirklich zurück nach Asaheim fliegen, Herr?"

„In der Tat, das will ich. Ich weiß die Mühe, die Ihr Euch gemacht habt, allerdings zu schätzen, Antisthenes."

„Wie Ihr wünscht, Majestät", antwortete der General sichtbar enttäuscht.

„Gut, dann würde ich jetzt gerne etwas zu mir nehmen und anschließend wieder verschwinden. Mir ist heute einfach nicht nach Legionären", brummte Sobos ein wenig genervt.

Antisthenes verneigte sich demütig, um den Imperator daraufhin zu einem Gebäude im Zentrum des Aufmarschfeldes zu bringen, wo ihn bereits eine luxuriöse Tafel erwartete.

Den Tod im Nacken

Antisthenes von Chausan war nach Weitkrater gekommen, um sich dort mit den örtlichen Magistraten zu beraten. Es rumorte und brodelte in dem riesigen Moloch, der sich im Laufe der Jahrhunderte aus mehreren Megastädten in den urbanen Alptraum verwandelt hatte, der er heute war. Hunderte Millionen imperiale Bürger lebten in einer Betonwüste, die sich über Abertausende von Quadratkilometern in alle Himmelrichtungen und ebenso in luftige Höhen erstreckte. Die privilegierten Aureaner aus den obersten Subkasten lebten in einer eigenen Welt, hoch über den Köpfen ihrer genetisch weniger wertvollen Artgenossen. Sie wohnten, kauften, liebten und starben in den sauberen Hochschichten des Ballungsraumes, während sich unter ihnen ungezählte Kastengenossen niederer Abkunft irgendwie durchschlugen. Gewaltige Bereiche Weitkraters waren überdacht und selbst unter der Erde befanden sich endlos tiefe Kavernen, in denen inzwischen immer mehr Anaureaner oder niederkastige Goldmenschen hausten.

Wer Weitkrater mit einem Gleiter komplett überflog, der erblickte unter sich bloß Stahl und Beton so weit das Auge reichte. Turmhohe Habitatsbauten, Einkaufszentren und inzwischen meist verlassene Industriekomplexe wechselten sich mit ruinenhaften, verwahrlosten Wohnsilos ab. Stets lag der Ballungsraum unter einem trüben Nebel aus Abgasen und Ausdünstungen aller Art, die ein

Makrozentrum von derartigen Ausmaßen jeden Tag in die Atmosphäre würgte.

Wenn es im Goldenen Reich schwere soziale Probleme gab, dann vor allem in Weitkrater und Marksbury. Hier lebten so viele Millionen Aureaner arbeitslos und ohne jedes höhere Ziel vor sich hin, dass die Stimmung in den tiefen, düsteren Häuserschluchten stets zwischen Depression und Wut pendelte.

Schon vor Jahrhunderten hatte der Niedergang des Bergbaus und der Industrie, beide hatten die Gesichter der beiden Ballungsräume geformt, langsam begonnen, um ein immer größeres Ausmaß anzunehmen. Heute hausten die Nachfahren ganzer Arbeitergenerationen in den termitenhaften Riesenbauten der Makrozentren und lebten von staatlichen Almosen. Sie mussten nicht verhungern und hatten ein Dach über dem Kopf, doch im Grunde genommen waren sie überflüssig. Zerfall und Degeneration waren in Weitkrater und Marksbury an der Tagesordnung, wobei es mit jeder neuen Proletengeneration schlimmer wurde. Jetzt, wo auch noch große Massen von Anaureanern ihre Sperrzonen verlassen hatten und in die Ballungsräume hineindrängten, vermehrten sich die Spannungen zusehends.

Seit Leukos die Wasserversorgung der Makrozentren erschwert hatte, brodelte es noch heftiger in den ungezählten Wohnzonen und Subetagen der Monstermetropolen.

Seit Wochen drohten sich Weitkrater und Marksbury in gewaltige Hexenkessel zu verwandeln. Es hatte bereits eine Reihe von Demonstrationen gegen die Streichungen gewisser Sozialleistungen für Unterkastenaureaner gegeben, die sich am Ende alle in Straßenschlachten verwandelt hatten. Somit hatten die Sicherheitskräfte zunehmend

Probleme, die wachsenden Unruhen in den Griff zu bekommen. Zu dem allgemeinen Unmut aufgrund der immer mehr schrumpfenden Sozialleistungen für Almosenempfänger gesellten sich bürgerkriegsähnliche Konflikte zwischen den Einheimischen und den Einwanderern aus den Anaureanersperrzonen.

Was in den unterirdischen Wohnbereichen begonnen hatte, hatte sich inzwischen auch auf andere Stadtteile ausgewirkt. Mord und Gewalt breiteten sich wie eine Seuche aus. Doch bevor sich Weitkrater und Marksbury endgültig in überdimensionale Pulverfässer verwandelten, war Antisthenes mit mehreren Legionen erschienen, um im Auftrag des Archons für Ruhe zu sorgen.

Der neue Oberstrategos von Terra hatte die Arme vor der Brust verschränkt und sah seinen Männern dabei zu, wie sie eine lange Gefangenenkolonne durch einen Straßenzug führten. Trotzige Augen starrten Antisthenes an, manchmal spuckte einer der gefangenen Aufrührer demonstrativ auf den Boden, um anschließend einen Blasterkolben in den Rücken zu bekommen.

Rund um die Legionäre und Sicherheitspolizisten drängten sich Tausende von verwahrlosten Gestalten zusammen. Aureaner und Anaureaner beschimpften sich gegenseitig, dazwischen standen Soldaten mit entsicherten Gewehren, die die zornige Menge im Zaum zu halten versuchten. Seit Monaten tobte in diesem Wohnbereich, der sich unter der Erde befand, ein blutiger Krieg um Nahrung, Wasser und Lebensraum.

Antisthenes fühlte sich sichtlich unwohl in diesem völlig verkommenen und von Zerfall gezeichneten Labyrinth aus Verbindungsgängen und Habitatsblöcken. Alles hier war schmutzig, zerbröckelt und mit Schmierereien verunziert. Offene Stahlgerüste ragten aus maroden Stützwänden, es roch nach Urin und verfaultem Unrat. Oben an der Decke der riesenhaften Wohnhalle, die sich kilometerweit in alle Richtungen ausdehnte, befanden sich tageslichtimitierende Sonnenscheiben. Wer hier unten hauste, bildete den Bodensatz des Goldenen Reiches. Da spielte es keine Rolle mehr, dass man formal noch zur oberen Großkaste gehörte und kein Anaureaner war.

„Pack mich net an, ey! Fick dich selbst!", hörte Antisthenes einen syphilitischen Mann mit grauen Haaren und aufgedunsenem Gesicht brüllen. Er legte sich mit einem der Legionäre an und versuchte, ihn zu treten, doch fing er sich lediglich einen harten Faustschlag ein.

Angewidert sah sich der Oberstrategos das Treiben an. Gelegentlich schossen ein paar seiner Männer mit ihren Blastern in die Luft, um die noch immer hochaggressive Menschenmasse daran zu erinnern, dass es gesünder war, keinen weiteren Aufstand zu beginnen. Schließlich kam ein Polizeioffizier zu Antisthenes herüber, er verneigte sich demütig.

„Ehrwürdiger Oberstrategos, ich weiß nicht, ob es so eine gute Entscheidung ist, wenn wir diese Männer und Frauen wirklich kreuzigen lassen. Auf Dauer wird das hier unten wenig ändern", sagte der hochgewachsene Mann, der einen grauen Brustpanzer und einen schwarzen Vollhelm trug.

Antisthenes schüttelte den Kopf. „Auch ich habe meine Befehle. Der Statthalter verlangt eine harte und unerbittliche Vorgehensweise gegen die Rädelsführer der letzten Aufstände in dieser Wohnzone."

„Nun, es sind ausschließlich Aureaner, die Eure Männer hier abführen. Was ist mit den Ungoldenen, die nicht weniger gewütet haben?", hakte der Polizist nach.

„Was soll das heißen?", kam von Antisthenes.

„Ich meine, dass die Einheimischen denken werden, dass der neue Archon sie nur schikanieren will und die Anaureaner Narrenfreiheit haben. Hier unten gibt es jeden Tag Tote und Verletzte, wenn sich die Fremden und unsere Leute in den Haaren liegen. Das wird auch nicht aufhören, wenn wir diese Kerle da ans Kreuz nageln."

„Unsere Leute? Die Fremden? Es gibt keine Kasten mehr, alle Bewohner dieser Wohnzone sind Bürger des Goldenen Reiches", antwortete Antisthenes verschnupft.

Der Polizeioffizier räusperte sich, dann rang er sich ein beschwichtigendes Lächeln ab, doch der Oberstrategos blickte nur abweisend auf ihn herab.

„Wie ich bereits erwähnt habe, bin ich an die Befehle des Statthalters gebunden. Misellus Sobos fordert blutige Exempel in ganz Weitkrater und Marksbury. Hier fangen wir an, dann geht es an der Oberfläche weiter. Aufstände werden nicht geduldet. Nicht einmal in diesem widerlichen Höllenloch unter der Erde."

„Wie Ihr meint, Oberstrategos", erwiderte der Polizeioffizier, um daraufhin zu verschwinden.

Im Hintergrund raunte die Menge. Immer mehr Zonenbewohner strömten zusammen und ließen ihre wütenden Sprechchöre erklingen. Die Präsenz der Legionäre schüchterte sie weniger ein, als es Antisthenes erwartet hatte.

„Juan Sobos – Kastenverräter und Hurensohn!", schimpfte eine bleichhäutige Frau am Straßenrand und ließ dabei ihre knochigen Fäuste durch die Luft wirbeln.

Augenblicklich stimmten die um sie herum stehenden Nachbarn mit in das Geschrei ein.

Derweil trieben die Legionäre die Gefangenen in Richtung eines großen Platzes, auf dem bereits mehrere Hundert Eisenkreuze standen. Unter dem trotzigen Gebrüll der Einheimischen und den hämischen Sprechchören der Anaureaner wurden die ersten Männer an die Kreuze geschlagen. Die heutige Strafaktion sollte erst der Beginn einer größeren Kampagne sein, in der es darum ging, die Ordnung in den Ballungsräumen des Mars wiederherzustellen.

Zeitgleich begann die Sicherheitspolizei mit einer Verhaftungswelle, um potentielle Unterstützer der Loyalisten unschädlich zu machen. Misellus Sobos griff die politischen Gegner der Optimatenpartei nun wesentlich härter an. Dutzende in den Marswüsten neu errichtete Konzentrationslager sollten in den nächsten Wochen mit Tausenden Feinden der neuen Ordnung gefüllt werden.

„Bürger von Weitkrater-Grunith! Aufstände werden ab jetzt hart bestraft! Wer Sicherheitspolizisten angreift oder öffentliches Eigentum beschädigt, die öffentliche Ordnung gefährdet oder andere Bürger des Imperiums angreift, wird mit schweren Konsequenzen rechnen müssen!", erschallte eine donnernde Stimme über den Platz. Wieder und wieder wurde die Warnung wiederholt, doch nach einer Weile ging sie im wütenden Gebrüll der aufgebrachten Menge unter.

Antisthenes betrachtete die ihn umgebenden Aureaner mit der gleichen Verachtung wie die Ungoldenen, die in dieser unterirdischen Wohnzone in baufälligen Habitatsblöcken hausten; beschienen vom trügerischen Schein zahlreicher Sonnenscheiben an der Decke des titanischen Gewölbes.

Vor seinen Augen wurden mehr und mehr Gefangene ans Kreuz geschlagen. Sie kreischten, fluchten, spien die Legionäre mit ohnmächtiger Wut an, bis sie vor Schmerzen zu wimmern und qualvoll zu sterben begannen.

Indes schrien sich die aureanischen Proletennachkommen und die neu in die Wohnzone gekommenen Anaureaner Drohungen und Beschimpfungen zu. Es war lediglich der Präsenz mehrerer Polizeitrupps und der Legionäre zu verdanken, dass der gesamte Stadtteil nicht im blutigen Chaos versank. Der Hass loderte durch die Häuserschluchten dieser stinkenden Unterwelt und es war nicht nur Antisthenes bewusst, dass die Konflikte erst recht eskalieren würden, wenn die Soldaten wieder abgezogen waren.

„He, du dreckiger Bastard! Ich sehe dir an, dass du ein Unreiner bist!", schrie ein noch junger Mann mit verfilztem Bart und faulen Zähnen in Richtung des Oberstrategos, als er von einem Legionär über den Platz geschleift wurde.

Überrascht zuckte der Antisthenes zusammen. Dann sah er sich misstrauisch um, denn das, was der Todgeweihte in seinem trotzigen Zorn gerufen hatte, dachten sicherlich auch viele der anwesenden Legionäre. Schließlich unterdrückte Antisthenes seinen aufkeimenden Zorn und hielt sich zurück, obwohl er den Drang verspürte, den dreisten Spötter vor aller Augen mit dem Gladius zu enthaupten. Stattdessen sah er reglos dabei zu, wie der Mann an ein Kreuz genagelt wurde und seine Orgie aus Verwünschungen einem bitterlichen Wehklagen wich.

Als die Gefangenen allesamt an den Eisenkreuzen hingen, ging Antisthenes zu dem Bärtigen hin. Er stellte sich vor ihn und blickte ihn mit einem kalten Lächeln an. Doch sein Blick traf nur noch auf gebrochene, glasige Augen, die in die Leere starrten. Das Gefühl der Genugtuung verschwand so schnell wie es gekommen war. Antisthenes ging zurück zu seinen Männern. Wenig später verließen die Legionäre die verkommene Wohnzone wieder, um an einem anderen Ort im Häusergewirr von Weitkrater den Willen des Archons durchzusetzen.

„Vorstoß in Richtung AQ-39! Lockere Formation beibehalten!"
Tausende Legionäre rückten auf einer viele Kilometer breiten Front zeitgleich in Richtung Reddcite vor. Neben Flavius bewegte sich Kleitos durch den trüben Morgennebel des aufkommenden Tages. Die große Offensive ging weiter, gestärkt und mit neuem Selbstbewusstsein stießen die Streitkräfte der Loyalisten nach Süden vor.
„Wir müssen dieses Industriegebiet so schnell wie möglich durchqueren. Also beeilen wir uns!", gab Flavius an die von ihm befehligte Kohorte weiter.
Heute führte er nicht weniger als 800 Männer an. So viel Verantwortung war für Princeps regelrecht quälend. Flavius fürchtete, Fehler zu machen. Jetzt, wo nicht nur Manilus Sachs, sondern auch er selbst wieder ihre alten Positionen zurückerhalten hatten, standen sie unter einem enormen Druck.
Schnellen Schrittes bewegten sich die Legionäre auf eine Reihe riesenhafter Industriegebäude zu. Angerostete Röhren erstreckten sich zwischen den graubraunen Fabrikhallen und Chemosilos.

„Keine feindliche Präsenz! Offenbar ist hier alles sauber, Herr Kohortenführer!", meldete ein Späher über Funk.

In unmittelbarer Nähe eines Labyrinthes aus Fabrikanlagen, Lagerhallen und Plasmaleitungen wartete bereits eine Schwadron schwerer Donar Panzer. Die monströsen Tanks hatten ihre Autokanonen auf das Gewirr aus Gebäuden gerichtet.

„Vorwärts! Los! Los! Los!", trieb Flavius seine Männer an. Schließlich strömten die Legionäre zwischen den Stahlkörpern der Panzer in die Straßenzüge des Industriekomplexes hinein.

Flavius, Kleitos und ein großer Trupp Soldaten hasteten am Fuße eines schäbigen Gebäudeklotzes durch eine langgezogene Häuserschlucht. Keine Menschenseele war zu sehen, sämtliche Fabrikhallen schienen leer zu sein. Jenseits des verwaisten Industriegeländes wuchsen die Habitatskomplexe der Megastadt Reddcite in den Himmel.

„Niemand hier, Herr Kohortenführer!", kam es aus der Übertragungsmuschel in Flavius Helm.

Princeps brummte etwas zurück. Er blickte sich um und sah hinauf zu den Röhrenleitungen, die zwischen den Industriegebäuden her verliefen.

„Weiter vorrücken!", befahl er dann.

Im Schutze mehrerer Panzer bewegten sich die Legionäre die breite Straße herunter. Müll und allerlei Unrat hatten sich rund um die verwahrlosten Gebäude in den Ecken gesammelt. Am Ende eines hohen Elektrozaunes blieben Flavius und Kleitos stehen.

„Wie sieht es bei euch aus, Flavius?", meldete sich Zenturio Sachs, der seine Männer an anderer Stelle in das gewaltige Industrieareal hineingeführt hatte.

„Bisher alles ruhig! Niemand zu sehen!", antwortete Princeps mit einem Anflug von Skepsis.

Er lugte zu Kleitos herüber. Diese hielt sich misstrauisch das Schild vor das Gesicht und beäugte die umliegenden Gebäude. Inzwischen waren die grellen Strahlen der Sonne durch die morgendliche Wolkendecke gebrochen. Alles wurde in milchiges Licht getaucht. Es dauerte nicht lange, da war die Bühne gänzlich beleuchtet für das zwischen den Riesenbauten lauernde Übel.

„Kastenverrat erzeugt Vergeltung!"

Blitzartig drehte Rodmilla Curow ihren Kopf nach links und sah im Augenwinkel ein holographisches Plakat, das vor der Tunnelwand aufleuchtete.

Sie zog die Brauen hoch, dann lächelte sie schief, denn sie wusste nicht, was sie von derartigen Aussagen halten sollte. Allerdings musste sie sich in diesem Moment auch eingestehen, dass sie noch nie aus politischer Überzeugung ein Leben genommen hatte. Rodmilla hatte lediglich Aufträge erfüllt. Aufträge für den mächtigsten und zugleich skrupellosesten Mann im Goldenen Reich.

Die Meuchelmörderin fuhr in einer Antigravbahn, welche durch den Norden der Megastadt Gomre raste. Um sie herum saßen und standen schweigende Männer und Frauen. Viele der Bürger waren sehr nobel gekleidet, manche hatten Audioliberdrähte an den Schläfen, während andere bloß ausdruckslos vor sich hin starrten.

Die Atmosphäre in Gomre war gedrückt; nicht nur aufgrund der Tatsache, dass die loyalistischen Soldaten, die von den meisten Bürgern gehasst wurden, hier das Regiment übernommen hatten, sondern auch wegen der ständigen Angst vor weiteren Magmabombenangriffen.

Dass zuerst Misellus Sobos und kurz darauf auch Aswin Leukos die gefürchteten Massenvernichtungswaffen eingesetzt hatten, war nicht vergessen worden. Ganz im Gegenteil, der gesamte Mars schien sich seit diesem schwarzen Tag in einem Dauerzustand panischer Hysterie zu befinden.

Als die Antigravbahn an einer Plattform anhielt, ging die Assassinin eine lange Treppe herunter und bahnte sich ihren Weg durch die Menschenmassen, welche die Eingangshalle des Hochbahnhofs verstopften. Sie blieb kurz stehen und blickte sich um. Überall an den Wänden leuchteten holographische Plakate mit loyalistischen Kampfparolen, irgendein Lautsprecher an der Decke stieß unaufhörlich Leukos Propaganda aus. Eine tiefe, autoritär klingende Stimme waberte durch die kathedralenartige Bahnhofshalle.

Verstohlen sah Rodmilla hinauf zu den kunstvoll bemalten Rippenbögen, zwischen denen sich der Lautsprecher befinden musste. Dann spähte sie herüber zum Ausgangsportal der Halle, vor der einige Legionäre standen. Sie wirkten steif, müde, gelangweilt.

„Juan Sobos hat den rechtmäßigen Archon des Goldenen Reiches heimtückisch ermorden lassen. Juan Sobos ist ein Hochverräter am Goldenen Reich, er plant die schrittweise Zerstörung des Aureanertums. Wer gegen Sobos kämpft, hilft mit, das Imperium und unsere Kaste zu retten.

Wer ihn jedoch unterstützt, ist ein Kastenverräter. Aswin Leukos hingegen will nur das Beste für alle Aureaner und das Goldene Reich. Er ist unser Kämpfer für das Gute und die Wahrheit..."

Rodmilla blickte noch einmal hinauf zur Decke. Anschließend ging sie schnellen Schrittes auf das Ausgangsportal zu, während die Stimme von oben laut und einschüchternd auf die Passagiere herniederfuhr.

Es machte den Anschein, als hätten es die Loyalisten bereits aufgegeben, Sympathien bei den Bewohnern von Gomre zu erlangen. Stattdessen beließen sie es dabei, ihren politischen Gegnern mehr oder weniger offen zu drohen.

„Weitergehen! Gehen Sie weiter!", vernahm Rodmilla die Stimme eines Legionärs, der direkt neben dem Ausgangsportal stand.

Zielstrebig ging Rodmilla aus der Bahnhofshalle hinaus, um daraufhin eine weitere Plattform zu betreten, von wo aus sie mit einem Antigravlift in die unteren Ebenen des riesenhaften Verkehrskomplexes fahren konnte.

Unten angekommen schlenderte sie über einen Gleiterparkplatz, von dem immer wieder Fluggeräte in den Himmel stiegen. Wenig später erreichte die Assassinin eine mit Passanten überlaufene Einkaufsstraße, die ganz in den Schein zahlloser Leuchtwerbewürfel getaucht war.

Dies war bereits ein Außenbezirk der Megastadt Gomre. In einigen Kilometern Entfernung begann der Bereich, der seit der Einnahme der Metropole von Legionären und Milizsoldaten bevölkert wurde. Hier reihte sich Heerlager an Heerlager – bis hinaus in die Gras- und Waldlandschaften, die Gomre umgaben.

Nachdenklich betrachtete Rodmilla die vielen Leute, die mit ihr die Einkaufsstraße heruntergingen. Männer, Frauen und Kinder, fast alle wirkten sie ängstlich und bedrückt. Holographische Bilder tanzten auf den Gesichtern der Passanten, während ein Geräuschbrei aus Werbebotschaften, politischen Propagandareden und unterschwelligem Gemurmel die Geschäftsmeile erfüllte.

„Warum interessiert dich nichts?", sagte Rodmilla kaum hörbar zu sich selbst. Sie setzte einen Fuß vor den anderen, ging immer stur geradeaus.

Das Heerlager der Loyalisten war nur noch wenige Kilometer entfernt. Gleich einer Schlange würde die Assassinin leise, stumm und geisterhaft bis zu den hochrangigen Offizieren vordringen, um am Ende Sobos Todfeind zu meucheln.

Inzwischen hatte sie genug ID-Karten, Zugangsdaten und Sicherheitscodes gesammelt, um in die zentralen Bereiche des Loyalistenlagers eindringen zu können. Rodmilla würde als Krankenschwester der Sternenflotte, Legionärshure oder Offiziersgeliebe kommen. Welche Maske sie trug, war vollkommen gleich. Jede neue Information machte sie nur noch tödlicher. Sie stand bereits wie ein unbemerktes Raubtier hinter Leukos Rücken, die vergiftete Klinge erhoben und die Blastpistole im Anschlag.

Für die Zeit eines Wimpernschlages empfand die rotblonde Mörderin so etwas wie Stolz, dass der Archon gerade sie ausgewählt hatte, um den Oberstrategos zu töten. Dann jedoch kam der Zorn zurück. Der Zorn, der Hass auf Juan Sobos, der sie erniedrigt und geschändet hatte. Sie hing an seinen Fäden und er hatte sie dies so deutlich wie noch niemals zuvor spüren lassen.

Rodmilla Curow interessierte sich nicht für Politik, obwohl sie nicht dumm war. Im Gegenteil, sie war bloß ignorant und leer und innerlich hoffnungslos verfault.

„Kastenverrat erzeugt Vergeltung!", las sie erneut im Augenwinkel und nickte zustimmend.

„Alles rächt sich im Leben irgendwann. Alles!", sagte sie daraufhin zu sich selbst.

Das panische Geschrei der Legionäre mischte sich mit dem ohrenbetäubenden Getöse zahlreicher Explosionen, die mehrere Gebäude am Straßenrand in Stücke rissen und tonnenschwere Betonteile herumwirbelten. Flavius und Kleitos warfen sich hinter einer Mauer in den Dreck, während der Boden unter ihren Stiefeln zu erzittern begann. Überall regneten Steinbrocken und Stahlverkleidungen vom Himmel, krachend und knirschend schmetterten sie hernieder, um ganze Gruppen von Legionären unter ihrer Last zu begraben.

Kleitos brüllte etwas durch die Staubwolken, die den gesamten Straßenzug verschlungen hatten und den Männern die Sicht nahmen, doch Flavius konnte ihn nicht verstehen. Zu Tode erschrocken torkelte der Kohortenführer durch das Chaos aus schreienden Legionären und umherfliegenden Gesteinssplittern. Wieder krachten Detonationen los, diesmal allerdings in einiger Entfernung. Verstört lief Flavius auf ein herausgerissenes Betonstück zu, das zwei Legionäre unter sich zermalmt hatte. Blutströme flossen unter dem Block hervor, Princeps sah entsetzt nach oben, doch er konnte nicht erkennen, ob über seinem Kopf ein weiterer Betonbrocken durch die Luft raste oder nicht. Dieser verfluchte Staub machte die Männer blind und hilflos.

„Die feuern mit Scharfschützen auf uns! Rückzug! Rückzug!", hörte Flavius einen Legionär jenseits der ihn einhüllenden Staubschwaden schreien. Er vernahm das charakteristische Geräusch abgefeuerter Punktionsblaster. Irgendwo auf den Dächern der Fabrikgebäude mussten die Feinde lauern.

„Wir müssen hier weg! Rückzug in Richtung Ausgangspunkt!", befahl Flavius, wobei er so laut schnaufte und keuchte, dass er kaum ein Wort über die Lippen bringen konnte.

Als Princeps und ein großer Trupp Legionäre endlich aus dem Staubnebel herausgekrochen waren, nahmen sie die Feinde augenblicklich unter Feuer. Hochkonzentrierte Blasterstrahlen, hauchdünn, rötlich glimmend und absolut tödlich, gingen von allen Seiten auf die Soldaten nieder. Kleitos riss Flavius von den Füßen, ehe dieser reagieren konnte. Dann robbten die beiden hinter das ausgebrannte Wrack eines Transportgleiters am Straßenrand.

Hinter ihnen brüllten mehrere getroffene Legionäre auf. Das Scharfschützenfeuer entfachte einen wahren Blutregen inmitten der sich zurückziehenden Loyalisten. Direkt neben Flavius krachte ein Kamerad, dessen Helm von einem Punktionsstrahl durchbohrt worden war, auf die Straßenverkleidung aus Hyperplastnid. Princeps sah atemlos dabei zu, wie sich unter dem Kopf des gepanzerten Kriegers eine dunkelrote Blutlache ausbreitete.

„Diesmal haben uns diese Schweine ins offene Messer laufen lassen", warnte Zenturio Sachs über Funk. „Die haben hier alles vermint und voller Scharfschützen gepackt. Die sind überall, Princeps. Sieh zu, dass du deine Männer da rauskriegst!"

„Was du nicht sagst…", war alles, was Flavius in diesen Sekunden antworten konnte.

Der Kohortenführer musste sich zusammenreißen, um bei Sinnen zu bleiben. Plötzlich war es ihm weniger denn je Recht, dass man ihm eine Führungsaufgabe gegeben hatte. Funksprüche hagelten auf ihn ein, Zenturio Sachs nervte ihn mit Anweisungen und der Führer einer Legion, die einige Kilometer weiter westlich einen Angriff unternahm und sich in einer ähnlichen Lage befand, wollte irgendwelche Dinge wissen, die Flavius nicht beantworten konnte.

Fluchend kroch Princeps entlang des Gleiterwracks in Richtung einer Betonmauer, während ihm Kleitos mit erhobenem Schild hinterher hechtete. Weiter vorne, am Ende des langen Straßenzuges, der zwischen den Industriebauten hindurch führte, eröffneten die Donar Panzer das Feuer auf die gegnerischen Scharfschützen. Doch dies änderte nichts an dem heimtückischen Präzisionsfeuer, das von allen Seiten auf die Legionäre einprasselte und immer mehr von ihnen tötete.

Weitere Explosionen ließen die Straße erbeben, als die Feinde die nächsten Sprengsätze hochgehen ließen und ganze Häuserfronten mit ohrenbetäubendem Getöse herunterkrachten.

„R-19! Alle Mann zu R-19! So schnell es geht!", brüllte Flavius in sein Vox-Modul, während direkt hinter ihm zwei Punktionsschüsse in die Mauer einschlugen.

Princeps hielt den Atem an. Dann begann er wie ein Wahnsinniger loszusprinten. Dutzende von Soldaten folgten ihm. Sie rannten direkt auf zwei Donar Panzer zu, passierten die stählernen Riesentanks und hofften, irgendwo eine halbwegs sichere Deckung zu finden.

Kaum hatten sie die Panzer hinter sich gelassen, detonierten mehrere Straßenminen unter ihren Ketten und einer der Tanks wurde von einer mächtigen Druckwelle nach oben geschleudert.

Entsetzt drehte sich Flavius um. Dann rannte er weiter. Hinter ihm hatte sich der gesamte Straßenzug in ein gewaltiges Flammenmeer verwandelt. Ungezählte Schreie hallten durch die Häuserschlucht, ein weiterer Donar Panzer wurde von einer Detonation zerrissen und glühende Wrackteile fielen auf einen Pulk panischer Legionäre herab. Die Unglücklichen wurden zermalmt wie Kakerlaken unter einem Stiefelabsatz.

„Das ist der pure Wahnsinn! Lass uns einfach nur noch abhauen!", hörte Flavius die sich überschlagende Stimme seines Freundes Kleitos.

Und genau das hatte Princeps auch vor. Hier gab es keine Möglichkeit mehr für einen geordneten Rückzug. Jeder Mann musste selbst zusehen, dass er lebend aus dieser verminten Hölle herauskam. Der gesamte Industriekomplex war von Anfang an eine überdimensionale Todesfalle gewesen – und die Legionäre waren dem Feind direkt vor die Blastermündung gelaufen.

Flavius setzte seinen Sprint mit letzter Kraft fort, während immer mehr Sprengladungen explodierten und die flüchtenden Loyalisten durch Qualmwolken und Flammen rannten.

„Hauptsache, sie erwischen Kleitos und mich nicht doch noch", schoss es Flavius durch den Kopf, als er von einer Deckung zur nächsten eilte.

Wofür kämpfe ich?

Weitere Legaten hatten sich Leukos Streitmacht angeschlossen. Die meisten waren von der Venus gekommen,
wo sich die Stimmung innerhalb der imperialen Armee
allmählich in Richtung der Loyalisten zu verschieben
schien. Mehr als 30 Legionen waren bereits zu Leukos
übergelaufen und hatten dem „Bastard" Antisthenes den
Gehorsam verweigert. Nun unterstützen sie den loyalistischen Vorstoß in Richtung Süden an mehreren Frontab-
schnitten, was den Rebellen einen enormen Auftrieb gab.
Throvald von Mockba war inzwischen zur Venus geflogen, um im Auftrag seines Herrn mit weiteren Legionsführern zu verhandeln und sie dazu zu bewegen, die loyalistische Sache mit ihren Soldaten zu unterstützen. Zudem hatten sich mehrere Senatoren und wichtige Persönlichkeiten der venusianischen Politik offen auf Leukos
Seite gestellt und die Wiederherstellung der alten Ordnung gefordert. Eine Tatsache, die nicht nur Juan Sobos,
sondern auch sein Gefolge schockierte.
Flavius, Kleitos und Zenturio Sachs hatten indes wochen-
lange Gewaltmärsche und zermürbende Kämpfe hinter
sich. Der Schock über das Grauen, welches sie in der In-
dustrieanlage nur durch Glück überlebt hatten, steckte ihnen noch immer in den Knochen. Dennoch war es den
Loyalisten mittlerweile gelungen, den Vormarsch in Richtung Reddcite fortzusetzen. Auch heimtückische Fallen
hatten Leukos Legionen bisher nicht aufhalten können,

obwohl die Verluste an Männern und Material schon wieder ein kritisches Ausmaß erreicht hatten.

Flavius zählte die Tage, redete sich pausenlos ein, dass es doch noch Hoffnung auf den Sieg gab, und versuchte, die Nerven zu behalten. Die Hauptstreitmacht der Optimaten wartete bei der Megastadtkette nördlich von Weitkrater, was bedeutete, dass die gegnerische Front in unmittelbarer Nähe von Reddcite durchstoßen werden konnte, wenn man nur hartnäckig genug angriff. So jedenfalls sah es Leukos, der seine Legionen zu konzentrierten Vorstößen antrieb und dem Feind keine Ruhe gönnte.

Am Ende hatte er Erfolg. Antisthenes zog seine Legionen zurück, überließ die Megastadt Reddcite den Loyalisten und stärkte seine Abwehrfront entlang der Metropolenkette im Norden von Weitkrater mit den zurückgerufenen Legionen. Leukos betrachtete dies bereits als Erfolg und befahl, den Vormarsch nach Süden fortzusetzen. Schließlich schloss sich dem erfolgreichen Vorstoß nach Reddcite die nächste, drei Monate andauernde Offensive an.

Mit aller Hartnäckigkeit berannten Leukos Legionäre die Abwehrfront der Optimaten und kämpften sich schließlich bis zu den nördlich von Weitkrater und Marksbury gelegenen Megastädten vor.

Und während Aswin Leukos über seinen Karten brütete, erbebten die Marswüsten unter den blutigen Schlachten und Grabenkämpfen, die seine Legionäre wochenlang zu erdulden hatten. Flavius und Kleitos gingen einmal mehr durch die Hölle und als das Loyalistenheer die Megastadtkette im Norden der Ballungszonen endlich erreicht hatte, waren sie zu Tode erschöpft und mit den Nerven am Ende. Ihr Oberbefehlshaber jedoch hatte allen Grund, endlich ein wenig zuversichtlicher zu sein. Trotz schwerer Verluste war es seinen Truppen gelungen, die feindlichen Linien an mehreren Stellen zu durchbrechen und Antisthenes weiter in die Defensive zu drängen.

Flavius, der als Kohortenführer eine Reihe gefährlicher Sturmangriffe mitgemacht hatte, fürchtete sich indes vor dem größten Ballungsgebiet des Goldenen Reiches, welches sich jenseits der Megastadtkette befand. Vor seinem geistigen Auge malte er sich schon die alptraumhaften Schlachten in den Betonwüsten und Häuserschluchten von Weitkrater aus. Wie wollte Leukos diese Gebiete überhaupt erobern oder gar halten? In Princeps Augen war dies ein Ding der Unmöglichkeit.

Allerdings schien es in den ebenso legendären wie berüchtigten Makrozentren Weitkrater und Marksbury zu brodeln, denn die Unterkastenaureaner waren seit Jahren mit der Politik des neuen Archons unzufrieden. Lediglich die Tatsache, dass das Sozialsystem des Imperiums noch funktionierte, hielt die Millionenmassen ruhig. Seit Leukos jedoch eine Reihe wichtiger Stauanlagen mit seinen Bombern zerstört hatte, litten Weitkrater und Marksbury unter chronischem Wassermangel. Außerdem führte der Zustrom von Millionen Anaureanern, die die Ballungsgebiete des Mars regelrecht überschwemmten, zu wachsenden Spannungen.

Inzwischen kämpften die ungoldenen Einwanderer und die Unterkastenaureaner um ganze Stadtteile. Sie stritten sich um die Früchte des immer mehr zusammenschrumpfenden Sozialsystems, kämpften um Nahrung, Wasser und Konsumgüter.

Mehrere Magistrate regierten im Auftrag von Misellus Sobos über die zwei größten Makrozentren des Goldenen

Reiches. Alle waren treue Optimaten, wobei sie vor allem bei den almosenempfangenden Aureanern nicht sonderlich beliebt waren. Gerade diese hatten oft Sympathien für Leukos, allein schon aufgrund der Tatsache, dass dieser ein Gegner von Juan Sobos war.

Zwar hatte Leukos vor einiger Zeit selbst die Trinkwasserkrise herbeigeführt, doch richtete sich die Wut der unterprivilegierten Aureaner längst nicht mehr gegen ihn, sondern die Regierenden. Sie waren es, die die Armen versorgen sollten, nicht der fremde Rebellengeneral, der auf den Mars gekommen war, um Sobos zu bekämpfen. Und die Politiker, die im Auftrag des Marsstatthalters Weitkrater und Marksbury verwalteten, hatten die Trinkwasserversorgung noch immer nicht wiederherstellen können. Somit schimpften Millionen auf Misellus Sobos und sein unfähiges Gefolge.

Doch bisher hatten die Loyalisten Weitkrater und Marksbury noch längst nicht erreicht. Vor ihnen lag eine Kette aus nicht weniger als elf Megastädten, die nach wie vor fest in der Hand der Optimaten waren. Zwar rief Leukos seine aureanischen Kastenbrüder dazu auf, sich seinem Heer als Freiwillige anzuschließen, doch waren seinem Appell nur wenige tausend Männer gefolgt. Antisthenes Streitmacht war weiterhin deutlich überlegen. Neue Hilfstruppen aus dem gesamten Sol-System waren auf den Mars gebracht worden, ebenso wie zusätzliches Kriegsgerät und sogar terranische Robotschwadronen. Schnell verflog die Euphorie, die der Vorstoß zur Megastadtkette in Leukos Herz entfacht hatte. An ihre Stelle trat der ewige Zweifel, der einen Feldherrn stets mehr quälte als alles andere.

Seit Tagen saß Guntrogg in seinem persönlichen Gemach im Heckbereich des gigantischen, an einen Raubfisch erinnernden Sternenschiffs der Grushloggs. Nur selten verließ der Stammesführer seine Wohnkammer, deren Wände mit fremdartigen Glyphen, bizarren Zeichnungen, Eisenstacheln und gebleichten Knochenstücken verziert waren.

Schuldgefühle und Zweifel peinigten den grauäugigen Nichtmenschen, der eine so weite Reise durch das Meer der Leere unternommen hatte. Guntrogg war unzufrieden, denn die Ziele, die er sich selbst gesteckt hatte, waren noch weit entfernt. Ruhm und Ehre hatte er erwerben wollen, doch bisher hatte der Adelskrieger wenig erreicht.

Gorzhag, der Herrscher des Sternenreiches von Murrak, hatte ihm das gewaltige Raumschiff und zehntausend Krieger nicht mitgegeben, damit er seine Zeit verschwendete und lieber die Sprache der Udantok erlernte, als gegen die Fremden zu kämpfen.

Allein das eindrucksvolle Fluggerät, in dessen Innerem Guntrogg nun schon eine lange Zeit verweilte, war ein absoluter Vertrauensbeweis seines Gebieters gewesen. Der Schlächter von Murrak hielt große Stücke auf ihn, betrachtete ihn als zukünftigen Hordenführer in seiner riesigen Streitmacht, so dass es Guntrogg vor dem Gedanken graute, seinen Gönner zu enttäuschen.

Voller Enthusiasmus lernte der junge Brüller die merkwürdig hell klingende Sprache der Weichfleischigen, studierte ihre Schrift, las inzwischen sogar schon Texte und wollte immer noch mehr über die Kultur und Geschichte dieser Spezies erfahren. Doch wo waren die eindrucksvollen Heldentaten, die Gorzhag beeindrucken konnten?

Sicherlich hatte Guntrogg bereits gegen die Udantok gekämpft, doch war er weder zu spektakulären Schlachten,
noch zu wirklich glorreichen Siegen gekommen. Es fehlte
weiterhin eine Menge, um einen Gebieter wie Gorzhag
zufrieden zu stellen. Immerhin hatte ihm der Schlächter
ein so gewaltiges Sternenschiff nicht überlassen, damit er
eine primitive Rasse von Rosahäuten erforschte.

So interessant, wie Guntrogg die Weichfleischigen auch
fand, so war er doch kein Geistesbegabter, der fremde
Arten studierte. Nein, von einem Grauaugenkrieger erwartete jeder heldenhafte Kämpfe und eindrucksvolle Siege. Nicht nur Gorzhag würde sich allein für die Trophäen
interessieren, die Guntrogg ihm aus diesem weit entfern-
ten System mitbrachte, sondern auch seine anderen Kriegerfreunde. Niemals würde sich der Schlächter von Murrak mit der Ausrede abspeisen lassen, dass die Armeen
der Udantok zu groß gewesen seien, um mit einer so kleinen Horde eindrucksvolle Siege erringen zu können.

Allerdings waren die Weichfleischigen in Wahrheit weit
weniger primitiv als es Guntrogg zunächst angenommen
hatte. Sie verfügten bereits über eine ausgereifte Techno-
logie und tödliche Waffen, obwohl es ihnen noch nicht
gelungen war, einen Überlichtantrieb zu entwickeln.

Manchmal sah Guntrogg schon die wutverzerrte Fratze
von Gorzhag vor seinem geistigen Auge, was ihn erschauern ließ. Den Schlächter von Murrak wagte niemand
mit Nichtigkeiten zu enttäuschen. Und schon gar kein
junger Brüller, der zu einem Hordenführer in seinen
Diensten aufsteigen wollte.

Der mächtige Gorzhag hatte kein sonderliches Interesse
an den neu entdeckten Udantok. Ihre Welten waren zu
weit entfernt, um sie mit einer großen Streitmacht angrei-

fen zu können. Außerdem waren die Weichfleischigen noch zu schwach, um der entfesselten Macht einer Grushloggflotte widerstehen zu können.

„Wenn ich wieder nach Murrak zurückkomme, dann werde ich Gorzhag sagen müssen, dass ich seine Erwartungen nicht erfüllt habe. Ich werde mein Ansehen und meine Ehre verlieren, ein anderer junger Brüller wird meinen Platz an der Seite des Schlächters einnehmen", haderte Guntrogg manchmal in der Düsternis seiner Wohnkammer mit sich selbst.

„Niemals werde ich zu einem bedeutenden Hordenführer in Gorzhags Namen aufsteigen, wenn ich bloß meine Zeit vergeude und nicht endlich guten Krieg finde", ging der grauäugige Adelskrieger mit sich ins Gericht.

Brütend und grübelnd verharrte er in seinem Gemach und ließ nicht einmal Craglakk mehr zu sich herein. Er zerbrach sich den Kopf darüber, wie er mit seinen Kriegern etwas vollbringen konnte, dass den Schlächter wirklich beeindruckte.

„Gorzhag interessiert es nicht, welche Sprache die Weichfleischigen sprechen. Und er will auch nicht wissen, wie ihre Schriftzeichen aussehen. Meine Reise zu den Udantok hat nur einen einzigen Sinn – den Ruhm der Krieger von Murrak bis zu den entlegensten Welten zu tragen", schärfte sich Guntrogg beständig ein, wenn seine Gedanken wieder einmal drohten, von Krieg und Kampf abzuschweifen, um sich der durchaus interessanten Kultur der Fremden zuzuwenden.

Auch die gewöhnlichen Krieger hatten bereits zu murren begonnen, wie Craglakk seinem Gebieter und Kriegerfreund vor einigen Tagen im Vertrauen mitgeteilt hatte.

Unsicherheit! Guntrogg hasste nichts mehr als dieses entsetzlich quälende Gefühl. Ein Anführer musste seine Gedanken an ein Ziel heften und es nicht mehr aus den Augen lassen, bis er es erreicht hatte; gleich einem Jäger, der seine Beute unbeirrt zu Tode hetzte, um ihr Fell am Ende stolz präsentieren zu können.

„Besiege deine Unsicherheit!", ermahnte sich der Hüne mit der grüngrauen Haut immer wieder und wieder. Schließlich schwor er sich, endlich einen Sieg zu erringen, von dem seine Artgenossen noch lange sprechen würden.

„Über die Epoche vor Artur dem Großen wissen wir noch weniger als über die Zeit des ersten Goldenen Reiches. Lediglich Mythen berichten von diesem längst vergangenen Zeitalter, das mit dem Geburtskrieg beendet worden ist.

Zahlreiche Sagen handeln von dem Kampf der Mächte des Lichts gegen eine grausame und bösartige Rasse, die die Länder der Erde unterwandert und von innen heraus vergiftet hatte. Damals, so berichten es die uralten Überlieferungen, hatte dieses finstere Volk die aureanische Menschheit an den Rand der Vernichtung getrieben.

Was wir an Bildwerken und Relikten aus der Vorgeburtskriegsepoche besitzen, lässt eine Zeit des schlimmsten Zerfalls vermuten. Die Architektur ist primitiv, ja teilweise grotesk hässlich gewesen, während die Lebensweise der Menschen nur als degeneriert und abartig bezeichnet werden konnte. Begriffe wie „Freiheit", „Menschlichkeit", „Demokratie" und „Frieden" schienen in der Epoche vor dem mythologischen Geburtskrieg geradezu inflationär benutzt worden zu sein. Das wenige, was wir jedoch über diese Ära wissen, zeigt ein Zeitalter des Zerfalls und der Dekadenz, welches geradezu abstoßend gewesen sein muss.

Nur Artur dem Großen, der von dem Lande Russan aus seinen Feldzug zur Befreiung Hyborans und der Welt begonnen hatte, ist es wohl zu verdanken, dass die Aureaner damals nicht gänzlich untergegangen sind. Der legendäre Urkönig selbst setzte auch nach seinem Sieg im Geburtskrieg den Kampf gegen die über die ganze Welt verstreute Brut der Finsteren fort, wobei seine Nachfolger den Rachefeldzug nach seinem Tod unbeirrt vorantrieben und selbige fast vollständig auslöschten.

Dennoch bleibt die Epoche vor Artur dem Großen eine Zeit der Sagen, die für den modernen Historiker weiterhin im Dunkel liegt. Die spärlichen Aufzeichnungen, Quellentexte und Relikte liefern zu wenige Informationen, die wir heute noch deuten können.

Dies gilt allerdings auch für den Geburtskrieg selbst und die darauf folgenden Veränderungen auf dem Kontinent Hyboran und in der Welt. Manche Archivatoren, etwa Magister Toul Gerhan, behaupten, dass es nach der Befreiung Hyborans zu umfassenden Säuberungen gekommen ist, der etwa 30 bis 40 Millionen Menschen zum Opfer gefallen sind. Andere Historiker beschreiben die anschließende Herrschaft Arturs des Großen indes als eine Epoche des Friedens und des Ausgleichs. Es gibt Indizien, die sowohl für die eine als auch für die andere These sprechen. Wirklich wissen wir es jedoch nicht…"

Mit einem verwirrten Brummen strich sich Flavius die Kontaktdrähte des Audiolibers von den Schläfen. Neben ihm stand Eugenia, die soeben durch das Heerlager gelaufen war, um eine Flasche Wasser und einige Nahrungswürfel zu besorgen.

„Der große Denker, schon wieder in die Bücher vertieft", sagte sie schmunzelnd.

„Mittlerweile könnte man mich an jeder Universität Geschichte unterrichten lassen. Ich habe im Laufe der Jahre so viele Audioliber über historische Themen und große Männer gelesen, dass ich ewig lange Vorträge halten könnte", antwortete Flavius. Er erhob sich von seinem Platz, legte Eugenia die Arme um die Schultern und gab ihr einen Kuss.

Es tat unendlich gut, dass sie heute noch einmal bei ihm sein durfte. Gegen Abend würde sie zurück zur Polemos gebracht, doch bis dahin waren es noch ein paar Stunden, die Princeps unbedingt genießen wollte.

„Und? Was haben die historischen Erkenntnisse gebracht, Herr Kohortenführer?"

Flavius zuckte mit den Achseln. „Eine sehr gute Frage, Schatz."

„Bücher zu lesen ist jedenfalls sinnvoller als seine Zeit ständig mit Halo-Simulationsspielen zu vergeuden, wie es Kleitos tut", meinte Eugenia.

„Ich wollte irgendwann wissen, wofür ich kämpfe. Wo mein Platz als kleiner Legionär in dieser unendlich langen Geschichte der Menschheit ist. Aber ich habe am Ende keine Erkenntnis gewonnen, die mich wirklich zufrieden gestellt hat", sagte Flavius mit nachdenklichem Gesichtsausdruck.

Seine Freundin nickte. „Wir bewahren ein Erbe, das Jahrtausende zurückreicht. Und wir erhalten das Beste, das die Menschheit jemals hervorgebracht hat. Kann es denn ein höheres Ziel geben als unseres?"

„Sehr philosophisch. Zudem gebe ich dir natürlich Recht. Doch wenn um dich herum die Granaten vom Himmel hageln, dann klammerst du dich erst einmal nur an dein kleines Leben und blendest alles andere aus."

„Dennoch ist Aswin Leukos ein guter und ehrenvoller Mann. Ich bin mir sicher, dass er die zahllosen Leben der einfachen Soldaten am Ende nicht verraten wird. Unter all den Schlangen, die Terra heute beherrschen, ist er von Anfang an der einzig ehrliche General und Politiker gewesen", meinte Eugenia ernst.

Flavius liebkoste ihre Wange, er strich ihr durch das dunkle Haar und blickte ihr verliebt in die Augen. Die beiden setzten sich auf eine Pritsche.

„Du bist hart geworden. Früher warst du ganz anders. Unbeschwerter und vielleicht auch naiver, genau wie ich. Immer wieder pendele ich zwischen dem Glauben an unsere Sache und dem einfachen Wunsch, noch ein paar Jahre in Frieden leben zu können. Aber wir können noch immer nicht aus dieser Blutmühle heraus. Dieser Krieg lässt uns nicht gehen und hält uns weiterhin in seinem eisernen Griff", murmelte Flavius leise vor sich hin.

„Wir sollten mit diesem Thema aufhören. Die wenigen Stunden, die ich heute noch hier draußen bei dir bin, sind viel zu wertvoll, um sich die Köpfe zu zerbrechen. Einfach abwarten, mehr können wir ohnehin nicht tun", sagte Eugenia und versuchte zu lächeln.

Misstrauisch blickte sich Flavius um. Für einen kurzen Augenblick öffnete er sein Helmvisier, um das ihn umgebende Grauen mit eigenen Augen zu sehen. Dann jedoch ließ er den Gesichtsschutz wieder heruntergleiten, denn eine unbeschreibliche Kälte schnitt ihm in die Haut. Noch immer zeigte die Temperaturanzeige an seinem Handgelenk nicht weniger als 58 Grad minus.

„Weiter vorrücken! Augen nach allen Seiten offenhalten, Männer!", gab Flavius an die von ihm geführte Kohorte durch.

Die Legionäre bewegten sich behutsam vorwärts. Inzwischen hatten sie den Vorort einer Kleinstadt erreicht, die vom Feind mit Kältegranaten der Boreas-Klasse bombardiert worden war. Zwar hatten die meisten Einwohner dieser Ortschaft schon vor Tagen die Flucht nach Süden angetreten, doch waren mehrere Hundert dennoch geblieben. Ein Fehler, der sich am Ende als fatal erwiesen hatte.

Nun waren von den Bewohnern der Siedlung nur noch erstarrte Leichen geblieben. Boreas-Kältebomben waren nicht weniger gefürchtet als die tödlichen Schwaden, die das Biophagingas entfachte. Wo eine Boreasbombe aufschlug, breitete sich eine mörderische Weltraumkälte aus, der nichts und niemand widerstehen konnte.

Zwischen den vielen Toten, die grausig verdreht überall auf dem gefrorenen Boden lagen, befanden sich auch die sterblichen Überreste der loyalistischen Soldaten, die zuvor in dieses Gebiet eingedrungen waren.

Flavius hielt für einen Moment an. Er drehte den Kopf und betrachtete ein Flugabwehrgeschütz, welches mit Eiszapfen behangen war. Davor lagen etwa ein Dutzend starrgefrorene Milizionäre, denen die Kälte das Leben aus den Körpern gepresst hatte.

Das furchtbare Bombardement, welches die Optimaten in der letzten Nacht über diesen Frontabschnitt gebracht hatten, war verheerend gewesen. Zum ersten Mal hatten sie nicht nur Kältebomben im großen Stil eingesetzt, sondern auch neurotoxische Chemiewaffen. Mindestens

20000 Loyalisten waren bei diesem Angriff getötet worden.

Aswin Leukos hatte indes noch in den frühen Morgenstunden auf eine ähnlich grausame Weise geantwortet und erneut Biophagingas eingesetzt. Diesmal hatte er die feindlichen Stellungen nördlich der Megastadtkette bombardieren lassen.

Flavius hielt den Atem an. Er überlegte, welche Waffen, die sich ebenso geniale wie kaltherzige Wissenschaftler ausgedacht hatten, in diesem Krieg wohl als nächstes eingesetzt würden. Virenbomben? Noch mehr Gas? Oder wieder Magmabomben?

Der Gedanke an den Wahnsinn, der noch auf die einfachen Legionäre wartete, ließ den Kohortenführer erschauern. Erneut blieb er stehen, um einen Blick zu seinem Freund Kleitos zu werfen.

„Der Göttliche muss uns wahrlich gern haben. Wir sind noch immer nicht unter den Toten", sagte Jarostow, der sich verkrampft hinter seinem Eckschild zu verstecken versuchte.

Nachdem die Legionäre ein paar Straßenzüge durchquert hatten und sich sicher waren, dass keine feindlichen Verbände in den verlassenen Gebäuden lauerten, wagte es Flavius, sich ein wenig genauer in der vereisten Geisterstadt umzusehen.

An einer Hauswand in einiger Entfernung saß ein junges Mädchen, das die Hand ihres kleinen Bruders ergriffen hatte. Flavius blickte auf die zwei erstarrten Kinderleichen herab. Er hatte das Gefühl, als ob ihn das Mädchen angrinsen würde, denn ihr Mund war seltsam aufgerissen und verzogen. Die Haut der Erfrorenen hatte eine gräuliche Farbe. Was hatte sie in ihren letzten Sekunden wohl gedacht, während sie in der Kälte versunken war?

Derartige Anblicke kannte Flavius mittlerweile zur Genüge. Sie waren ihm seit Jahren vertraut. Schon im thracanischen Bürgerkrieg hatte er das Leid der Zivilbevölkerung hautnah miterlebt. Wo er war, war auch der Tod, ging es dem jungen Kohortenführer durch den Kopf.

Schließlich wandte er sich von den beiden toten Kindern ab und sah wieder zu den von ihm angeführten Legionären herüber, die den Straßenzug sicherten.

„Wie sieht es bei dir aus? Eisige Stimmung, wie?", funkte ihn Zenturio Sachs an.

„Dein Humor ist heute Morgen etwas frostig, mein Lieber", gab Flavius zurück.

„Ich habe gute Nachrichten, Princeps", meinte Sachs.

„Aha? Naja, vielleicht taue ich ja dann auf."

„Die optimatischen Verbände haben sich in Richtung Strathville zurückgezogen. Sie haben also ihre Stellungen jenseits dieser Siedlung geräumt."

„Wirklich?"

„Ja, Princeps! Das kam eben von der Koordinationsstelle durch. Wir rücken im Eiltempo weiter in Richtung Strathville vor und graben uns vor der Megastadt ein."

„Sollen wir jetzt direkt bis nach Weitkrater marschieren?", fragte Flavius, den der ewige Zeitdruck langsam in den Wahnsinn trieb.

„Leukos verlangt, dass wir bis zu den Außenzonen der Megastadtkette vorstoßen. Er will, dass wir den Feind bedrängen, wo es nur geht", antwortete der Zenturio.

Flavius hörte an seiner Stimme, dass sich auch die Laune seines Freundes in Grenzen hielt.

„Der Oberstrategos verlangt unmögliche Dinge von uns. Die Männer haben eine Verschnaufpause verdient, sie stehen kurz vor dem Zusammenbruch."

„Nur noch dieser Vorstoß, dann haben wir einen gewaltigen Erfolg vorzuweisen, Flavius. Ich kann auch nicht mehr, aber wir müssen diesen Vorteil ausnutzen", sagte Sachs.

„Ich gebe den Befehl weiter. Bis dann!" Mit einen unwilligen Seufzen auf den Lippen schaltete Flavius die Vox-Verbindung ab. Er folgte ein Kopfschütteln. Neben ihm stand Kleitos, der ihn erwartungsvoll anglotzte.

„Gibt es was Neues?", wollte er wissen.

„Ja!", knurrte Flavius. „Mir wurde soeben mitgeteilt, dass wir alle bis zur Abenddämmerung durchmarschieren müssen."

Hinter der schäbigen Stahltür hörte Rodmilla Curow die Stimmen verschiedener Männer. Sie mischten sich mit Gelächter, das hämisch, beinahe bösartig klang. Die Assassinin mit dem langen, rötlichen Haar lag auf einer Synthomatratze, nur leicht bekleidet, frierend und mit entsetzlich schmerzendem Kopf.

Rodmillas eingetrübtes Bewusstsein versuchte sich in dem halbdunklen Raum zu orientierten. Legionärsstiefel lagen neben der Matratze, daneben ein hastig heruntergerissenes Unterhemd. Drei Neurostimulatoren, eine zerschlagene Weinflasche, eine dunkelblaue Decke, die nach Erbrochenem stank.

Mit zitternden Fingern tastete Rodmilla nach ihrer kalten, schweißnassen Stirn. Als sie sich ein wenig aufgerichtet hatte, schoss ihr eine unaufhaltsame Übelkeit aus den Tiefen ihres Magens in den Hals. Die Meuchelmörderin erbrach sich, sie würgte einen Schwall gelblicher Flüssigkeit aus sich heraus, während die Stimmen vor der Tür lauter wurden. Eine raue Stimme lachte bellend los.

„Die hat ´ne Menge geschluckt. Im wahrsten Sinne des Wortes", vernahm Rodmilla halb benommen, doch konnte sie sich an nichts erinnern.

Sie fühlte sich, als würde ihr jemand mit einem Bohrschneider im Schädel herumwühlen. Erneut erbrach sie sich, obwohl es kaum noch etwas gab, dessen sie sich entledigen konnte.

„Was ist passiert? Bei Malogor, was ist nur passiert?", jammerte sie kläglich.

Dann richtete sie sich schwankend auf, schlurfte zu einem Fenster und sah hinaus. Etwa zwanzig Meter unter ihr befand sich ein Gehsteig, auf dem zwei Legionäre standen und sich unterhielten. Verwirrt schlich Rodmilla in Richtung der Stahltür, noch immer halbnackt und kaum fähig, sich zu orientieren. Zwei Türflügel schoben sich summend auseinander. Rodmilla stolperte über einen hochhackigen Schuh, der ihr bekannt vorkam, um dann aus dem Portal heraus direkt vor die Füße dreier Männer zu fallen.

„Hupsi! Na, wen haben wir denn da? Die Prinzessin höchstpersönlich", sagte einer der Legionäre, ein breitschultriger Kerl mit kantigem Gesicht und einem dunklen Kinnbart.

„Wo bin ich? Wer seid ihr?", stammelte Rodmilla, während ihr einer der Soldaten mit einem breiten Grinsen auf die Beine half.

„Hast du der gestern noch den Rest gegeben? Die hat doch gar nichts mehr gerafft als sie diese grünen Pillen geschluckt hat", fragte der Mann seinen Nachbarn.

„Mir hat es gereicht, dass sie dagelegen hat", gab dieser amüsiert zurück.

„Wer seid ihr?", wandte sich Rodmilla an die Legionäre, die sie vieldeutig musterten.

„Zieh dir erst einmal etwas an, du kleine Hure", erwiderte einer der Männer, worauf die beiden anderen zu prusten begannen.

„Und glaube nicht, dass wir dir VEs für den Fick überweisen. Das war freiwillig. Hast du selbst gesagt", fügte ein untersetzter Legionär lachend hinzu.

Rodmilla torkelte in den Raum zurück, in dem sie die Nacht verbracht hatte. Sie streifte sich mit letzter Kraft ein zerrissenes Gewand über und ging dann zurück zu den drei Männern, die sie schadenfroh anglotzten.

„Ich könnte direkt nochmal auf diesen Prachtarsch steigen", meinte einer der Legionäre.

„Na? Wie wär`s, meine Süße. Du musst auch nicht stehen, knien reicht völlig. Und du bekommst noch `ne Prise Neurostimulation", ergänzte ein anderer und fasste Rodmilla am Oberarm.

„Nein! Lass mich!", brachte die Meuchelmörderin mit letzter Kraft über die Lippen. Dann versagten ihre Beine den Dienst, Rodmilla brach neben den drei Soldaten auf dem Flur zusammen und verlor erneut das Bewusstsein.

„Jetzt ist sie schon wieder abgekackt. Das kann ja wohl nicht wahr sein". Einer der drei Legionäre verdrehte die Augen. Dann sah er sich verstohlen um.

„Eigentlich könnte ich noch einmal. Die hat noch so viel Zeug im Kopf, dass sie so schnell nicht wieder aufwachen wird."

„Willst du nochmal, Zorgo?"

„Ja, wieso denn nicht? Die Alte ist doch total geil. Allein die Beine sind ein Traum."

„Gut!" Zwei der Soldaten schleiften Rodmilla zurück in den Raum und legten sie auf die Synthomatratze. Die schöne Assassinin, die die Legionäre für eine Lagerkrankenschwester hielten, rührte sich nicht. Sie war so weggetreten, dass sie überhaupt nichts mehr spürte. Schließlich vergnügten sich die drei Soldaten noch einmal mit ihrem reglosen Körper, um dann wieder zurück auf den Gang zu gehen und sich lautstark zu unterhalten.

„Die Schlampe habe ich noch nie zuvor gesehen. Du etwa, Ulric?"

„Nein, aber ist ja auch egal, wo die her kommt. Wegen mir könnten davon ruhig noch mehr im Lager rumlaufen."

„Die war schon voll auf Drogen, als sie uns gestern Abend über den Weg gelaufen ist. Böses Mädchen, das hat sie nun davon", lachte der Legionär mit dem Kinnbart.

Irgendwann gingen die drei Soldaten davon und ließen Rodmilla auf der Matratze liegen. Es sollte noch Stunden dauern, bis sie aufwachte und endlich begriff, dass sie sich in einem leerstehenden Lagerhaus am Rande des Heerlagers befand. Zwar konnte sie sich kaum an die vergangene Nacht erinnern, doch fühlte sie sich so elend und schmutzig wie noch niemals zuvor.

Guntroggs Ehrgeiz

„Sollte ich diesen Krieg überleben, werde ich ein gebrochener Mann sein. Dann werde ich mich in den letzten Winkel der Welt verkriechen und vor mich hin vegetieren, bis dieses furchtbare Leben endlich vorbei ist", brummte Flavius mit eisiger Miene. Er schob sich ein Stück Nahrungswürfel in den Mund und zerkaute es.

„Und ich komme mit…", antwortete Kleitos.

„Dann wird das alles ja noch deprimierender", meinte Princeps, wobei er sich ein flüchtiges Lächeln abzuringen versuchte.

Kleitos, der die Beine herangezogen hatte und mit dem Kinn auf seinen Knien lehnte, sagte nichts darauf. Er schloss die Augen und schwieg für eine Weile.

Flavius blieb derweil mit seinen Gedanken allein. Er erinnerte sich daran, wie er in seiner Jugend mit Vater und Mutter durch den großen Park im Zentrum von Vanatium spaziert war. Vor seinem geistigen Auge sah er einen großen Teich voller Enten und Schwäne, grüne Wiesen im Sonnenschein, spielende Kinder mit weißen Gewändern und goldenen Haaren. Flavius erinnerte sich an seine friedliche und behütete Jugend, die nun schon so lange her war. Immer mehr der alten Erinnerungen gingen im Laufe der Jahre verloren. Sie wurden verdrängt von den blutigen Horrorvisionen des Krieges: Leichenfeldern, Plasmablitzen, Klingen, Blastern, Hass und Vernichtung.

Mittlerweile war Flavius 76 Jahre alt. Zwar war er biologisch deutlich jünger, da er viele Jahre in Kälteschlafkammern verbracht hatte und nicht gealtert war, doch fühlte er sich dennoch wie ein Veteran in einem Konflikt, der schon seit Ewigkeiten tobte.

Seit sie ihn als Rekrut für die Legion eingezogen hatten, waren mehr als 35 Jahre vergangen. Inzwischen schrieb man das Jahr 4031 nach Malogor. Flavius sah nach wie vor aus wie ein gewöhnlicher Mann in den Dreißigern, aber in seinen von kleinen Furchen gesäumten Augen spiegelten sich die Erfahrungen eines alten, weisen Mannes wider. Er hatte mehr gesehen, als ein einfacher Bürger in zahlreichen Leben. Flavius hatte sogar Wesen erblickt, die es offiziell überhaupt nicht gab. Und er hatte das Grauen und die Todesangst schon tausendfach umarmt, so dass all der furchtbare Schrecken des Krieges längst in den Tiefen seiner Seele nistete.

Jetzt standen seine Kameraden und er vor der Megastadtkette, welche sich über Hunderte Kilometer vor den beiden größten Ballungsräumen des Mars, Weitkrater und Marksbury, wie ein Abwehrwall erstreckte. Dahinter lagen die gewaltigsten Betonwüsten des gesamten Imperiums. Weitkrater und Marksbury waren ebenso legendäre wie verrufene Makrozentren, die aus einer Reihe von Megastädten entstanden waren. Hunderte Millionen Bürger des Goldenen Reiches lebten in den endlosen Betonwüsten, die an einen tödlichen Dschungel erinnerten.

„Ich kann auch nicht mehr. Schon lange nicht mehr. Es ist ein Wunder, dass ich mich nicht längst in einen Blasterstrahl geworfen habe, um endlich frei zu sein. Vielleicht bin ich bisher einfach nur zu feige gewesen, um endlich zu verrecken", riss Kleitos seinen Freund aus der Grübelei. Flavius wandte ihm den Blick zu.

„Erwarte von mir keine tröstenden Worte, denn ich finde keine mehr. Oft habe ich mir eingeredet, dass mich das Goldene Reich braucht, aber in Wirklichkeit bin ich ebenso unwichtig wie jeder andere Soldat auch. Kohortenführer hin oder her. Damals auf Thracan habe ich gehofft, endlich meinen Glauben gefunden zu haben, aber inzwischen bin ich nur noch erschöpft und ausgebrannt", sagte Princeps daraufhin.

Die beiden Freunde saßen allein in einem dunklen Ruinenhaus. Überall in den umliegenden Gebäuden lagerten Legionäre, doch hier waren sie für einen Augenblick unter sich.

Gelegentlich beneidete Flavius manche der Berufssoldaten, die einst mit ihm nach Thracan geflogen waren, um ihre geradezu brutale Geistlosigkeit. Sie mordeten, bestiegen zwischendurch Huren, schliefen in Erdlöchern und gaben sich ab und zu einem Vollrausch hin. Und sie taten das seit Jahren, ohne glücklich oder unglücklich zu sein. Sie schienen nicht einmal echte Gefühle zu besitzen, sie lebten bloß vor sich hin.

Dagegen waren die thracanischen Legionäre nicht selten altaureanische Fanatiker. Leukos und der Bürgerkrieg hatten sie erzogen, sie zu Glaubenskriegern Malogors gemacht.

„Vielleicht bin ich etwas dazwischen", dachte Princeps.

Er legte sich auf eine Synthicmatratze und glotzte mit müden Augen die graue Betonwand an. Kleitos saß noch immer erschöpft in der Ecke und schwieg.

Mittlerweile war die Dämmerung heraufgezogen und eine undurchdringliche Wolkendecke am Himmel drängte das Licht zurück. Es war dort oben ebenso düster wie in Flavius freudloser Seele. Glücklicherweise war dies kein

Dauerzustand. Bisher hatte der Kohortenführer immer wieder zu seinem Lebensmut zurückgefunden – doch in letzter Zeit nahmen die schwarzen Gedanken zu. Flavius hatte es längst bemerkt und es bereitete ihm Sorgen.

„Ich versuche zu pennen. Gute Nacht, alter Junge", kam von Kleitos, der sich ebenfalls auf eine Matratze gelegt hatte.

„Gute Nacht!", murmelte Flavius, obwohl er wusste, dass er noch stundenlang wach liegen würde.

„Guten Tag, ich bin Guntrogg von Planet Murrak. Ich bin kein Mensch", sagte der junge Brüller mit einem Hauch von subtilem Grushlogghumor zu seinem Kriegerfreund Craglakk.

„Sehr gut! Das klingt schon ganz nach einem Udantok!", lobte ihn ein Denker, der neben dem narbengesichtigen und wesentlich größeren Grauauge stand.

Schon seit einer Periode, die dem ungeduldigen und kulturell wenig interessierten Craglakk bereits wie eine Ewigkeit vorkam, studierte sein Gebieter die Sprache der Weichfleischigen.

„Ich bin Guntrogg! Mein liebste Ding ist Kampf!", rief der Stammesführer in Richtung von Gartha, die sich schon seit Wochen auf dem Grushloggschiff befand und unverändert zwischen Zuständen geistiger Klarheit und psychiotischem Wahn umherpendelte.

„War gut! Oder nicht gut?", fügte er auf Hochaureanisch hinzu.

„Ich konnte alles verstehen, Guntrogg. Kleine Fehler, aber im Groben war alles verständlich", antwortete Gartha.

„Verstehen…verständlich…", brummte Craglakk vor sich hin.

„Gartha ist Frau von Menschen. Ist gute Frau. Ich tue nichts böse zu Gartha, weil Gartha brütet Kinder", fuhr Guntrogg fort.

Die menschliche Gefangene kicherte. Ihre schmutzigen und zerrissenen Kleider hingen an ihrem abgemagerten Körper herunter wie nasse Blätter. Garthas Haare waren klebrig und verfilzt, sie litt nicht nur unter ständig wiederkehrenden Verkennungen der Realität, Angststörungen und Wahnvorstellungen, sondern auch unter der Nahrung, die ihr die Außerirdischen verabreichten. Noch immer wusste die junge Frau nicht, ob ihr der Verstand einen besonders lang anhaltenden Streich spielte oder ob sie sich tatsächlich in einem Raumschiff voller Xenomorphen befand.

„Guntrogg ist Freund von Gartha!", rief dieser und stampfte bekräftigend auf, dass der Boden erbebte.

Die Frau kicherte leise. Sie winkte dem Stammesführer und den anderen Grushloggs, die um diesen herum standen und ihn beim Erlernen der Udantoksprache beobachteten. Inzwischen hatten die Geistesbegabten eine Menge Wörter der Weichfleischigen übersetzen können. Und auch die Schrift der Udantok war längst entziffert worden, so dass es möglich war, Texte zu lesen. Dennoch hatte es Guntrogg abgelehnt, ein Übersetzungsgerät um den Hals zu tragen. Er wollte die seltsam klingende Sprache der Fremden unbedingt selbst erlernen und sprechen können, auch wenn dies eine Menge Zeit und Mühe erforderte.

„Ich bin auch deine Freundin, Guntrogg", antwortete Gartha mit schrillem Gekicher.

„Das sage ich natürlich bloß, damit sich die Brüterkreatur freut. Sie soll mir vertrauen", erklärte Guntrogg seinen Artgenossen in der Grushloggsprache von Murrak.

„Es hätte mich auch gewundert, wenn Ihr mit einem Udantokweibchen befreundet wärt, Gebieter", meinte der Geistesbegabte, der neben Craglakk stand.

„Wie ich bereits sagte, es ist nur, damit sie keine Angst vor mir hat und ich schneller ihre Sprache erlernen kann", knurrte der junge Brüller und hob die Fäuste.

„Sicher, selbstverständlich, größter und mächtigster Führer der Horde", gab der Denker zurück und katzbuckelte vor Guntrogg, um ihn bei Laune zu halten.

„Hast du für heute genug gelernt, Guntrogg?", rief Gartha aus dem Hintergrund. Sie kicherte leise vor sich hin, ihr Mund hing schief zur Seite. Dann ruderte sie mit ihren knochigen Armen.

„Ja, es ist gut", brummte Guntrogg, dessen Miene sich plötzlich verfinsterte. Wütend starrte er den Geistesbegabten an und zeigte ihm die Fangzähne.

„Du hast Recht, Tiefdenker, ich vergeude meine Zeit mit der Sprache der Udantok, obwohl ich kämpfen und Siege erringen sollte!"

„Das könnte richtig sein", wagte Craglakk vorsichtig zu bemerken.

„Du siehst das auch so, nicht wahr?", brüllte Guntrogg mit aufbrausendem Zorn.

„Naja…", meinte Craglakk. Er ging Guntrogg respektvoll aus dem Weg.

Der Stammesführer schlug sich mit der Klaue auf den kahlen, grünen Kopf, während er mit sich selbst sprach.

„Du bist ein Krieger und kein Weitdenker, Guntrogg! Also finde guten Krieg! Los! Jetzt!"

„Ja, natürlich, mächtiger Führer aller Horden", bemerkte ein Geistesbegabter, doch ehe er zu Ende sprechen konnte, holte ihn Guntroggs Faust von den Füßen.

„Aus dem Weg! Es ist alles die Schuld der Tiefdenker! Sie haben mich mit ihrem komischen Verhalten angesteckt! Alles wollen sie wissen und jetzt will ich auch alles wissen! Damit muss Schluss sein! Schluss mit der sinnlosen Denkerei! Ich werde einen Kampf suchen, der Gorzhag beeindrucken wird!"

„Mein Reden!" Craglakk brummte zustimmend.

„Aus dem Weg!" Guntrogg schubste ein paar seiner Artgenossen zur Seite und stampfte wie ein zorniger Riese durch den Raum.

„Leukos, den Anführer der Udantokarmee! Ich muss noch einmal mit ihm sprechen! Er soll mir endlich helfen, einen großartigen Kampf zu finden! Das ist er mir schuldig! Holt meinen Flieger! Craglakk, zu mir!"

Juan Sobos hatte das Goldene Reich zum Ausverkauf preisgegeben. Dies behaupteten jedenfalls so manche Schreiberlinge in den Kommunikationsnetzwerken des Sol-Systems. Angeblich würde die Gier der zu ungeahnter Machtfülle gelangten Bankiers, Geldverleiher, Kreditgeber, Landbesitzer und Konzerninhaber das Imperium irgendwann ins Unglück stürzen. Es würde sogar mit Milliarden VEs an den von Juan Sobos erlaubten Börsen spekuliert, die überhaupt nicht existierten.

„Hinter diesen gewaltigen Summen steht kein realer Wert!", warnten die Kritiker, deren Stimmen sich in den Weiten der Kommunikationsnetzwerke jedoch schnell verloren.

Die breite Masse aber interessierte sich nicht für derartige Prophezeiungen, denn nach Jahrhunderten der sozialen Sicherheit und des überquellenden Wohlstandes war der Gedanke an einen möglichen Kollaps des imperialen Finanzsystems für viele geradezu absurd.

Allerdings hatte Sobos Amtsantritt bereits zu Veränderungen geführt, die noch vor einigen Jahrzehnten für vollkommen undenkbar gehalten worden waren. Inzwischen war es kein Geheimnis mehr, dass das alte Sozialsystem Schritt für Schritt abgeschafft wurde. Außerdem waren schon hunderte Millionen Ungoldene in das Goldene Reich eingewandert. Hier warteten sie nun auf die Erfüllungen der unzähligen Versprechen, die ihnen der neue Kaiser und seine Optimaten gemacht hatten. Ob dies alles jedoch bezahlt werden konnte, war nicht abzusehen.

Noch aber spürte der einfache Bürger des Imperiums die Veränderungen nicht. Abgesehen von den Aureanern, die den untersten zwei Subkasten angehörten. Sie mussten seit Jahren mit immer schärferen Kürzungen ihrer Sozialleistungen leben, was dazu führte, dass sie Juan Sobos zunehmend misstrauten.

In den größten Ballungszentren des gesamten Goldenen Reiches, Weitkrater und Marksbury, gesellte sich zu der millionenfachen Unzufriedenheit die noch immer mangelhafte Wasserversorgung. Die zerstörten Stauanlagen waren nach wie vor nicht vollständig wieder aufgebaut worden, so dass gewaltige Wassermassen von den anderen Megastädten in die Makroregionen transportiert werden mussten.

Des Weiteren hatten die brutalen Vergeltungsmaßnahmen in den von Unruhen erschütterten Problemstadtteilen, ganz wie es Antisthenes von Chausan befürchtet hatte, nur zu einem noch größerem Hass der Unterkastenaureaner geführt. Es waren ausschließlich Angehörige ihrer Subkaste hingerichtet worden, wobei die Legionäre nicht wenige Unschuldige mit geopfert hatten. Damit hatte Misellus Sobos offenen Kastenverrat begangen, wetterten die Unzufriedenen in den unterirdischen Häuserschluchten von Weitkrater. Der Statthalter des Mars war für die unprivilegierten Aureaner längst zum Hassobjekt geworden. Sie verfluchten den selbstherrlichen und kaltherzigen Sohn des Imperators in den nach Unrat stinkenden Straßen, wobei sich die Woge des Zorns auch in den an der Oberfläche gelegenen Wohnzonen ausbreitete.

All dies konnte Aswin Leukos auf lange Sicht großen Nutzen bringen, denn die aureanische Unterschicht von Weitkrater war wütend und zahlreich. Im Gegensatz zu den Goldmenschen der höheren Subkasten, die sich noch immer kaum für Politik interessierten, da es ihnen gut ging, kochte der Zorn in den Herzen derer, die am Abgrund des langsam sterbenden Sozialsystems standen.

Leukos musste nur durchhalten, dann würde sich die Lage der Loyalisten verbessern. Das meinte zumindest Magnus Shivas, der seit jeher ein feines Gespür für die Gefühle der Massen hatte. Nur durchhalten – notfalls bis zum letzten Blasterschuss.

„Die feindlichen Streitkräfte sind beträchtlich angewachsen. Ich hätte nicht gedacht, dass es noch so viele verräterische Legionsführer gibt", sagte Antisthenes von Chausan mit lauter, fast drohender Stimme.

Um ihn herum standen mehrere Dutzend Legaten und hochrangige Offiziere der optimatischen Streitkräfte. In

281

einigen Gesichtern war so etwas wie Betroffenheit zu erkennen, während in anderen eine unterschwellige, aber dennoch deutliche Abneigung gegen den halbblütigen Oberstrategos stand.

Antisthenes von Chausan wusste, dass ihn nicht wenige der hier anwesenden Offiziere tief im Inneren verachteten, doch bemühte er sich, diese unschöne Tatsache aus seinem Gedächtnis zu verbannen. Misellus Sobos, der älteste Sohn seines Herrn und Gönners, stand mit strengem Blick neben ihm.

Hastig deutete Antisthenes auf eine dreidimensionale Marskarte; der Leuchtkreis seines Laseranzeigers tanzte zwischen einer Reihe perlenförmig angeordneter Megastädte umher. Die Metropolenkette befand sich im Norden des berüchtigten Ballungszentrums Weitkrater.

„Unsere Abwehrfront ist viel zu stabil, als dass Leukos Verbände hier durchstoßen könnten. Zwar haben diese sogenannten Loyalisten in den letzten Wochen ein paar Siege errungen, das muss auch ich zugeben, doch werden sie unsere Front entlang der Megastadtkette niemals überwinden können. Hier stehen zu viele Legionen. Das wird Leukos mit seinen begrenzten Mitteln nicht schaffen, daran gibt es keinen Zweifel."

Ein paar skeptische Blicke ruhten auf Antisthenes, was diesem längst aufgefallen war. Allerdings verhielten sich die Legionsführer abwartend, einige von ihnen lächelten den Oberbefehlshaber der terranischen Streitkräfte in seiner Rüstung aus poliertem Weißgold schweigend an.

Antisthenes jedoch dachte nicht daran, zurück zu lächeln. Er war äußerst angespannt, denn ihm war klar, dass gerade er als Anaureanerspross unter besonderer Beobachtung stand.

Außerdem war es eine Tatsache, dass Leukos Soldaten mit einem unglaublichen Fanatismus und regelrechter Hingabe kämpften, während die optimatischen Legionäre häufig bloß Befehle befolgten und irgendwie zu überleben versuchten. Die Loyalisten hatten in den letzten Wochen mehrere erfolgreiche Vorstöße unternommen; kühne Vorstöße, die ihnen Antisthenes nicht zugetraut hätte. Aswin Leukos war zweifellos ein hartnäckiger und sehr gefährlicher Gegner.

Doch jetzt sollte endlich die optimatische Großoffensive beginnen, um die Entscheidung in diesem Bürgerkrieg herbeizuführen.

„Meine Herren!", rief Antisthenes und hob den Zeigefinger. „Es wird Zeit für uns zu agieren. Reagiert haben wir nämlich genug. Jetzt gilt es, die Halbheiten einzustellen und Leukos unsere Millionenheere entgegen zu schicken. Dieser Mann wird, da ihm überhaupt nichts anderes übrig bleibt, unsere Abwehrfront nördlich der Megastadtkette berennen. Die feindlichen Hauptangriffe werden an den gelblich schimmernden Bereichen, die Sie auf der Karte sehen können, erwartet.

Allerdings werden wir unsere Abwehrlinie noch weiter nach Westen ausdehnen, etwa bis auf Höhe der Megastadt Carlborg, um diese Flanke später flügelartig nach innen einzuklappen."

„Das hört sich gut an", bemerkte Misellus, der allerdings keinen Schimmer von Militärstrategie hatte.

„Wenn wir an diesem Flügel vor allem die schweren Verbände, also Panzerschwadronen, Elefanten, Kampfläufer und so weiter, einsetzen, werden wir Leukos Truppen aufreiben und einem Teil von ihnen sogar in den Rücken fallen können. Dies würde ohne Zweifel zu sehr hohen

Verlusten unter den feindlichen Streitkräften und damit zur Niederlage der sogenannten Loyalisten führen."

„Außer es schließt sich Leukos noch die halbe Venus an. Da hinten sind genug Überläufer. Das sagt mir jedenfalls mein Bauch. Und auch auf Terra und dem Mars ist nicht jeder ein Freund der neuen Politik", warf ein glatzköpfiger Legat mit leicht hämischem Unterton in die Runde. Es folgte ein kurzes Raunen.

Antisthenes wandte dem Mann den Blick zu, seine Augen schoben sich für einen Augenblick zu dünnen Schlitzen zusammen.

„Das liegt leider daran, dass diese reaktionären Gestalten noch nicht rechtzeitig ausgewechselt worden sind", antwortete er giftig.

„Ich bin schon zufrieden, wenn hier keine Magmabomben mehr vom Himmel kommen", hörte Antisthenes einen weiteren Offizier im Hintergrund tuscheln.

Misellus Sobos, der diesen Kommentar ebenfalls gehört hatte, schon seine wulstige Unterlippe unwillig nach oben. Derartiges Gerede passte ihm überhaupt nicht.

„Unsere Großoffensive wird Leukos Streitkräfte hinwegspülen! Es ist gar kein anderer Ausgang denkbar! Egal, wie fanatisch diese Verrückten kämpfen! Leukos Armee wird sich auf lange Sicht totlaufen, trotz scheinbarer Erfolge. Außerdem ist es vollkommen ausgeschlossen, dass sich das einfache Volk jemals einem Irren wie ihm anschließen wird!", donnerte Misellus Stimme dazwischen.

„Das bringt die Sache auf den Punkt", ergänzte Antisthenes, der daraufhin zum Statthalter des Mars herübersah, als ob er sich von ihm ein Lob erhoffte.

Der Thronerbe nickte mit ernstem Blick, während der Oberstrategos mit der bronzefarbenen Haut die Arme vor der Brust verschränkte und die versammelten Legionsoffiziere mürrisch musterte.

„In etwa zwei Wochen, so plane ich es, werden unsere Streitkräfte auf breiter Front vorrücken und den Feind, wo es geht, in Kämpfe verwickeln. Ich brauche nicht zu sagen, dass ich zu diesem Zeitpunkt die volle Einsatzbereitschaft eines jeden Kampfverbandes voraussetze, meine Herren."

Mehrere Legaten standen stramm. Doch nicht alle. Einigen war auch die Widerwilligkeit anzumerken, mit der sie Misellus Sobos und Antisthenes folgten. Dass der Statthalter des Mars zuerst Magmabomben geworfen hatte und nicht Leukos, auch wenn die optimatische Propaganda das Gegenteil behauptete, war unter den Offizieren kein Geheimnis. Sie mussten einem skrupellosen Lügner und einem ungoldenen Halbblut dienen, dachte so mancher Legat, auch wenn er den Mund hielt.

Die Augen des Nichtmenschen erinnerten Aswin Leukos an zwei hellgraue, fremdartig schimmernde Edelsteine. Im Gegensatz zu den Menschen sah man bei einem Grushlogg keine Skleren, denn die große Iris, in deren Zentrum eine winzige Pupille ruhte, füllte alles aus.

Heute Morgen war Guntrogg mit vier seiner Krieger im Heerlager der Loyalisten aufgetaucht. Wie immer gleich einem Geist, der ohne jede Vorwarnung unter den aufgeregten Legionären Gestalt angenommen hatte.

„Ich suche Leukos!", hatte der hünenhafte Außerirdische den vollkommen verdutzten, fast panisch reagierenden Soldaten zugerufen.

Schließlich hatten die Männer den Oberstrategos geholt und dieser war nicht weniger überrascht gewesen. Inzwischen befanden sich die Grushloggs und der terranische General samt seinen Beratern, diesmal waren auch Magnus Shivas und Sylcor Adalsang von Thrimia mit dabei, in einem leerstehenden Gebäude, wo sie sich in Ruhe unterhalten konnten. Geschützt vor neugierigen Blicken, versuchte Leukos, mit den Xenomorphen zu kommunizieren.

Guntrogg, der den vor sich stehenden Anführer der Menschen deutlich an Größe überragte, sah auf Leukos herab. Der Oberstrategos lächelte, während der junge Brüller seine Fangzähne ebenfalls auf Menschenart entblößte.

„Wenn dein Sprache zu schwer, ich sprechen mit das", erklärte Guntrogg auf Hochaureanisch und deutete auf ein stabförmiges Etwas, das um seinen breiten Hals hing. Es war ein Übersetzungsgerät, welches die Grushloggdenker auf die Menschensprache kalibriert hatten.

Der grünhäutige Riese, der heute eine Rüstung aus orangeroten Panzersegmenten trug, machte ein paar Handgriffe, bis das stabförmige Ding aufleuchtete.

Auf Guntroggs linkem Schulterpanzer erkannte Leukos Knochenteile, die einst zu einem menschlichen Schädel gehört hatten. Spitze, gelbliche Zackenzähne einer dem Oberstrategos unbekannten Kreatur zierten den Rand des Rüstungsstückes. Auch die Körperpanzer der anderen Außerirdischen waren mit Knochenplättchen geschmückt.

„Meine Horde ist zu klein, um diesen Krieg für dich zu gewinnen, Aswin Leukos", schalte es aus dem Übersetzer, als Guntrogg mit seiner tiefen Stimme zu sprechen begann.

„Ich danke dir für alles, was du mit deinen Kriegern schon für uns getan hast", antwortete ihm der terranische Heerführer nach einem kurzen Moment des Überlegens.

Das stabförmige Gerät stieß eine bizarr klingende Abfolge gutturaler Laute aus. Ein Grushloggkrieger neben dem jungen Brüller brummte langgezogen.

„Juan Sobos ist der Herrscher der Udantokart und Misellus Sobos ist sein Sprössling. Misellus Sobos herrscht über diese rote Welt", sagte Guntrogg.

Aswin Leukos und seine Begleiter tuschelten durcheinander, Magnus Shivas und der dronische Botschafter beäugten die Nichtmenschen mit einer Mischung aus Faszination, Furcht und Skepsis.

„Ja, das ist richtig", erwiderte der Oberstrategos.

„Wer hat die Bomben aus Feuer auf deine Krieger geworfen?", wollte Guntrogg wissen.

„Das war Misellus Sobos", antwortete Leukos.

„Warum hat er seine Horde nicht gegen deine Horde geführt, um Ehre zu bekommen?", schallte es aus dem Übersetzer.

„Den Tag möchte ich erleben, an dem der fette Misellus seine Legionäre persönlich anführt", sagte Sylcor Adalsang von Thrimia leise zu den anderen.

Guntroggs Übersetzungsgerät nahm seine Worte jedoch auf, so dass sie in die Grushloggsprache umgewandelt wurden.

„Was meinst du damit, Mann mit grellem Haarwuchs?", fragte der junge Brüller den etwas überraschten Dronos.

„Misellus Sobos hat keine Ehre und kämpft niemals selbst", antwortete der hellblonde Botschafter.

Guntrogg öffnete sein Maul, er begann zu knurren und sein Oberkörper wippte vor und zurück.

„Aber wir Grushloggs sind gekommen, um guten Krieg zu finden. Wir zeigen Misellus Sobos, was Mut ist", sagte der Anführer der Außerirdischen, um daraufhin aufzustampfen.

„Aha…", murmelte der Oberstrategos, dem allmählich die Worte fehlten.

„Aswin Leukos", fuhr Guntrogg fort und zeigte auf den terranischen General, „wir Grushloggs haben keine Angst. Und ich suche schon seit einiger Zeit nach einer würdigen Aufgabe für mich und meine Horde."

„Ich verstehe nicht ganz, was du mir sagen willst", gestand Leukos und zuckte mit den Achseln.

„Bald wirst du verstehen. Dein Feind wird für die Bomben aus Feuer und seine Ehrlosigkeit bezahlen", klang es aus dem Übersetzungsgerät um Guntroggs Hals.

Die Offenbarung

„Sie sind wieder da gewesen. Also haben sie das Sol-System noch immer nicht verlassen und uns weiterhin genau im Blick. Wusste ich es doch", sagte Manilus Sachs und schaute zu Flavius und Kleitos herüber.

Jarostow, der auf einem großen Cargobehälter gesessen hatte, machte einen Satz und landete direkt vor dem Zenturio.

„Ich gehe davon aus, dass du unsere Xenosfreunde meinst, wie?"

Sachs nickte. „Ja, wen denn sonst? Mir wurde soeben mitgeteilt, dass es ein weiteres Treffen zwischen Leukos und den Außerirdischen gegeben hat. Mittlerweile weiß es doch schon das halbe Lager."

„Wir haben hier oben ein Nickerchen gemacht. Es schläft sich gar nicht schlecht auf einem Cargobehälter", rief Flavius. Dann sprang er von der rostigen Kiste, die in den schlammigen Boden eingesunken war.

„Sie haben versprochen, uns weiterhin zu helfen. Also können wir wieder mit dem Eingreifen unserer Freunde rechnen", meinte Sachs.

Kleitos lachte bellend. „Freunde? Habe ich das richtig verstanden?"

Sachs winkte ab. „Nicht direkt Freunde, du weißt doch, wie ich das meine."

„Vielleicht sollten wir mit den Viechern mal einen trinken gehen. Auf die alten Zeiten und das Massaker von Colod! Prost!", fügte Flavius mit einem schiefen Lächeln hinzu.

„Wage es nicht, mich wie einen Idioten darzustellen", antwortete Sachs mit drohendem Unterton.

Flavius hob die Hände. „Schon gut, aber mich interessieren diese Kreaturen zunehmend weniger. Sie sind zu wenige, um uns wirklich helfen zu können. Also können sie mir auch gleich gestohlen bleiben. Warum fliegen sie nicht einfach zurück zu ihrer Heimatwelt und lassen uns in Ruhe?"

„Keine Ahnung, frag sie doch", knurrte der Zenturio.

„Wenn diese hässlichen Ungeheuer das Einzige sind, was uns in diesen Tagen noch Hoffnung gibt, dann sollten wir kapitulieren", fand Kleitos.

Manilus Sachs kam ein paar Schritte auf ihn zu; der Blick des gerüsteten Hünen verfinsterte sich und Jarostow verstummte.

„Es läuft doch halbwegs. Was also soll dieser ewige Pessimismus? Denkt daran, dass ich euer Vorgesetzter bin. Solche Sprüche höre ich nicht gerne, das ist Wehrkraftzersetzung."

„Wehrkraftzersetzung? Meinst du das ernst?", erwiderte Princeps ungläubig, er wischte sich eine Haarsträhne von der Stirn.

„Ich dachte, dass euch die Nachricht irgendwie aufbaut", gab Sachs zurück.

„Tut sie aber nicht!", sagte Kleitos trotzig.

„Ist mir auch schon aufgefallen. Dann lasse ich euch zwei Helden jetzt mal in Ruhe. Legt euch doch noch ein wenig auf diese schöne Cargokiste und leckt mich für den Rest dieses Scheißtages am Arsch!"

Sachs machte auf dem Absatz kehrt und stampfte davon, ohne seine beiden Freunde noch eines weiteren Blickes zu würdigen. Flavius wirkte nachdenklich. Sie taten Manilus Unrecht, wenn sie ihren Unmut an ihm ausließen. Der Zenturio war in diesem Strudel aus Chaos und Gewalt ebenso gefangen wie sie auch.

Princeps deutete auf eine Leiter, die auf den Cargobehälter führte; er sah zu Kleitos herüber. Düster brütend und mit verkniffenem Gesicht stand dieser da.

„Oben auf dem Ding haben wir zumindest unsere Ruhe. Lass uns noch eine Stunde pennen. Wir werden den Schlaf brauchen", sagte er zu seinem Freund.

Obwohl Rodmilla Curow nicht wenige ihrer Aufgaben im Drogenrausch erledigt hatte, war sie dennoch schon sehr weit gekommen. Die erfolgreiche Erfüllung ihrer Mission auf dem roten Planeten rückte langsam in greifbare Nähe. Inzwischen wusste die Assassinin, dass Leukos mit seinem Beraterstab jeden Tag den Standort wechselte. Ständig wurde der Oberstrategos an einer anderen Stelle einquartiert, denn die Panik vor weiteren Massenvernichtungsangriffen und möglichen Attentaten machte die Loyalisten geradezu paranoid. Zudem brachte ihn die Renovatio, ein dronisches Raumschiff, das der Feind nicht orten konnte, immer wieder zum Mars und dann zurück zur Sternenflotte nahe der Sonnenkorona.

Mochte der gewöhnliche Soldat ersetzbar sein, so war Leukos dies nicht. Wenn er stürbe, dann würde die Rebellion gegen Sobos dem Untergang geweiht sein, fürchteten seine Vertrauten. Der Verlust des großen Führers würde dem Widerstand gegen die Optimatenherrschaft ohne Zweifel das Genick brechen.

Doch Rodmilla war, ungeachtet der Tatsache, dass sie unter einem zunehmenden psychischen und körperlichen

Verfall litt, noch immer eine hochgefährliche Giftschlange, die wusste, wie man sich an ein Opfer heranpirschte.

Die letzten drei Tage hatte Leukos an Bord der Lichtweg verbracht, doch in dieser Nacht hielt sich der General im Keller eines verlassenen Verwaltungsgebäudes in einer unbedeutenden Stadt nahe des Nordpols auf. Wo Leukos residierte und wo er schlief, wurde stets streng geheim gehalten. Allerdings änderte dies wenig daran, dass Rodmilla Curow die Spur ihrer Zielperson längst aufgenommen hatte und sich nicht mehr abschütteln ließ.

In der trostlosen Kleinstadt, in die man Leukos heute Mittag geflogen hatte, waren bloß einige Dutzend loyalistische Legionäre stationiert. Sie hielten hier oben die Stellung und sorgten dafür, dass die Befehle des Oberstrategos auch die einfachen Bürger erreichten. Abgesehen von ihnen befand sich Leukos nur in Gesellschaft engster Vertrauter, darunter Throvald von Mockba, Magnus Shivas und einer kleinen Gruppe von Leibwächtern.

Vor den Schlafräumen, in denen der General seine meist unruhigen Nächte verbrachte, standen stets zwei Wachsoldaten. Sie jedoch hatte Rodmilla bereits überwunden. Die schöne Meuchelmörderin war Leukos nämlich im Inneren seines persönlichen Gleiters gefolgt, versteckt in einer Metallkiste, wo sie seit Tagen in der engen Dunkelheit lauerte und wartete. Die ID-Karte des Legionsoffiziers, den sie ermordet hatte, war ein Segen gewesen. Sie hatte ihr eine Menge Türen geöffnet und war schließlich auch der Schlüssel zu Leukos Privatbereich gewesen.

Die Kiste aus rotlackiertem Metall, deren Anstrich durch eine Fülle kleiner Rostflecken durchbrochen wurde, diente Rodmilla bereits seit Tagen als Unterschlupf. Hier lag sie auf dem Rücken, reglos und kaum hörbar atmend.

Das Codeschloss, mit welchem der sargähnliche Behälter verschlossen werden konnte, hatte Rodmilla deaktiviert, so dass sie die Kiste jederzeit verlassen konnte. Doch das hatte sie nicht vor.

Niemand hatte diesen Metallbehälter - lediglich ein unbedeutender unter vielen - noch einmal überprüft. Sie war Leukos gefolgt, wo immer man ihn auch hingebracht hatte. Ein Verladeroboter hatte dem Oberstrategos die unscheinbare Kiste nachgetragen – und in ihrem Inneren eine Frau, wie sie gefährlicher nicht sein konnte.

Heute Nacht lagerte der Metallbehälter in der dunkelsten Ecke eines großen Kellerraumes zwischen einer Reihe deutlich größerer Cargokisten, Plastiksäcken und technischen Ausrüstungsgegenständen.

Rodmilla war im Inneren ihres Eisensarges zur Lichtweg und zurück gereist. Sie hatte endlos erscheinende Stunden auf dem Rücken liegend verbracht, ohne sich richtig bewegen zu können. Doch selbst in dem Metallbehälter, in welchem zuvor Nahrungswürfel und ein paar Datenkristalle gelegen hatten, war die Assassinin von ihrer Rauschsucht übermannt worden. Hier hatte sie gelegen und sich ihren letzten Halluzigendrogen, Neurostimulationen und Glückspillen hingegeben. Rodmillas Abhängigkeit nach berauschenden Giften war inzwischen so allumfassend, dass sie nicht mehr anders konnte, als immer und überall ihre Drogen zu konsumieren. Zwar hasste und verachtete sie sich selbst aus tiefster Seele für ihre Schwäche, doch änderte das nichts an der übermächtigen Sucht.

Auf dem Rücken liegend, erstarrt wie eine Leiche, hatte die Meuchelmörderin eine Vielzahl von Rauschzuständen durchlebt, während in ihrem Kopf grinsende Teufel und Dämonen um Feuersbrünste aus Wahnsinn getanzt hat-

293

ten. Schon lange war Rodmilla nicht mehr sie selbst und im Grunde wünschte sie sich, diesen Auftrag nicht zu überleben. Dann würde endlich Frieden herrschen, dann würde ihre widerwärtige Existenz, die immer nur Unglück gebracht hatte, endlich beendet sein.

Jetzt war sie jedoch am Ziel, hatte es geschafft. Ihre Hartnäckigkeit hatte sie Leukos nicht verlieren lassen. Der Oberstrategos schlief in nur zwei Dutzend Metern Entfernung auf einem kargen Feldbett. Er schnarchte leise; ahnungslos und hilflos wie ein Kind. Neben dem Feldbett lagen Blaster und Gladius, auf dem Betonboden davor ein paar sauber zusammengefaltete Kleidungsstücke.

Behutsam hob Rodmilla den Deckel des Metallbehälters, um aus der Kiste herauszuspähen. Ein wenig fahles Mondlicht drang durch ein kleines Deckenfenster hinab in den Kellerraum und tauchte ihn in einen trüben Schein. Etwas unbeholfen kletterte Rodmilla aus ihrem eisernen Sarg; ihre katzenhafte Geschmeidigkeit hatte sie in dieser Nacht verloren. Stattdessen litt sie unter neurologischen Ausfällen, Muskelkrämpfen und einer furchtbaren Eintrübung des Bewusstseins. Dies waren die deutlichen Anzeichen eines schweren Entzugsdelirs, das sich bereits seit Stunden ankündigte. Mit einem leisen Stöhnen glitt Rodmilla aus der Kiste, die auf einem großen Cargobehälter stand. Als sie den Boden erreichte schwankte sie und suchte verzweifelt nach Halt. Anschließend schlich sie an einer Reihe weiterer Cargobehälter und technischer Geräte vorbei, bis sie die freie Fläche erreicht hatte. Dort schlief Aswin Leukos!

Mühsam setzte Rodmilla einen Fuß vor den anderen, doch war sie kaum in der Lage, geradeaus zu gehen. Der Oberstrategos, der Todfeind ihres Auftraggebers, lag mit dem Gesicht zur Wand auf seiner Matratze, er atmete leise und gleichmäßig. Es dauerte nur noch einen Augenblick, da stand Rodmilla direkt neben seinem Feldbett.

Die tödliche Schönheit, welche bereits den letzten Archon des Goldenen Reiches ins Jenseits befördert hatte, rang nach Luft und beugte sich nach vorne. Mit zitternder Hand richtete sie ihre Blastpistole auf den schlafenden Mann. Rodmilla begann zu schnaufen, ihre Beine drohten einzuknicken. Immer stärker und intensiver wurden die Entzugserscheinungen, während sie von bohrenden Kopfschmerzen, furchtbarer Übelkeit und wahren Sturzbächen von Schweiß heimgesucht wurde. Dazu kam ein nie gekanntes Gefühl der Unsicherheit, das sich schließlich in schiere Panik verwandelte.

Noch mehr Schweißperlen bildeten sich auf Rodmillas Stirn, sie liefen in die Augen der Meuchelmörderin, während ihr Gesicht grau und totenbleich wurde. Schließlich stieß sie ein leises Keuchen aus und taumelte einen Schritt zurück. Doch das Geräusch war laut genug, um Aswin Leukos aufzuwecken. Mit einem langgezogenen Brummen legte sich der Oberstrategos auf den Rücken, seine Hand krallte sich an der Bettdecke fest. Müde und verwirrt öffnete der General die Augen; er schob die Decke weg, blickte blinzelnd in die mondbeschienene Dunkelheit des Kellerraumes.

Rodmilla machte einen Schritt nach vorn und hielt ihm die Blastpistole direkt vor die Stirn. Alle Schönheit war aus ihrem Antlitz gewichen, stattdessen erhellte das Mondlicht eine Maske der Trauer und des Zerfalls.

„Wer seid Ihr?", stammelte Leukos völlig verstört.

Rodmilla zögerte für einen Augenblick mit ihrer Antwort, sie rang nach Luft, kämpfte gegen die Kopfschmerzen und die Übelkeit an. Sie warf die psychotischen Wahnvorstellungen, die ihren Kopf überschwemmten, in einem letzten Kraftakt nieder, um sich auf ihren Auftrag konzentrieren zu können.

„Ich…ich bin die Frau, die Credos Platon getötet hat!", kam leise über die ausgetrockneten Lippen der Assassinin.

Leukos war noch immer so verwirrt, dass er kaum in der Lage war, zu reagieren. Rodmilla jedoch ließ ihre Blastpistole sinken; dann warf sie die Waffe auf den Boden.

„Ich bin die, die Credos Platon getötet hat!", wiederholte sie. „Bitte, helft mir!"

„Gebt mir die Waffenfabriken des Mars und den Überlichtantrieb. Dann führe ich meine goldenen Kinder bis zum galaktischen Kern", ging es Flavius durch den Kopf, als er über den Feldzug Malogors vor fast 4000 Jahren nachdachte.

Dieses Zitat hatten die Archivatoren dem Heiligen zugeschrieben. Oder es ihm vielleicht auch bloß nachträglich in den Mund gelegt. Jedenfalls kam es Flavius in den Sinn, während er die vielen tausend Lichter betrachtete, die den Horizont in der Ferne erhellten.

Düstere Konturen von gewaltigen Türmen und Gebäudekomplexen wuchsen bis in den Himmel hinauf. Das war die Megastadt Enero, eine jener Metropolen, die die sogenannte Megastadtkette bildeten.

Dort draußen warteten hohe Stahlmauern, automatisierte und schwer gepanzerte Verteidigungsanlagen und Millionen feindliche Soldaten. Jede dieser Städte war wesentlich besser befestigt als Gomre, wo es die Loyalisten recht leicht gehabt hatten.

Die Rede von Aswin Leukos, der den Soldaten noch einmal die Wichtigkeit dieses Krieges ins Gedächtnis gerufen hatte, klang in Flavius Kopf nach. Den Mars zu kontrollieren, bedeutete, über die vielleicht wichtigste Industriewelt des Imperiums zu gebieten. Doch bis dahin war es noch ein langer, steiniger Weg.

„Woran denkst du?", fragte Manilus Sachs, der neben Flavius stand und die Lichter in der Ferne ebenfalls nachdenklich betrachtete.

„An alles Mögliche…", antwortete Princeps ausweichend.

„Unser Kampf wird bald die nächste Stufe erklimmen. Dort hinten wartet eine riesige Armee voller Arschlöcher darauf, uns die Hälse durchzuschneiden."

„Was du nichts sagst", brummte Flavius und verzog den Mund.

„Ich habe auch Angst, genau wie du. Aber wir müssen weitermachen. Welche Alternative haben wir denn sonst?"

„Keine! Und wir hatten auch niemals eine! Morgen jedenfalls besucht mich Eugenia. Ich hoffe nur, dass es nicht unser letztes Treffen ist."

„Ach, Flavius, jetzt gib dich nicht wieder diesem finsteren Grübeln hin. Das bringt doch nichts. Es kommt, wie es kommt, wobei ich nicht denke, dass du Eugenia zum letzten Mal sehen wirst", erklärte der Zenturio ein wenig überfordert.

Flavius drehte sich um. „Ich versuche, gleich ein wenig zu schlafen. Kleitos hat sich bereits hingelegt."

„Bevor du schlafen gehst, wollte ich dir noch etwas sagen", antwortete Sachs. Er lächelte.

„Dann sag es bitte schnell. Ich bin müde und verdammt schlecht gelaunt."

„Es gehen Gerüchte unter den Legaten um, seit ein paar Tagen gibt es Gerede unter den Offizieren", sagte Manilus grinsend.

„Gerede? Aha?"

Sachs deutete zum Himmel, als wollte er auf einen bestimmten Planeten zeigen.

„Oben auf der Venus scheint es in der Armee heftig zu brodeln. Sobos hat Säuberungen angeordnet, was eine Menge Berufssoldaten und vor allem Offiziere hart getroffen hat. Mir wurde da heute etwas von einem Legatus erzählt. Das hörte sich gar nicht schlecht an."

„Was meinst du jetzt genau?" Flavius wusste noch immer nicht, was ihm Sachs erzählen wollte. Er stieß einen widerwillig klingenden Seufzer aus.

Der Zenturio hob den Zeigefinger. „Shivas, der alte Fuchs, scheint seine diplomatischen Fühler in Richtung Offizierskorps ausgestreckt zu haben. Da wird hinter den Kulissen offenbar schon richtig was vorbereitet. Wenn das wirklich wahr ist, dann könnte das unseren Feinden bald einen schweren Schlag versetzen und uns eine Menge Vorteile verschaffen."

„Was ist denn geplant?"

Manilus Sachs sah sich verstohlen um. Dann kam er noch ein wenig näher und wisperte Flavius ins Ohr: „Das geht normalerweise nur Legionsführer etwas an, also wirst schweigen. Auch kein Wort zu Kleitos."

„Ja, auf mich kannst du dich verlassen. Ich bin kein Schwätzer, das müsstest du inzwischen wissen, Manilus."

„Der Statthalter der Venus, Roban Cerbaar, dieser optimatische Klonschweinficker, wird hoffentlich in den nächsten Wochen sein blaues Wunder erleben. Die wollen ihn und den ganzen korrupten Senat weghaben, Flavius, da ist einiges in Planung. Und Leukos hat da durch Shivas seine Hände im Spiel."

„Die venusianischen Legionsführer?", stieß Flavius erstaunt aus.

„Nein, die Viridpelliden vom Planeten Grunz", gab Sachs aufgeregt zurück und hielt seinen Freund an, leiser zu sprechen. „Natürlich die Legaten! Wer denn sonst? Die hassen Sobos und vor allem diesen Bastard Antisthenes. Und jetzt sollen sie ausgetauscht werden gegen linientreue Soldaten, aber das werden die nicht so einfach hinnehmen."

„Also planen sie auf der Venus einen Putsch! Ha, das wäre was!" Plötzlich erhellten sich Princeps Gesichtszüge.

„Ich habe nichts gesagt. Außerdem weiß ich nicht, ob an dem Geschwätz dieser Offiziere überhaupt etwas dran ist. Aber vielleicht versüßt dir diese Information die Nacht, mein Junge."

„Könnte durchaus sein", erwiderte Princeps und seine Mundwinkel schoben sich nach oben.

„So, und jetzt geht der alte Manilus auch schlafen. Gute Nacht, Kohortenführer Princeps. Und verlieren Sie den Glauben an den Sieg nicht. Niemals!", sagte Sachs mit einem Schmunzeln, um sich daraufhin zu verabschieden.

Flavius blieb noch eine Weile und sah zu den ungezählten Lichtern am Horizont herüber. Er dachte an Eugenia, die ihn morgen noch einmal besuchen würde, und an das, was ihm sein Freund Manilus soeben gesagt hatte. Vielleicht war die Lage doch nicht ganz so düster, wie es manchmal den Anschein hatte.

„Sie haben uns bisher nicht klein gekriegt und das werden sie auch in Zukunft nicht", sagte Flavius leise zu sich selbst, obwohl er nicht so rechte wusste, ob er seinen eigenen Worten glauben sollte.

Es war still in den gewölbeartigen Hallen des Statthalterpalastes von Arthopolis. Guntrogg und Craglakk hielten sich hier bereits seit der Mittagszeit auf. Stundenlang waren sie in dem Labyrinth aus Korridoren und Sälen herumgelaufen und noch immer wollte Guntrogg nicht zu dem Flieger, der sie ins Herz der Udantokhauptstadt auf dem Mars gebracht hatte, zurückkehren.
Wie ein Schwamm saugten die hellgrauen Augen des jungen Brüllers jedes Detail der fremdartigen Architektur der Weichfleischigen auf; Guntroggs interessierter Blick wanderte über Statuen, die in den Ecken der Räume auf runden Sockeln standen, und über Ölgemälde, welche Szenen aus der Geschichte der Udantokspezies zeigten.
Sein Begleiter Craglakk musste sich mit der unstillbaren Neugier seines Herrn abfinden. Noch einmal wagte er es nicht, Guntrogg wegen seines Interesses an der Kultur der Fremden zu kritisieren, obwohl sie die Aufgabe, die sie in diesen riesenhaften Gebäudekomplex geführt hatte, noch nicht vollendet hatten.
„Ich komme mir vor wie ein Rumcox im Inneren eines Dlambaus", flüsterte Guntrogg in Craglakks Richtung. Er sah die orangerot leuchtende Gestalt des Kriegerfreundes vor sich anhalten.
„Ein guter Vergleich…", brummte Craglakk zurück.
Rumcox waren winzige Chitintiere, die in den Urwäldern von Murrak gigantische Nester anlegten, in denen Millionen von ihnen auf engstem Raum lebten. Die Dlam, eine andere Art von Insekten, lockten die Rumcox mit Hilfe

ausgeschiedener Duftstoffe in die Tiefen ihrer Baue, um sie dort zu fangen und zu verschlingen.

Allerdings befanden sich die beiden Grushloggs, die in den Statthalterpalast eingedrungen waren, nicht in der ausweglosen Lage eines Rumcox, der in ein Dlamnest gelockt worden war. Sie wurden durch Tarnschirme geschützt, die so perfekt waren, dass sie nicht einmal die Bioscanner der Udantok wahrnehmen konnten. Und sie konnten den gewaltigen Gebäudekomplex jederzeit wieder verlassen, wenn sie es wollten. Doch das war nicht in Guntroggs Sinne.

Behutsam schlichen Craglakk und er einen langen Korridor herunter und öffneten eine altmodische Tür aus dunklem Zierholz. Dahinter befand sich eine weitere Halle, die von eckigen Säulen getragen wurde. Große Tische und mit Samt bezogene Liegen standen hier überall. Guntrogg blickte hinauf zur Decke des Raumes, wo er zwischen den Rippenbögen eine Vielzahl bunter Mosaike erblickte.

„Großartig! Noch mehr Bilder aus der Geschichte der Weichfleischigen. Sie kämpfen und sie umarmen sich. Dort machen zwei Verschiedengeschlechtliche Anstalten, sich zu paaren", erklärte der junge Brüller und deutete zur Decke, nachdem er die Mosaiken mit einem Lichtwerfer angeleuchtet hatte.

„Das würde ich nicht tun, Gebieter", warnte ihn Craglakk. Guntrogg schaltete den Lichtwerfer wieder aus, dann ließ er ihn in einer Tasche verschwinden.

Niemand war hier. Obwohl sich die beiden Nichtmenschen bereits im Bereich des Inneren Palastes befanden, stießen sie höchstens ab und zu auf einen Wachsoldaten, der gelangweilt gähnend an einer Wand lehnte und versuchte, die Nachtwache hinter sich zu bringen.

Draußen war es relativ hell, denn ein aufgeblähter Vollmond warf sein Licht auf Arthopolis, die Hauptstadt des roten Planeten, in dessen Zentrum der eindrucksvolle Statthalterpalast in den Himmel ragte.

Craglakk trieb seinen Herrn unter Wahrung des notwendigen Respektes zur Eile an. Der Trakt mit den Schlafgemächern musste sich hinter einem ringförmigen Korridor befinden, der jenseits dieses Gewölbes begann.

Hastig öffnete Guntrogg eine Tür und schlich auf den Gang, sein Kriegerfreund Craglakk folgte ihm, wobei er jedoch mit dem Fuß gegen eine Marmorstatue stieß und dabei einen Heidenlärm verursachte.

„Pass doch auf!", knurrte ihn Guntrogg an. Er schaltete sein Tarnfeld ab und ließ die Klaue über den Kopf kreisen, um Craglakk zur Aufmerksamkeit zu mahnen. Dann verschwand er wieder hinter seinem Unsichtbarkeitsschleier.

Fast eine halbe Stunde lang schlichen die beiden Grushloggs den Korridor entlang und kamen an zahllosen Ölgemälden, Statuen, Vasen und allerlei Wandverzierungen vorbei, die Guntrogg neugierig studierte.

Irgendwann erreichten sie ein Bioscanner-Portal, vor dem zwei schwergepanzerte Wachsoldaten mit Blastern in den Händen standen.

Guntrogg und Craglakk gingen einfach zwischen den Soldaten hindurch und passierten das Portal, ohne dass sie auch nur das leiseste Geräusch von sich gaben. Anschließend durchquerten sie weitere Räume, stießen auf zwei Würdenträger, die ahnungslos in ihren Himmelbetten schliefen, und kamen am Ende zu einem weiteren Bioscanner-Portal, vor dem sich erneut zwei Wachsoldaten befanden. Mit müden Augen stierten die Udantok ins Leere. Guntrogg und Craglakk ignorierten sie, schlichen durch das bioreaktive Feld im Zentrum des Torbogens und betraten wenig später den von ihnen gesuchten Schlafraum.

Schon vor Tagen hatte Guntrogg den Mann, der hier in einem mit barocken Goldbeschlägen verzierten Prunkbett vor sich hin schlummerte, beobachtet.

Behutsam näherte sich der Stammesführer dem Schlafenden, dessen Oberkörper frei lag. Speckige Arme lagen auf der Bettdecke, die wulstige Unterlippe des Mannes bebte, während er die Luft leise schnarchend aus dem Mund blies.

„Da ist er. Leukos Feind. Mitten in seinem Nest", flüsterte Guntrogg.

Craglakk stellte sich neben ihn. Er begann leise zu schnaufen, was bedeutete, dass er ein wenig aufgeregt war. Sein Gebieter zog derweil ein nadelspitzes, längliches Gerät unter seinem Brustpanzer heraus und hielt es hoch. Daraufhin beugte er sich herab, visierte den bleichen Arm des Schlafenden an und verpasste ihm einen Stich.

Craglakk schnaufte noch ein wenig lauter, als sich der Udantok auf die Seite drehte und ein verwirrtes Brummen ausstieß. Doch er wachte nicht auf. Sein von aschblonden Locken bedeckter Kopf versank in einem Haufen weicher Kissen, während er zugleich intensiv zu schnarchen begann.

„Wir haben ihn markiert. Können wir jetzt endlich verschwinden, mächtiger Brüller?", wisperte Craglakk.

Guntrogg schaltete sein Tarnfeld aus. Sein Gesichtsausdruck wirkte zufrieden, beinahe euphorisch. Er zischte leise und zeigte seinem Gefährten die Fangzähne in all ihrer Pracht. Anschließend aktivierte er das Tarnfeld erneut.

„Ich sehe unsere Heldentaten schon vor mir, Craglakk. Wir werden Gorzhag zeigen, dass wir uns mitten in den größten Dlambau hineinwagen. Aber wir sind keine Rumcox, die sich fressen lassen, das ist der Unterschied. Nein, wir werden die Udantok fressen. Umso mehr von ihnen sich uns entgegenstellen, umso mehr können wir töten. Und umso beeindruckter wird Gorzhag von unserem Mut sein."

„Auf diesen Kampf freue auch ich mich, Gebieter. Das wird ein wahres Gemetzel", antwortete Craglakk, während er auf den ahnungslos schlummernden Weichfleischigen herunterblickte.

Leise schlich Guntrogg mit seinem Kriegerfreund aus dem Schlafgemach hinaus und ließ den Sohn des Imperators markiert zurück.

Weitere Romane von Alexander Merow im Buchhandel:

Romanserie „Beutewelt"

Beutewelt I – Bürger 1-564398B-278843
Beutewelt II – Aufstand in der Ferne
Beutewelt III – Organisierte Wut
Beutewelt IV – Die Gegenrevolution
Beutewelt V – Bürgerkrieg 2038
Beutewelt VI – Friedensdämmerung
Beutewelt VII – Weltenbrand

Romanserie „Das aureanische Zeitalter"

Das aureanische Zeitalter I – Flavius Princeps
Das aureanische Zeitalter II – Im Schatten des Verrats
Das aureanische Zeitalter III – Die Hölle von Thracan
Das aureanische Zeitalter IV – Vorstoß nach Terra
Das aureanische Zeitalter V – Der Marskrieg

Romanserie „Die Antariksa Saga"

Die Antariksa-Saga I – Grimzhag der Ork
Die Antariksa-Saga II – Sturm über Manchin
Die Antariksa-Saga III – Die Faust des Goffrukk
Die Antariksa-Saga IV – Blinder Hass

Romanserie „Postmortem"

Postmortem I – Die Leute von Wallheim

Romanserie „Alarvail"

Alarvail I – Der Elbenkrieger